吐息を感じる距離に、アークの不機嫌顔が迫る。
噛みつきそうな勢いでその視線が注がれているのは、真澄の首筋だ。
「これか。わざわざカスミレアズがマントを貸したのは」
ドロップアウトからの再就職先は、異世界の最強騎士団でした
訳ありヴァイオリニスト、魔力回復役になる
2
東吉乃
illust.緋いろ

カスミレアズ・エイセル
グレイス・ガウディ
藤堂真澄（マスミ）

アークレスターヴ・アルバアルセ・カノーヴァ
サウル・ヒンティ
テオドアーシュ・アルバレーウィヒ・カノーヴァ

古い子守歌を、夜の静寂に
染み入らせるよう、ゆっくりと紡ぐ。
『Slumber My Darling』という、
純然たるクラシックではないが
心を揺さぶる美しい曲だ。
邦題は『お眠りなさい愛しい子』と
なっていて、穏やかな三拍子が耳に残る。

ドロップアウトからの再就職先は、異世界の最強騎士団でした

After the dropout, my re-employment office is the Strongest Order of Knights in the Another World

訳ありヴァイオリニスト、魔力回復役になる

2

東 吉乃

illust. 緋いろ

ドロップアウトからの再就職先は、異世界の最強騎士団でした
訳ありヴァイオリニスト、魔力回復役になる

人物紹介

アークレスターヴ・アルバアルセ・カノーヴァ

アルバリーク帝国、第四騎士団総司令官。
魔力量が豊富で好戦的な性格をしており、第四騎士団が最強たる所以。
現皇帝の末子。母は第四妃だった。

藤堂真澄（マスミ）

バイト帰りに異世界に落ちてしまった日本人女性。レイテアからのスパイだと疑われている。特技はヴァイオリンで、その腕を買われスパイ容疑が晴れるまでは第四騎士団の楽士を務めることに。

第四騎士団

アークが総司令官を務める騎士団。
アークから叙任された騎士は、碧空の魔力をもつ。

カスミレアズ・エイセル

第四騎士団の近衛騎士長。
神聖騎士。

セルジュ・ヴァレーゼ

第四騎士団の指南役筆頭。
神聖騎士。

ネストリ・ハルザ

第四騎士団の真騎士。

リク・レーヴェン

第四騎士団の準騎士。

アルバリーク帝国

アスルバート・アルバスヴェント・カノーヴァ
王位継承権第一位。王太子。

イアンセルバート・アルバスヴェント・カノーヴァ
宮廷騎士団長。王太子と同腹の兄弟。

テオドアーシュ・アルバレーウィヒ・カノーヴァ
王位継承権第二位。
王太子の息子で、アークの甥。

サウル・ヒンティ
宮廷騎士団の近衛騎士長。
神聖騎士。

グレイス・ガウディ
宮廷楽士。

シェリル・サルメラ
宮廷楽士。
ヒンティの専属楽士。

リシャール・ガウディ
第一騎士団の神聖騎士。
グレイスの兄。

イェレミアス・アルバヴィルガ・カノーヴァ
宮廷魔術士団長。

エドガード・メリノ公
ヴェストーファ領を治める
メリノ家の当主。

アンシェラ・メリノ
メリノ家の令嬢。

エルネスティーヌ・トラス
現皇帝の第三妃。

レイテア王国

アナスタシア・レイテア
レイテアの第八王女。
魔術士として高い能力をもつ。

ライノ・テラスト
アナスタシアの騎士。

CONTENTS

序章 005
第1章 帝都への道 020
第2章 大嵐の前の小嵐 063
第3章 楽士というもの 142
第4章 砕けたガラスと新たな問題 261

序章

After the dropout, my re-employment office is the Strongest Order of Knights in the Another World

これを懸念してたんだったらそうとはっきり言ってくれ。


分かっている。完全なる逆恨みだ。

そうと理解していながらも、真澄《ますみ》は毒づかずにはいられなかった。八つ当たりの相手はカスミレアズ、もちろん脳内で、だ。

しかし声に出す余裕などあるわけがない。

いわゆるこの「壁ドン」という体勢に持ち込まれている今の窮状では。

吐息を感じる距離に、アークの不機嫌顔が迫る。嚙《か》みつきそうな勢いでその視線が注がれているのは、真澄の首筋だ。

「これか。わざわざカスミレアズがマントを貸したのは」

話題に上ったマント——こうなることを見越していたらしい近衛《このえ》騎士長の苦肉の策——は、あっさりと剝ぎ取られた。床に打ち捨てられたそれは、「力になれなくてスマン」と申し訳なさそうにくしゃくしゃだ。

事の次第はこうである。

本物スパイによる誘拐事件の後、真澄は第四騎士団の楽士として働くことでアークと合意した。その時点で夜も更けていたが、そこからもう少しだけ話を続けた。

議題は「なぜスパイにまで揶揄《やゆ》されるほど第四騎士団の楽士が交代し、今や誰もいなくなったのか」である。

大きなその疑問に対しての答えは三つあった。一つ目は、そもそもアークの保有する魔力量があまりにも多すぎるが為《ため》、使う魔術が最上級かつ連発できることに起因していた。一呼吸のうちに――例えばウォルヴズの群れを消し飛ばした火球一つで――平均的な正騎士三人分の魔力を消費する。それはアークにとっては造作もないことだが、補給する側の楽士にとっては一人で五人十人と騎士の面倒を見ている状態に等しいらしい。

それだけならば楽士の頭数を揃《そろ》えれば良さそうなものだが、厄介な足かせがあった。

魔力の回復量というのは、音の数と音程に大きく左右されるようで、これが理由の二つ目だった。単位時間あたりで比較した時、音が多ければ多いほど、また音程が正確であればあるほど、魔力は呼応してみなぎるのだとアークは言った。つまり大容量を回復したければ、難易度の高い曲を長時間ずっと弾き続けねばならない。無論、正確な音程を取れるという大前提のもと。

奏者にとってこの要求は過酷である。

弦楽器、特にフレット――決められた音律に基づいて指板《しばん》を等間隔で区切り、決められた音律での音程を必ず正しく導く帯――のない属において、難しい曲はそれだけ音を外しやすい。

これはもう、楽器の形による宿命だ。

いずれにせよ技巧的であればあるほど演奏技術の確かさが要求されるのだが、一朝一夕に身に付くものではない。何度弾いても同じように音程を外すことなく均質の演奏ができる人間というだけで、候補は限られてくるだろう。

かといって、下手な楽士を何人も揃えたところで焼け石に水。

技巧に劣るからといって簡単な曲を繰り返し弾いたところで、単位時間の回復量はたかが知れている。まして音程が正確でなければ逆に使い物にならず、結局アークの魔力はいつまで経《た》っても満タンにならない為、誰彼構わずその役目に据えるというわけにもいかない。

ゆえに、ひっきりなしの補給に生気を吸い取られるも同然で、楽士が悲鳴を上げる。

結果、真っ先にアークの専属楽士が脱落し、他の楽士もそれに続いたという寸法らしい。

長時間労働に交代要員なし。それが第四騎士団の抱える根本的な問題というわけだ。

そこに最後の三つ目の理由が追い打ちをかける。

楽士というのは貴族の世襲であって、一般人には門戸が開かれていないという。限られた一族による寡占がそこにある。必然としてその絶対数は少なくなり、需給バランスが崩れるのだ。

幸か不幸か、騎士も魔術士も実入りは良い。

同じ給料ならば後は労働環境が重要であって、どちらに流れるのかは明白なのだ。

出会って数日の真澄でさえ、その苦しい実情はよく分かった。最終的にはアークのみならず第四騎士団全員の面倒を見る、ということで話はまとまり、その場は解散となった。

ここでようやく話は冒頭に戻る。

この現状――アークが真澄の喉元に噛みつきそうな――は、話を終えた真澄が風呂から上がるなりすぐの展開だった。既に解散していた為、カスミレアズの姿はない。訳を言われるでもなくそんな状態で、真澄に目を白黒させる以外になにができるだろう。

「姑息《こそく》な真似《まね》しやがって」

アークが誰に吐き捨てたのかは量りかねた。

細められた双眸《そうぼう》は怒り、苛立《いらだ》ち、そんな負の激情が滲《にじ》んでいる。完全な不審者扱いだった最初の夜でも、アークはここまで獰猛《どうもう》さを露《あら》わにはしなかった。

どうして急に。

ごくり、と真澄の喉が鳴る。冷たい壁に背を押し付けられ、退路はとっくの昔に断たれている。緊張に指先が冷たくなるのが分かった。

「なんで、……そんなに怒ってるの」

「あ？」

鋭い視線が刺さり、真澄は口を噤《つぐ》んだ。

怒気が凄《すご》い。

口は達者な方だと自覚してはいるが、軽口など叩《たた》ける雰囲気ではない。鋭利な空気に身がすくむ。多分、本気に近い。その厚い胸板を押し返す、そんな些細《ささい》な動きを取ることさえためらわれる。

こんなに怖いなんて聞いてない。

全力で抵抗しても敵《かな》わない力の差。純粋な男女の差を分かっているからこそ、「絶対に逃げられない」という事実に身体《からだ》が小さく震えている。

アークが手加減しなければ、四の五の言っても真澄には抗《あらが》う術《すべ》がない。

「私、なにかした？」

身長差で必然、真澄が見上げる体勢になる。アークはなにも言わず、沈黙が降りた。

次の瞬間、真澄の視界はぐるりと回る。

きらり。目に飛び込んできたのは天井の豪奢《ごうしゃ》なシャンデリアだった。それは電気でも炎でもなく、小さな光球が鈴なりに煌《きら》めいているものだ。そして声を上げる間もなく真澄の身体は寝台に沈められた。

衝撃に目を眇《すが》める。直後、制服の襟元を乱雑に開きながら、アークの身体が覆い被《かぶ》さってきた。

＊　＊　＊

大切な人を立て続けに亡くした年だった。

十四歳、中学二年の夏。

母は二年という長い闘病生活の末に、眠るように息を引き取った。最期に握りしめた手は痩せ細り、ヴァイオリンを弾いたら砕けてしまいそうな儚《はかな》い指先だったことだけ覚えている。

二年の月日は人を変貌させるに充分すぎる長さだった。

どこかで覚悟はしていたのだろうと思う。

母が遠くに、この手が届かない場所に往《い》ってしまう。誰に言われずとも分かっていた。きっと願いは叶《かな》う、そう信じられるほどもう幼くはなかった。

それでも母のこけた頰、くぼんだ目はいつしかおぼろげな記憶になった。思い出そうとしても霞《かすみ》がかったように出来ず、真澄の脳裏で笑うのは病に侵される前の母だ。

そんな母の死に沈む真澄の肩を抱きしめ、慰めてくれた恩師も、後を追うようにしてその冬に亡くなった。

高齢であるところに悪い風邪にかかり、肺炎と診断がついてから僅か一週間での出来事だった。早すぎた最期に言葉が見つからなかった。

遺言にあった形見を譲り受ける話は、最初は断った。

往年は小さな趣味の教室を営んでいたが、若かりし頃は国際コンクールで入賞し、プロのオーケストラで弾いていた人だ。使っていた愛器は家が買える値段と耳にしていた。

プロになれるかどうかさえ分からない小娘には分不相応すぎた。

それでも受け取ることに頷《うなず》いたのは、恩師がことのほか自分のことを案じてくれていたと知ったからだ。

真澄は最後の弟子だった。恩師の葬儀には、多くの兄姉弟子《きょうだい》が参列していた。若かりし頃から頭角を現し、今や世界を舞台に活躍するソリストもいれば、国内屈指のオーケストラ、そのコンサートマスターなどそうそうたる顔ぶれと言って良かった。

たった一人所在なく葬儀会場の端に座っていた真澄に、彼らは声を掛けてくれた。

恩師から話に良く聞いていたと。

かわいい妹弟子、困ったことがあればいつでも力になるから、先生の傍《そば》にあり続けたその楽器をどうか受け取ってあげてほしい、そう彼らは言った。


誰よりも澄みわたる音。

その名のとおりに。


恩師が嬉《うれ》しそうにいつも自慢していたと兄姉弟子から知らされて、形見を譲り受けることに頷いた。

その日から、学校以外はずっとヴァイオリンを弾いていた。

寂しさに押し潰されそうだったのもある。でもそれ以上に、恩師が喜んでくれた音をただひたすらに追い求めていた。音が身体に響く時だけ、「自分は生きている」と信じられた。その他の時間をどう過ごしていいか分からなかったし、弾くということ以外にやりたいと思うなにかはなかった。

恩師の葬儀後、兄弟子の一人が折に触れ様子を見に来てくれるようになった。一番弟子であり、世界的なソリストとして活躍する人だった。

彼は忙しい身でありながら、それでも半年と空けずに必ず訪ねてきてくれた。

会う度に言われた。

音が洗練され澄んでいく、と。

最初は間違いなく喜んでいてくれていたと思う。「先生の喜んだ理由が分かる」と目を細めてくれたのだから。それが曇り始めたのはいつだったか。高校を卒業間近に兄弟子から言われた言葉が忘れられない。

「鳥の翼も届かない遥《はる》か遠くの空。魚のいない底まで透き通る湖。そんな光景が浮かぶほど、美しく澄んだ音だ。だが遠い」

この手が届かない。そう兄弟子は言って、悲しそうな目をしていた。

兄弟子はどうしたら良いのか分からないようだった。それは真澄もまた同じだった。そして引き返せないまま月日は流れていった。

母の死後、父との二人きりの生活は五年も続かなかった。

年を追うごとに母の面差しが強くなる真澄を見て、父は苦悩を深めていった。かつて愛した女が、今また成長して新しく出会っているような錯覚に陥る。父はそう言っていた。

辛《つら》いのだ、と。

苦渋の顔で切り出してきた父を責めようとは思わなかった。夜ごと酒を浴びるように飲み、亡くなった最愛の妻の面影を求め続ける父が、不憫《ふびん》でならなかった。

自分が傍にいる限り、この人は一生苦しみ続けるのだ。そう思うと、やりきれないより先に解放してやりたかった。

「大丈夫。困ったら、必ず電話するから」

その約束を果たしたことはない。

父が家を出る時に真澄が言った言葉だ。離れて暮らすことになるが、親子の縁まで切れるわけではない。事実、大学の学費も父は出してくれた。

けれど近況報告の一つも、国際コンクールに出場したこと、そこで次席入賞しながら酷評されたことも、就職が決まったこと、ストレスから身体を壊して退職したことさえ、なに一つ真澄は言わなかった。

父を愛していなかったわけではない。

ただもう、過去を振り切るように新しい家庭を作った父に、これ以上の重荷を背負わせたくなかった。

高校卒業からずっと、今この瞬間まで——真澄が一人で生きてきた年月だ。

涙は恩師の葬儀が最後だった。いつでも歯を食い縛ってきた。泣くような弱さはとうに捨てて、生きていくことにただ必死だった。

目の前で母が笑っている。白い光の中で、穏やかに。

ここでいつも気付く。

自分は夢を見ているのだ、と。気付くのは、どれだけ手を伸ばしても、母に触れることは叶わないからだ。

＊　＊　＊　＊

ゆっくりと遠ざかる夢は、どこまでも現実味がなかった。

母、恩師、父、兄弟子。走馬灯のように人が彼方《かなた》の光に消えていく。

ただひたすらに優しい心地だ。無条件に幸せではなかったが、恵まれていたであろう自分の人生に想《おも》いを馳《は》せる。今は遠い肉親に一抹の寂しさを覚えはするが、一人で生きていく覚悟に陰りはない。そういう温かさは手が届かないものとして、とうの昔に諦めた。

真澄は閉じていた目蓋を開ける。

半開きになっている豪奢なカーテンが映る。窓の向こうは薄明に蒼《あお》くくすんでいて、まだ早朝であることが窺《うかが》い知れた。

「……」

ふう、と深く息を吐く。

全身が鉛のように重かった。アークの激情を真正面から受けて、体力は早々に空になった。抵抗も許されず、真澄の意志を無視して与えられる強制的な快楽に身体は悲鳴を上げ、途中で意識が途切れた。

食い散らかされた、と憤っていいはずだ。それくらい一方的な夜だった。

けれど詰《なじ》る気になれない自分がいる。その理由は、夜に揺れたアークの瞳を覚えているからだ。

怒りは途中で戸惑いになり、やがて後悔に変わった。なにが彼をそうさせたのかは分からない。記憶の片隅に残っているのはただ、猛々《たけだけ》しさの中に拭い去れない痛み、葛藤が見え隠れしていたことだ。

自分にはいつか必ずその目が向けられる。

相手はなにかに思い悩み、苦しんで、けれど口を噤むのだ。まるで「届かない」と言わんばかりに。逆に真澄には分からない。真澄は真澄であって、遠く在ろうとしたことなど一度もない。

真澄は横向きのまま、緩慢に上半身を起こした。背中から聞こえる規則正しい寝息は、アークが深く眠っていると伝えてくる。首だけで振り返ると、夜通し真澄を抱いていたであろう両腕が緩く投げ出されていた。

蒼い薄闇に浮かぶ寝顔は幼い。昨晩の激しさが嘘《うそ》のようだ。

身体は倦怠感《けんたいかん》を訴えるが再び横たわる気にはなれず、真澄は三角に膝を立てた。そこに両手を預け、額を埋《うず》める。

どこで生きていこうと、今さらなにも変わらない。

生まれてからずっと過ごしたあの街。本当に帰りたい場所かと問われても、頷く自信がない。誰にも頼らず一人で生きていこうと決めた時から、大切な人は作らないようにしてきた。

会いたい人はもういない。

会いたくなるような人は、もういらない。

「眠れないのか」

衣擦《きぬず》れの音と共に、寝起きにわずか掠《かす》れた声がした。

「何時だ……？」

アークが掛布の下から右手を出し、小さな光球を一つ浮かべた。ホタルのようにふわりと宙を泳ぐ。それは応接の長椅子の後ろ、暖炉近くで動きを止めた。

暖炉の上には金の装飾を施された置時計がある。薄明では見えなかった文字盤が、光に照らされて浮かび上がった。

「……四時か」

気怠《けだる》そうに呟《つぶや》いて、アークが真澄の方に寝返りを打つ。

光球を放つ時に除《の》けた掛布の下から、素肌の肩と胸がのぞいた。部屋の中を優しく照らすオレンジの光に、見事な筋肉が陰影をつけて露わになる。

「ごめんね、起こした？」

「そこは普通文句を言うところだぞ」

あくびともため息ともつかない吐息を吐《つ》きながら、アークの手が真澄の夜着の裾を撫《な》でた。

「文句じゃぬるいか。殴っていい」

「なにそれ。私の手が痛いだけじゃない」

「……悪かった」

無骨な指は裾には触れるが、真澄本人には触れないようにしている。滲む配慮にギャップを感じ、真澄は首を捻《ひね》った。

「別になんとも。大人だし、そういうこともある」

気に病む必要などどこにもない。真澄は小さく肩を竦《すく》めてみせた。

どうあれ割り切った関係だ。

良い年齢の男女が同衾《どうきん》となれば関係もできるだろう。けれどそれだけ。身体を合わせたからといってなにかが変わるわけではないことを、真澄は過去に学んでいる。

「ねえ」

膝に額をつけたまま、真澄はアークを見る。

「怒ってたよね。どうしてって訊《き》いてもいい？」

おそらくこの件に関しても、真澄には訊く権利があるはずだ。そうでなければアークが謝る道理がない。真澄が過ちを犯したのが原因だったとしたら、きっと彼は謝らなかった。

薄明の静寂の中、そっと待つ。

だがアークは真澄を見上げるばかりで、口を閉ざしたままでいた。絡まり合う視線は外れない。

「……探してるの？」

「なにを」

「言葉。どう説明しようか、迷ってる？」

「なぜそう思う」

「皆そうだったから」

アークの眉間に僅か力が込められた。

困り果てた兄弟子が、苦悩に沈む父が、真澄の目蓋を掠める。しかし真澄はこれ以上説明する気はなかった。身の上話は本筋ではなくて、今聞きたいのはアークが激昂《げきこう》した理由だ。

黙り込んだ真澄を察したか、アークがぽつりと言った。

「お前のスパイ容疑は公にはしない」

今度は真澄が目を瞬く番である。

「容疑が消える……わけではないのね」

「ああ」

「じゃあ私の立場って？」

「対外的には俺の専属だと名乗れ。いいか、必ずだ」

「でも他の人の面倒も見るって約束」

「本来あり得ないが、緊急措置ということで実態はそれで構わん。他の騎士団にも、お前は総司令官の専属楽士だと通達する」

「第四騎士団付き楽士っていうのじゃ駄目なの？」

「この件に関して俺はこれ以上、一切妥協しない」

寝起きの柔らかい雰囲気が、その時だけ昨夜のように鋭利になった。理性が働いているのか再び圧《お》し掛かられることはなかったが、それでも有無を言わせぬ迫力に頷くしかなかった。

「余計な火の粉を、……いや」

「火の粉？」

「いい。忘れろ」

アークが真澄の手首を摑《つか》まえて、誘うようにゆるく引く。

「まだ早い。寝るぞ」

問答は打ち切られた。

真澄は抗うことなく身体を寝台に横たえ、アークは当たり前のように真澄をその腕に抱き込んだ。

穏やかに温かい寝床で、真澄はそれ以上考えることを放棄した。

ゆっくりと意識が沈んでいく。

「どうせ地に堕《お》ちた評判だ。どうでもいい」

耳元で呟かれた言葉を斟酌《しんしゃく》しようにも、眠気には抗えなかった。


スパイ容疑が、総司令官と近衛騎士長の胸の内に秘められること。

専属以外を許さない頑なさ。

名乗り一つ違うだけで、どんな不利益が待ち受けるというのだろう。どれだけ考えても、真澄には分からなかった。

第1章　帝都への道

◇1　結婚談義

あっという間にヴェストーファでの日々は過ぎ去った。

初日こそ魔獣騒ぎで中止となった騎馬試合だったが、二日目からは滞りなく進み、連日賑《にぎ》わいを見せていた。その傍ら、真澄《ますみ》は試合観戦をする暇もないほど忙しかった。

様々な条件での魔力回復実験に勤《いそ》しんでいたのである。

分かったことは三つあった。

まず最大の懸念だった複数人に対する同時回復は、まったく問題なくできた。真澄自身はおそらくできるであろうと踏んでいたのだが、騎士たちの常識とはかけ離れていたらしく、彼らは腰を抜かすほど驚いていた。ただし、人数は関係なくても距離は重要だった。一定の範囲から外れると途端に回復できなくなる。これは一人を相手にしても同じだったので、音量か音圧か、そのあたりが関係しているのだろう。

二つ目は、同じ曲であっても人によって回復量にばらつきがあることだった。

これは良く分からない。距離に干渉を受けているわけでもなさそうで、受け手の感覚に左右される部分が大きいように感じた。その曲を「好ましい」と思う方が、おまけのように回復量が気持ち増える、という現象だ。

面白くはあるが同時に難しさも孕《はら》む特徴である。

強いていうのならば、「基準のラをどのヘルツに合わせるか」と根本は一緒なのかもしれない。好きな音、心地よい旋律は千差万別、本当に人それぞれだからだ。

この事実は逆説的に、楽士が絶大な力を握る一因ともとれる。

同じ音、同じ曲しか奏でられない機械では駄目なのだ。それが許されるのなら、アークたちはこんなに苦労してはこなかった。

最後に、演奏に色を添えるヴィヴラート以上に音程を外すと、途端に回復量が落ちた。目算、半分以下。

かなり厳しい判定であると言わざるを得ない。明らかに絶対音感を前提にしたシビアさに思えるからだ。

真澄は首を捻《ひね》った。

先に見つけた二つのメリットより、この正確な音程を取れない場合のデメリットが大きすぎる。これを回避するには正しい音感を身に付け、正確無比の技術を手に入れねばならない。にもかかわらず、平凡の域を出ない楽士はおそらく沢山いる。アークの楽士が何人も交代したのは、回復量が捗々《はかばか》しくない――つまり、音感が悪いか技術が拙《つたな》い――ことが理由だったはずだ。

なぜだ。

回復量を増やす為《ため》に、他になにか条件があるのか。

そう思ってあれこれと試してはみたが、これだと思えるような手がかりは得られなかった。

他にもこの滞在中に、楽士としての基礎知識——たとえば騎士の階級と役職の違いであるとか、熾火《おきび》と種火の相関関係とか——など、知らない単語が出てくる度に説明をしてもらいつつ、勉強した。

中でも強く印象に残っているのは、階級とはなにか、それを説明された時のことだ。

その言葉の意味するところはただの上下関係ではなく、指揮系統の格付けであって、任務に当たっては必ず上意下達が徹底されるのだ、とアークは言った。

逆はあり得ない。逸脱も許されない。

十人いれば十段階に序列が定められる。それは五十人、百人であろうと同じで、最上位の人間が行動を決定して、それより下はその命令に必ず従う。階級とはその為にあり、仮にアークが殉職すれば、カスミレアズが第四騎士団全体の責任を持つ。カスミレアズも駄目になったとしたら、次は第三位の神聖騎士に。神聖騎士が全ていなくなればその下の真騎士、それも潰《つい》えたら正騎士。同じ階級が残ったとしても、先任後任の序列があるから混乱はない。全ての騎士がいなくなるまで指揮系統は必ず生きる。騎士団が騎士団として機能し続ける為に。

まるで昼ご飯になにを食べるか話すように。

本当に他愛もなさそうにアークはすらすらと語ったが、真澄はどんな顔をすればいいのか分からなかった。

「自分の代わりはいくらでもいる」

当たり前のように言い放つその覚悟に、真澄自身の覚悟を試されているような気がした。

自分たちはこれほどに違う。

そして違いはこれから先も顕著になるだろう。一つずつ認識する互いの距離が、やがて自分たちになにをもたらすのか、今は想像もつかなかった。

＊　＊　＊　＊

騎馬試合が始まってから六日目の夜、真澄はメリノ家の大広間で一人考えごとをしていた。

騎士たちは誰も残っていない。試合ではなく競技のクアッドリジスが催された今日、夜の宴は婚活会場になるとあって、若い彼らは色めき立って繰りだしていった。

酒も入って、今頃は随分と盛り上がっていることだろう。

ほほえましく思いつつ、真澄はテーブルに頬杖《ほおづえ》をついた。ああでもない、こうでもないと書き散らかした紙に視線を落とす。コピー用紙ほど洗練されてはいないが、和紙のようにしなやかで温かみのある紙だ。ある一枚には騎士の五階級や魔術がどうのといった雑学が、また別の一枚には騎士たちの名前や年齢、特徴などが書き込まれている。

慣れない羽根ペンに悪戦苦闘しつつの力作だ。

ただでさえ画数の多い漢字交じり、うっかりインクをつけ忘れて何度文字を掠《かす》れさせたことか。

それは実に新鮮な体験だった。

明日で一週間続いた騎馬試合は終わる。

その翌日には第四騎士団は帝都に戻るという。儀仗《ぎじょう》兵《へい》として叙任式のためにヴェストーファに来たのはほんの一部で、実のところ第四騎士団は二百名あまりの騎士を抱える大所帯であるらしい。その大勢を相手に、真澄は楽士として補給線を担うこととなるのだ。

少なくとも、焼け石に水かもしれないという不安はない。

三日間の実験のお陰だ。付き合ってくれた騎士たちには感謝している。どんな生活になるだろうか。考えていると、時間はあっという間に過ぎていった。

どれくらいそうしていたか、不意に大広間の扉が開けられる音がした。

誰か忘れ物でもしたのか。戻ってくるには早すぎる時間を訝《いぶか》しんで真澄が目線を上げると、扉の向こうからひょこりと顔を覗《のぞ》かせているのはカスミレアズだった。

「ここにいたか」

言うが早いか、近衛《このえ》騎士長は背中を振り返った。

「こちらでしたよ」

そして同じような内容を口にする。彼が丁寧な口調になる相手は決まっている。雁首《がんくび》揃《そろ》えてなにごとか、真澄が目を瞬いていると扉が大きく開いた。

最初に大きな紙袋を二つ抱えたカスミレアズが入ってきて、次に小ぶりの樽《たる》を担いでいるアークが続く。結構な物量に、真澄の目は知らず丸くなった。

「ちょっとそれどうしたの」

「でしょうね、明らかにワイン樽っぽいし……って、そうじゃなくて」

「酒だ」

「どうせなにも食ってないんだろう」

さも当たり前のように、アークがテーブルの上にドン、と樽を置いた。

真澄は慌てて散らかしていた紙をかき集める。インク壺《つぼ》を端に寄せ、羽根ペンをどかし。酒盛りが始まりそうな気配にこれ以上の思索を諦め、ヴァイオリンも片付けた。

広くなったテーブルの上に、パンや豚の丸焼き一頭などカスミレアズが取り出した食事が並ぶ。豪快すぎる。その横で、どこに隠してきたのかアークは三つの銀杯に樽酒を注いでいた。

あれよあれよという間に調えられた食卓に真澄は面食らいつつも、まずは乾杯と相成った。

「二人とも、まだ早いのにこんなとこにいていいの？」

喉を潤してすぐ、真澄は尋ねた。

甘酸っぱい風味が鼻腔《びこう》を抜けていく。口当たりの良さに二度三度と杯を傾ける。度数はあまり高くなさそうだが、油断すると危なそうな酒だ。アークとカスミレアズは辛口が好きそうだったのだが、この選択をしたのが意外である。

もくもくと肉を頬張るアークの横で、カスミレアズが行儀よく手を止めて答えた。

「知れたことだ。六日目の夜だけ、アーク様と私は退出するのが恒例になっている」

「騒ぎになるからでしょ？　それは前に聞いたけど、二人は結婚相手見つけなくていいわけ」

肉に手を伸ばしつつ、なんの気なしに尋ねる。

「それとも相手がもういるとか?」

と、男二人が意味深に顔を見合わせた。カスミレアズが慎重に口を開く。

「いや、そういうわけでは」

「あっそう。まあ引く手数多《あまた》っぽいから、がっつく必要もないか」

「いや、そういうわけでも」

「ふうん。なに、選《え》り好みしてるの? 貴族のご令嬢じゃないと駄目とか」

「いや、貴族というよりが」

「おい」

間髪を容《い》れずに叱責が割り込んだ。咎《とが》めるようなアークの声音に、カスミレアズが口を噤《つぐ》んだ。

かなりばつが悪そうだ。

パンを千切りながら、真澄は小首を傾《かし》げた。ただの話題に、なにをそんなに神経質になることがあるだろう。

「そんな警戒しなくても、別に結婚してくれとか言うつもりはないのよ?」

皿代わりにしたパンは肉汁を吸って旨《うま》みが増している。

豚の丸焼きかと想像した肉は食べてみると存外にあっさりしていて、味は鳥に近かった。淡白ながらも繊細で、繊維に沿って擦りこまれている香辛料がぴりりと辛く、良い仕事をしている。

真澄が舌鼓を打っていると、塊を飲み下したアークが手の甲で口を拭った。

「お前こそ伴侶を見つけるつもりはないのか」

「や、なんでそこで矛先こっちに向けるかなあ」

三人とも二十代後半、良い年だ。いわゆる適齢期というやつである。分かっているからこそ、真澄はつい渋い顔になる。

「それだけの腕だ、専属……いや、申し込みはさぞ多かろう」

「ヴァイオリン弾けるだけで相手見つかるなら苦労しないっつの」

「冗談はよせ。それで駄目なら他になにができればいいんだ」

「見事に条件重視の発言ねー。なんでもできる超人だって、それだけじゃ結婚できないでしょうよ」

「なぜ」

「そりゃ大前提として互いの合意ってもんがいるでしょうよ」

見合いであったとしても、最低限互いを好ましく思っていなければ話にならない。なにを当たり前のことをわざわざ聞くのか。真澄は呆《あき》れたが、アークは釈然としない様子でいる。

これは多分あれだ。

言い寄られることに慣れ過ぎて、普通の手順を知らないとかそういう贅沢《ぜいたく》なやつだろう。

まあ分からないでもない。客観的に見て、アークのスペックはかなり高い。騎士団の総司令官という高い地位、高い身長に恵まれた体格、顔は鋭い側だが間違いなく整っている。

一ミリの苦労もなく、さぞかし華やかな女性遍歴を誇っただろう。「もげろ」と言ってやりたい。あるいは「爆発しろ」でもいい。

ちなみに顔面偏差値の方向性は違うとはいえ、アークとほぼ同スペックを誇るカスミレアズもまた、きょとん、としている。こちらは身持ちが堅そうなので、そもそも男女間の機微に疎いと推察する。

自然、真澄の呆れ顔はアークにのみ向けられた。

「ったく、これだから手当たり次第に女引っ掛けるやつは」

「人聞きの悪いことを言うな」

「来るもの拒まず去るもの追わずでもいいけどね。まあいい人がいればとは思うけど、正直どうかな、あんまり興味ないや」

隠すようなことでもないので、真澄はそこで本音を出した。

面倒くさいのだ。

人の心の機微を斟酌《しんしゃく》するのは。そしてそこまでの手間をかけて尚《なお》誰かと一緒にいたいのかと問われれば、答えは「否」である。自分のことで手一杯。他人を支えるなど到底できっこない。

「結婚相手とヴァイオリンどっちかって言われたら、私はヴァイオリンを選ぶ残念な人間よ」

「……残念というよりもったいない部類だな」

アークの口調が「心底惜しい」と言いたげで、真澄は眉を上げた。

「婚活会場から逃げてくる人に言われてもねえ」

説得力ゼロだ。

どうやら彼らには積極的に相手を探せない理由があるらしいが、結果として残念さは三人とも横並び一線である。互いに痛み分けであるのは分かっているので、三者三様に無言で酒を酌み交わすこととなった。

そういうわけで、晩餐会《ばんさんかい》は自然と他愛ない話ばかりの飲み会に変わる。

興が乗りすぎて一抱えほどもある樽酒はいつしか空になっていた。正直やりすぎたと後悔したのは、翌朝になってからだった。

◇2　結婚難儀？

二日酔いで痛むこめかみに目を眇《すが》めながら、真澄は競技場の観客席に座っていた。

七日目——騎馬試合締めくくりの最終日。

大歓声が殺意を覚えるほど脳天に響く。遠のきそうな意識を必死に繋《つな》ぎ止めつつ見ると、歓声の元凶であるカスミレアズが競技場に入場してくるところだった。

真澄が項垂《うなだ》れている理由は、カスミレアズが「個人戦の」模範試合担当だということである。この後に控えている「団体戦の」模範試合担当がお出ましになる瞬間を思うと、正直気が遠くなる。

一体どれだけの歓声が沸き上がるだろうか。自分の頭は割れやしないか、それだけが心配だ。げんなりしつつ競技場に目を転じる。

個人戦で優勝したのは第四騎士団の真騎士、彼が真正面から近衛騎士長に対峙《たいじ》している。二人とも騎馬にまたがっているが、違うのはその装備だ。

挑戦者は槍《やり》と盾を構えているが、応戦側は長剣のみ。

隣に座る真騎士――彼の名はネストリ、カスミレアズからアイアンクローの説教を受けたあの――から聞くところによると、得物のリーチ差もさることながら、上位者に盾を持たせてしまうと鉄壁すぎる防御を破れずに終わってしまう為、ハンデの意味合いが強いらしい。

通称、「三対一の法則」。

戦闘における防衛側の優位を示す言葉で、敵方の防御力を一とした時、その制圧には三倍の攻撃力が必要とされる考え方のことだそうだ。

ただでさえ魔力量に越えられない壁がある両者。

上位者が守勢に入ると、どうあがいても挑戦者はそれを破れない。さらに魔力で築く防御壁も、依代《よりしろ》があるかないかで随分とその強度、維持にかかる魔力量が変わる。その部分の条件まで同じにしてしまうと、あまりにも一方的な展開にしかならないということで取られている措置だという。

かあん、と澄んだ鐘の音が鳴った。

カスミレアズは動かない。挑戦者は迷わず馬を駆る。その手から馬より早く大地を舐《な》めるように業火が走り、あっという間にカスミレアズの周囲に火柱が上がった。

悲鳴が上がる。主に女性陣の。

間合いを詰めた挑戦者が槍を水平に構え、炎に突っ込む。見えているのか。明らかに狙いを定めた動きに、固唾を呑《の》む。だが次の瞬間、槍が弾《はじ》き返された。

火柱が内側から破裂する。

そこにいたのは長剣を横なぎに一閃《いっせん》したカスミレアズだった。

振り抜かれた切っ先は、肩と同じ高さで水平に動きを止めている。その刀身には霧がたちこめるように青い闘気が漂っていた。挑戦者が慌てて手綱を引く。しかし応戦側は崩れた体勢を見逃してはくれなかった。

盾を持たない空いた左手に、青白い火球が生まれ出《い》でる。挑戦者の顔色は如実に変わり、突き出すように盾を構える。なりふり構わずといった態《てい》だ。そこに青い光が宿るとほぼ同時、火球が襲い掛かった。

光と光がぶつかり合う。

火球は光の盾を消し去って尚、放射状に四散する。走った光に一瞬遅れて、衝撃波が観客席を守る防御壁――アークが事前に張り巡らせたもの――を、轟音《ごうおん》と共に震わせた。

真澄はきつく目を閉じて耐えた。もはや耳を塞いでいるのか頭を抱えているのか分からない体勢だ。

音の余韻が去る。そっと真澄が目を開けた時、光は全て消えていた。やがて土煙が晴れると、競技場には圧巻の光景が広がっていた。カスミレアズは最初の立ち位置から微動だにしていない。が、挑戦者は防御壁まで吹っ飛ばされていた。したたか打ちつけたのだろう、意識はあるが立ち上がれずにいる。

「先制目くらましは良い手だったのですが」

騎士長には子供だましでしたね。

ネストリがあくまでも丁寧に、苦笑交じりに評す。審判による判定が下され、個人戦の模範試合は幕を閉じた。


本当の締めくくりとなる団体戦の模範試合が始まる前に、小憩《しょうけい》が入った。

なんでも入念な準備がいるらしい。

主に観客席に施される防御壁の重ねがけと、挑戦者の装備確認だそうだ。そういうことならと手洗いに立った真澄は、そこで貴婦人たちの黄色い会話を耳にした。

雑踏の会話など、いつもなら気にも留めない。

にもかかわらず意識を掠めたのは、「本当に素敵よね、どなたをお迎えになるのかしら」というタイムリーすぎた呟《つぶや》きのせいだった。

昨夜、酒の肴《さかな》になったまさにその話題である。

カスミレアズが途中で口ごもったのは記憶に新しい。用を足そうと個室に入ったばかりだったが、つい興味を引かれ、真澄は耳をそばだてた。

「総司令官さまはさすがに無理でしょうけれど、近衛騎士長さまなら少しはお考えになって頂けないものかしら」

「どうかしら。家格は見られているようでしてよ？」

「まあ、なぜ知ってらっしゃるの？　もしかして」

「ええ。父が先走ってエイセル家に申し込みをしてしまいましたの」

「まあー！」

黄色い悲鳴が上がる。

仕切られた個室に身を潜めている真澄には、盛り上がっている様子そのものは見えない。が、色めきたった数人がきゃっきゃうふふと楽しげだ。

「それでそれで？　お返事はどのように？」

「エイセル家にご挨拶には伺えたのですけれど……」

「まだあまりお話も進んでらっしゃらない？」

「いいえ、丁重にお断りされました。それも早々に。わたくしの家格なら遜色ないはずですのに、騎士長さまご本人へのお目通りさえ叶《かな》いませんでしたわ」

「そうでしたの。ごめんなさい、不躾《ぶしつけ》でした」

「気になさらないで。わたくしだけ、というわけでもないようですから」

扉の向こう、悩ましげなため息が落とされる。

はて、どういうことだろうか。

便座に腰を下ろし、さながらロダンの考える人ポーズをとりながら、同じく真澄も考え込む。昨日の話では貴族のご令嬢だから駄目、という理由ではなかったはずだ。カスミレアズの言葉は途中でアークに遮られたが、それにしても好き好んで孤高の独身でいるわけではなさそうだった。結婚できていないという状態は同じながら、前向きさに関しては決定的に真澄と違う点でもある。

「……でも、どうしたらお眼鏡にかなうのでしょうね」

「特にお二人ともこだわりはない、と周囲の噂《うわさ》では聞きますけれど。やっぱり楽士さまを探しておられるのかしら」

「そうなると、残念ながらわたくしたちでは不適格ということだわ」

「でも、ですよ？　総司令官さまや騎士長さまにつり合う楽士さまなんて、そうはいなくてよ？　いつ見つかるとも知れぬ方をずっとお待ちできるほど、あのお二人は……」

「そうね。お家のことがありますから、いつまでもお独りは許されないでしょうね」

「であれば、諦めるのはまだ早い、ということだわ」

「どうかしら」

　自制の利いた声が、数人の声をぴたりと止めた。少しだけ静寂を挟み、次いで落とされた声が響く。

「叙任式、ご覧になった？」

「ええ」

「わたくしも例年のとおり招待されました」

　私も私も、と同意が連なる。

「今年来られた楽士さま。お見掛けしたことのない方でしたけれど、素晴らしい腕をお持ちでした。総司令官さまがあんなに優しい目をなさったの、初めてですわ」

「それは、……」

「お二人のことはもう、遠くからお見掛けするだけでいいわ。楽士でもないわたくしには勝ち目なんてとてもないもの」

「本当にそうね。わたくしのお父様も今になって『楽士の家に養女に出してやれば良かった』なんて言うのよ。そうしたらこんなに苦労をかけることもなかった、だなんて」

「お相手、中々見つかりませんの？」

「ええ。わたくしが……メリノの家が誇れるのは、伝統ある古い血だけです。わざわざ片田舎で負債を背負ってくれるような奇特なお家など、そうありません」

予想外の流れに、膝についていた真澄の肘が力いっぱい滑った。まさか世話になっている家の令嬢、アンシェラが輪の中にいたとは露ほども気付かなかった。

そしてなんともいえない気持ちになる。

明日にも去ろうとしているこの時分に、恩を受けた相手の困窮を知ってしまうとはなんの因果か。メリノ家のご当主も、執事も、庭師や料理長そしてメイドたちも、誰一人として嫌な顔一つせず温かく接してくれたことが、ここに来てどうしても思い出される。

大所帯の第四騎士団を迎え入れるのは大層な負担だっただろうに。

そんな彼らに返せるなにかを、今の真澄は一つも持ち合わせていない。その事実に尚、悔しくなる。

「男兄弟がいらっしゃらないのも大変ね。帝都に出て嫁ぐわけにもいきませんものね」

「でもいいのです。わたくしはお父様から『養女に』とまで考えて頂いただけで充分です。長く続いたこの家より、一瞬でもわたくしを大切に思って下さったのですから。これで私がメリノ家を捨てしまっては、亡くなったお母様にも申し訳が立ちません」

「きっと大丈夫よ。お母様の御加護がおありでしょう」

「そうね。ありがとう存じます」

「わたくしも早くお相手を見つけなければ。弟はまだ小さいから、家を継ぐまでに少しでも多くを残さなくてはならないわ」

「まあ……お兄様のお加減、あまり芳しくなくて？」

「西方の良いお薬を頂いたので、落ち着いてはいるのですけれど」

「そう……」

「この際どなたでも宜《よろ》しいの。もちろん実家を助けて下さる方だと申し分ありませんが、持参金なしで私を受けて頂けるのであれば、それ以上は望みません」

「ですが、それだとあなたのお立場が」

「貴族の端くれとはいえ、選べるほど高貴な家ではありませんわ。跡を濁さず嫁ぐことで、ご恩返しにもなるでしょう」

「……良い方、見つかるといいわね」

扉の向こうがしんみりとした空気を醸し出す。良家の子女とはいえ、どうやら内実はピンからキリまであるらしい。嫁ぎ先を見つけるにも難儀するなど、「気の毒に」としか言いようがない。ましてそこに彼女たちの希望が通るわけでもなさそうだ。

しかしここで「待てよ？」と真澄は首を捻った。

若い騎士たちは、むしろ相手を欲している。実入りの良い職業だと聞くから、彼らでは駄目なのだろうか。

それとも、貴族というものはやはり莫大《ばくだい》な金を使うものであって、騎士の一人や二人では話にならないレベルなのか。だとしても家を潰したり持参金なしを厭《いと》わない覚悟ができるなら、悩んだ挙句婚期を逃すよりは騎士と結婚したほうがよほど良さそうなのだが、二の足を踏む理由があるのか。

やはりここでも「楽士」がキーワードとなっている。

直接の戦闘力などないに等しい存在ながら、どうもその影響力はかなり強いらしい。

「来年も一緒に見られるかしら」

「もし帝都に嫁いでいたとしても、里帰りをお願いしてみるわ」

「きっと大丈夫よ。あなたならきっとお優しい方と一緒になれるでしょうから」

「それにしても羨ましいわ。あの楽士さま、お相手には困らないんでしょうね」

「お待ちになって。お身体《からだ》はお一つよ?」

互いに空気を読み合う間が流れた。

どんな相槌《あいづち》が飛び出してくるだろう。扉一枚隔てた向こうで高まる緊張に、つい真澄も手に汗を握る。

「総司令官さまと近衛騎士長さまは、決闘なさるかしら」

「楽士さまはどちらの御手《おて》を取られるのでしょう」

「どちらかとは限らないわ。帝都に戻れば、他にも神聖騎士さまは沢山だもの」

「そうは言っても、決闘ならきっと総司令官さまが一番よ？」

「危険だと分かっているから、楽士さまが仲裁なさって？」

「でも神聖騎士さまが引くはずなくて？」

「近衛騎士長さまも当然黙ってはおられないでしょうし？」

「そして騎士さまたちの愛と誇りをかけた決闘になるのね！」

「総司令官さま、恋敵には手加減ができなくて苦しいでしょうね！」

「いいえ、神聖騎士さまが実力の差を愛で超えるかもしれないわ！」

「そして楽士さまがお受けになるのね！」

「いやっ、素敵！」

「きゃあっ！」

いやいやいやいやいやいやいやいや。

あらぬ方向へ進む勝手な妄想に、真澄は鼻水を噴きそうになった。さっきまでかなり深刻そうだったのに、それがいつの間にどうしてこうなったのだろう。一人を巡って大勢が群がり争うなど、物語の中だけだ。

若さゆえの妄想力というのは破壊力がすごい。

思わぬところで精神をガリガリ削られた真澄は、トイレの個室で一人、動悸《どうき》が治まるのをしばらく待つ羽目になった。

その後、どうにかこうにか席に戻った真澄の目の前で繰り広げられた団体戦の模範試合は、豪快というか、いっそ壮観だった。

挑戦者である五騎を相手にアークはかすり傷一つ負わず、というより汗一つかかずに勝負を決めた。

確かに騎士たちは言っていた。「胸を借りて参ります」と、彼らは試合前にそう述べていた。だからといって、まさかこんな一方的な展開になるとは思いもよらなかった。

乱れ飛んだ火球。そびえ立つ光の大盾。

長剣の間合いに入ることさえ許されず、五人の騎士は次々と膝を折った。カスミレアズが優しく見えたほどの試合運びに、超満員の観客は沸いた。

一瞬とはいえ女性陣の悲鳴が上がったカスミレアズとは違い、今は男性陣の雄叫《おたけ》びがひたすら競技場を震わせている。他の追随を許さないその力、確かに男なら誰もが憧れるだろう。街中で女性より男性からの注目をやたらと集めていた理由がよく分かった。

競技場の中心、手を挙げて歓声に応えるアークがいる。

かたや観客席に視線を投げると、雄叫びに負けじと頬をばら色に染めた若い娘たちが必死に手を振っている。トイレで耳にした話といい、相手には本当に困らなそうだ。

なぜ身を固めないのか。考えて、二秒で答えが出た。

多分、そんな暇はないからだと思う。嫁を迎えるより先にやるべきことが第四騎士団には山積みだ。

きっと忙しくなるのだろう。色々なことを考えたり迷ったりする暇などないほどに。そうなってほしい、むしろそうなれと強く願いながら、真澄は割れ鐘のように痛む頭を抱え、目を瞑《つぶ》った。

叙任式から数えて七日間続いた騎馬試合は、そうして華やかなる盛り上がりのうちに幕を閉じた。

◇3　全ての道は帝都に通ず

ここは中央大陸北方アルバリーク帝国、ヴェストーファ領。

時刻は夜の十時を回り、叙任式滞在の最後の夜が更けていく。

仕事の話は早々に片付けた。隠しきれない歓喜を浮かべつつ、部下たちがぞろぞろと大広間を出ていってから、およそ二時間は経《た》っている。最後の自由時間とばかり、アークとカスミレアズは酒を飲んでいた。

どうせ帝都に戻れば、腐るほど任務が積み上がっている。今くらい羽伸ばしを許されてもいいだろう。

「複雑な契約だったのではありませんか」

杯を持ったまま、カスミレアズがふと尋ねてきた。アークは目線でなにが、と反応を返す。

「マスミ殿のことです」

「それがどうした」

「少し試してみましたが、私でさえ十二分な回復量を得られました。本来アーク様が享受すべき専属の利点を、私たちに与えるような契約にしたのではと思いまして」

「契約はしていない」

「は？」

「あれと専属契約は交わしていない、と言った」

カスミレアズが絶句した。それを見て、アークは肩を竦《すく》める。

「お前が言ったんだろう、その可能性を」

スパイが残した、真澄に対する所有権の主張。

戯言《たわごと》と捨て置けないようなタイミングだった。魔力も騎士も知らずこの世界の基本が全くおぼつかない彼女、噛《か》み合わない話の数々、高位の魔術士を擁するレイテアからのスパイ、その主張。

真澄がどこか別世界から「呼び出された」と仮定すると、色々な辻褄《つじつま》が合う。

「帝都に戻ってから本格的に調べるが、スパイの可能性はほぼ否定されたも同然だ。であれば、マスミが本気で専属契約の意味を理解していない可能性は多分にある」

「確かに……知っていれば、騎士団全員の面倒を見るなど間違っても口に出せないでしょうね」

しかし、とカスミレアズが顔を曇らせる。

「このままの形ですと、不利益は彼女よりアーク様に大きいはずです」

「勝手に言わせておけばいい。構わんさ、端《はな》から敬遠されている騎士団だ。一つ二つ揶揄《やゆ》が増えたところで痛くも痒《かゆ》くもない」

「それは、……」

「俺の専属楽士がいなくなって、もう十二年になる」

そこでカスミレアズが目を伏せた。続ければこの部下が痛いと知っている。だが構わずアークは口を開いた。

「最強と褒めそやしながらあらゆる任務を押し付け、だが誰も俺たちの声には耳を傾けなかった。今さら指図されたところで、聴き入れる義理なんぞない」

「勝手にやらせてもらう、と？」

「……力を貸すと言ってくれた相手だからといって、俺たちの常識全てを背負わせていいわけじゃない。違うか」

最初は押し切ってもいいかと思っていた。知らない方が悪いのだ、と。スパイ容疑を盾に取って、アルバリークの流儀――本当の意味での専属契約を交わす――を押し付けるのは、造作もなかった。

踏みとどまれたのは、自分たちが尊重されたからだ。

第四騎士団の再興から十五年。ずっと周囲からの視線は厳しかった。最初は「本当に復興できるのか」という疑念が渦巻いた。軌道に乗り始めると「楽士を使い潰す」という悪評が立った。不足を補おうと練度を上げれば、「それだけ強ければ助けなどいらないだろう」と嫌味を言われた挙句、楽士の来手――つまり補給線を断たれた。

これ以上どうしろと言うのだ。

アークは怒鳴りつけてやりたかった。自分たちのプライドがなにより大切で、いざという時どう戦うかなど二の次にしている輩《やから》たち。そんなことで国を守れるか、何度そう訴えても、騎士団長の中で最も若輩であるアークの声は聞き入れられなかった。

全方位が敵だらけだ。

そんな境遇にあって、おそらく異世界人である彼女だけが、自分たちの生き方に頷《うなず》いてくれた。だから自分たちも、彼女を尊重すべきなのだ。

「総司令官と専属楽士が必ず契らねばならんという法はない。単なる慣習だ。事実、俺の元専属楽士全員がそうだっただろうが」

「それは契り云々《うんぬん》の話に進展する前に逃げられ続けたということであって、アーク様にそのつもりがなかったわけではない、と認識しておりますが」

「つもり？——当たり前だ。公的な第四総司令官の立場を考えれば、本来私情なんぞ挟む余地はない。誰でもいいから専属に据えるべきだ」

「では」

「同じことを二度言わせるな。『誰でもいい』の枠にマスミを入れていい道理がない、俺はそう言っている。それに専属の制約を課さずとも、マスミの腕があれば充分に回復できる」

魔力の回復量については、規格外の神聖騎士であるカスミレアズ自身が体感していることだ。たまたま真澄の腕が素晴らしかったというのが大前提だが、慣習という名の体面さえ気にしなければ、実利で困ることなど一つもない。

「……拝承しました。私の胸だけに留《とど》めます」

「そうしてくれ」

「騎士団からの余計な詮索は、私でもそれなりに排除できるでしょう。しかし、……楽士の世界は正直、未知数です」

守り切れるかどうか。

カスミレアズが難しい顔で考え込んだ。

「簡単に潰されるようなタマじゃないだろうがな。こればかりは俺も読み切れん。宮廷楽士たちがどう出てくるか」

貴族の、それも閉鎖されたごく一部の血族だけに許された職業。享受できる利益は莫大で、その分け前はほぼ予定調和で確約されている。その中にいきなり異分子が交ざって、良い展開になるとは到底思えない。

ある意味で、新生第四騎士団の正念場となるだろう。

「まずは武楽会にマスミを推してみようと思う」

「いきなり殴り込みですか」

「出場者はまだ選定されていない。正々堂々と選考に名乗りをあげて、規定に則《のっと》って勝負するだけだ。なにも問題はないぞ」

「……一悶着《ひともんちゃく》で済めば良いですが」

「文句があるなら『楽会で優勝してから言え』と説教するまでだ」

「武会優勝者に言われては、楽士たちも身の置き場がないでしょうね」

小さくカスミレアズが笑った。

そして二人で深夜まで杯を交わした。帝都に戻れば、忙しくなる。片田舎の穏やかな夜は、ゆっくりと更けていった。

＊　＊　＊　＊

同時刻、中央大陸西方レイテア王国の王宮、とある一室にて。


夜のしじまに、ろうそくの炎が優しく揺れている。

石造りの廊下は等間隔に照らされていて、暗闇の中にあっても足元は確かだ。夜更けに音が響かないよう慎重に歩きながら、ライノ・テラストは目的の部屋に辿《たど》り着いた。

今日の夜半には戻ると先触れは出している。

おそらく部屋の主は起きているだろうと考え、一瞬止めた拳をライノは扉につけた。少し待つ。ややあって、カタンと鍵の開く音、次いで扉がゆっくりとひとりでに開いた。

許可が出た証《あかし》だ。

ライノは素早く隙間に身を滑りこませ、後ろ手に扉を閉めた。

「ただいま戻りました」

膝をつき、手を胸に当て、礼を取る。窓際で夜の読書をしていたらしい主は、ゆっくりと顔を上げた。

「おかえりなさい、ライノ。無事で良かったわ」

「必ず戻ると誓ったではありませんか」

「そうだけど。あなたはすぐ無茶をするから心配してたの」

「身の程はわきまえておりますよ。第四近衛騎士長との勝負は私から退《ひ》きました」

「近衛騎士長ですって？」

美しい柳眉が持ち上がる。

「……やっぱり無理をさせたのね。私がアークレスターヴ殿下のことをもっと知りたいなどと言ったから」

寂しそうに伏せられる瞳に、ライノはかける言葉を持っていなかった。

幼い憧れだと切って捨てるには、主——アナスタシア・レイテア王女——の費やしてきた時間は膨大すぎた。

主は恋をしている。

他でもない敵国アルバリークの、それも重要な地位を占める相手に。誰より彼女を近くで見てきたライノは、所詮叶わぬ恋だと何度諭したか。実に分不相応な諫言《かんげん》だ。だが主は頑《かたく》なに想《おも》い続け、長じるまで、長じてからも、楽士としての研鑽《けんさん》を怠らなかった。いつかあの第四騎士団長に嫁いで、寄り添いその身を支えるのだと夢見て。

きっと傷付く。成就しない恋だ。

分かりきっていた。しかし分かっていて尚放っておけるほど、ライノは鈍感な一家臣にはなりきれなかった。

「私はあなたの騎士です。あなたの喜びが私のそれとなりますし、あなたの幸せが私の本望です」

真綿にくるんだ嘘《うそ》が出た。

本当は、今でもあの男がいなくなればいいと思っている。だからこそ主の目の届かない彼《か》の地で、今度こそ本気で仕留めようと思っていた。結果は予想外の要素に狂わされて失敗に終わったが。

「ありがとう、ライノ」

ばら色に頬を染める主は美しい。同じ色であるはずの自分の魔力が、褪《あ》せて見える。

「元気が出たわ。武楽会に向けて、また明日から頑張らないと」

「武楽会といえば……そう、見つけましたよ」

「なにを?」

「あなたが武楽会の為に呼び寄せた楽士です」

アナスタシアが手で口元を覆う。ただでさえ大きくつぶらな瞳が、こぼれんばかりに見開かれた。

「うそ……一体どこで?　あんなに探して見つからなかったから、やはりわたくしは失敗したのだとばかり……」

「私は必ずどこかに来ていると信じていましたが。あなたほど高位の魔術士が調えた古式魔術です、人一人召喚するなど容易《たやす》いでしょう」

「……逆だったら良かったのに」

不服そうに下を向く。幼い頃から才能の片鱗《へんりん》を覗かせていたアナスタシアの魔術は、今やレイテアで五指に入ると名高い。だが彼女はそれを喜ばなかった。

主は楽士になりたがった。

己の演奏では、魔術士として自身の魔力の回復はできないにもかかわらず。

だがそんな彼女の純粋さを嘲笑《あざわら》うように、天は平凡な才能しか与えなかった。それでも主は日々を楽士としての研鑽に費やした。幼い頃に武楽会で出会った彼の国の男を忘れられない、そう言って。

片や非凡な輝きを放つ魔術士としての素質、さしたる努力もせず成せる高位の魔術、その対比が鮮やかすぎた。

見ていられなかった。

しかし見ていられなくとも、アナスタシアの騎士であるライノは誰より間近で、報われない主の努力を目の当たりにしてきた。

あの化け物じみた「燐火」が相手だ。傍《そば》に寄りそうには、努力では賄いきれない才能が要求されるだろう。それこそ神の祝福を賜るような。

主は普通の域を出ない楽士だ。

長年の努力はさしたる大きな実りにはなっていない。今ならば良く分かる。泣こうと喚《わめ》こうと越えられない壁だ。あの堕《お》ちてきた楽士の音は、否応《いやおう》なくライノに残酷なその現実を突きつけた。

だから今日はいつも以上に止める。

主がどれほど想いを募らせようとも、あの「熾火」に使い潰される未来しか見えない。

「やはり気持ちにお変わりはありませんか」

「当然です。召喚する時に後戻りはしないと決めました」

「私が不在の間、ご縁談が三件届いたと伺いましたが」

傍系王族が一件、高位の貴族が二件。

いずれも王女であるアナスタシアが降嫁する相手として不足はない。それどころか、彼らは継承順位の低い末の王女に対し、破格ともいえる条件を提示してきている。

それはひとえにアナスタシアが才能にあふれた魔術士という側面を持つからだ。

迎える側の打算もあろうが、必ず大切にされるだろう。降嫁し王位継承権を放棄しても、下にも置かない扱いをされることは想像に難《かた》くない。

「全て断りました」

毅然《きぜん》と言い放ったアナスタシアに、ライノは小さくため息を吐《つ》いた。

「わたくしは絶対に武楽会での優勝を諦めません。だから教えてちょうだい、どこに召喚した楽士がいたのか」

「今からでも遅くはないと思いますよ」

「なにが?」

「断りの撤回です。特にトゥーアの宮様はあなたをご幼少の頃からご存じですし、」

「ライノ、やめて」

「宮様ならば一言『神経質になっていた』と謝れば、笑って受け入れて下さるでしょう」

「やめなさい！」

薄い手のひらが、テーブルの上に置かれていた本を叩《たた》いた。

「なんてことを言うの。断った話をもう一度など、非礼にも程があるわ」

分からないわけではないだろうに、という戸惑いの視線が飛んでくる。ライノは真正面からそれを受けた。

「百も承知で申し上げています。礼を失すると分かっていて尚、そちらの方がまだ幸せになれる、そう申し上げているのです」

「なにが幸せか、それはわたくしが決めることよ」

気丈に振る舞いながらも、アナスタシアの声が震えた。誰より近い側近の言葉とはいえ、たかが一言にこんなに容易く心を抉《えぐ》られる。これでは主の思い描く未来はいばらの道だ。苦難の連続だろう。

その御身にどうか幸あれ、と。

唯一であり絶対に譲れないライノの願いは、今日も主には届かない。そして今日も折れたのは、四つ年上のライノだった。

「ほんの一週間程度では治りませんね、あなたの強情さは」

「ライノ！　じゃあ、」

「教えて差し上げますよ。ただ、あまり喜ばしい状況ではありません」

「……どういうこと？」

「楽士が堕ちたのはアルバリークです。それも、第四騎士団総司令官のお手元に」

アナスタシアが絶句した。

「あなたが召喚した楽士です、確かに素晴らしい腕を持っていました。偶然とはいえ手に入れた逸材を、あの総司令官が見逃すと思いますか」

「ということは、総司令官の楽士に……？」

「ええ。それも専属にしたようです」

嘘ではない。叙任式で見事に大役を果たしていたのを、ライノは己の目でしかと見た。それに、一戦交えた近衛騎士長もそう宣言していた。

どう考えても順当な結果だ。

そしてこうなってしまうと、主が第四騎士団総司令官の楽士になれる可能性はほぼ潰えたといっていい。

アナスタシアが唇を噛みしめる。思い詰めた表情ながら、その優しい緑の双眸《そうぼう》に滲《にじ》む決意は揺らいでいなかった。

「わたくしは諦めません。武楽会で必ず優勝して、絶対に……」

「御意。手足となりましょう」

「返してもらうわ。……必ず」

握り締められた華奢《きゃしゃ》な拳を、ライノは遠く見つめるしかできなかった。


王女の騎士。

だが、彼女が嫁げばその役目は終わりになる。王位継承権を放棄して降嫁するのだから、王女の騎士は要らなくなるのだ。


最初から期限付きの恋だった。

王女は騎士の本心を知らない。きっと、一生知らずに終わるだろう。

＊　＊　＊　＊

叙任式から騎馬試合まで七日に及んだ儀礼は終わり、第四騎士団の出立の日がきた。

ここはメリノ家の広い前庭で、騎士たちが旅支度を進めている。その様子を、真澄は邪魔にならないよう端によけて見守っていた。

騎士たちが持つ荷は少ない。

帝都までは長距離になるとはいうが、重装備の鎧《よろい》ではなく制服をまとっている。馬が疲れないようにするためと、戦えない真澄を守るために街道沿いを進むので、大型の魔獣はあまり心配がいらないらしい。そういうわけで、かさばる筆頭の荷物——鎧や大盾など——は、馬車でまとめて後方から送ることになっていた。

出立準備を眺めていると、横から「あの」と遠慮がちな声がかかった。

振り向くと若く可憐《かれん》な乙女が立っている。丁寧な物腰とその声は、見紛《みまが》うことなくメリノ家のご令嬢、アンシェラだった。

「もうお発《た》ちになられてしまうのですね。寂しいです」

「ええ、私も……あっという間で驚いてます。もう一日や二日、ゆっくりしても良さそうなのに。あ、もちろんお世話になりっぱなしじゃなくて、宿は駐屯地に戻って然《しか》るべきだと思いますけど」

七日間、大変お世話になりました、と真澄はぺこりと頭を下げた。アンシェラが慌てて首と手を横に振る。

「賑やかでとても楽しかったです。皆さまには、本当にいつまでも滞在して頂きたいと……家族も少ないですから、ついそう思ってしまいました」

そうだった。彼女の母御は既に亡くなられているし、兄弟姉妹もいない一人っ子だ。父と娘二人きり、使用人がいるとはいえ静かな暮らしになるだろう。早く良い相手を見つけて父を安心させたくとも、昨日の話から察するに展望はあまり明るくなさそうだ。

二十歳にも届いていなそうな彼女、「寂しい」と暗にうつむくその人の願いを叶えてやれず、真澄は眉尻を下げた。令嬢の境遇は「きっと大丈夫」などと軽々しく言えるものではない。

「またお会いできるでしょうか。それともやはり今回限りとなりましょうか」

不安気なアンシェラに、真澄は微笑《ほほえ》んだ。

「クビにさえならなければ、来年も必ず来ますよ」

「本当ですか？」

「ええ、必ず」

「絶対？」

「お約束します」

右手の小指を差し出しかけて、真澄は止まった。

ここアルバリークでの約束の証、まさか指切りげんまんとは思えない。さりげなく手を降ろしつつ、真澄は頰をかいた。

「どうしたら信じてくれます？　私の故郷では、こう……指を絡めて『指切りげんまん、嘘ついたら針千本飲ます』と互いに誓いあって、最後は『指切った』の声と一緒に指を離しますが」

「はっ……針、千本ですか？　楽士さまのお国では、大変な誓約を交わされるのですね……」

見事に額面どおり受け取られてしまった。

育ちの良いお嬢様というのは人を疑うということを知らないらしい。そんなアンシェラは、目をぱちくりさせながらも懸命に会話を繋げようとする。

「ここアルバリークでわたくし共は、手形を交わすのが慣例です。それで、あの」

アンシェラが胸に抱えていた一巻きの筒をぎゅ、と抱きしめた。自然、真澄の目はそこに向かう。

深く渋みのある焦げ茶色だ。中ほどに、巻物を留めるためであろう紐《ひも》がくくりつけられている。

彼女は意を決したように、それを真澄に差し出してきた。

急なことに戸惑う。

受け取って良いものなのか、どうなのか。考えて真澄が手を彷徨《さまよ》わせていると、アンシェラが言った。

「これを受け取って頂けないでしょうか。母の形見です」

若くたおやかな指先が、紐を解く。

柔らかな音と共に広げられたのは羊皮紙で、そこには独特な記号が羅列されていた。傍《はた》からみれば暗号にも読めるそれらはしかし、丹念にたどれば一定の法則に基づいていることが分かる。

なにより真澄は、この暗号に近しい雰囲気のものを知っていた。

「……楽譜、ですか？」

「はい」

「メリノ家は楽士の血筋ではありませんよね。なぜ、と訊《き》いても？」

「母がメリノに嫁ぐ前に、とある楽士さまから贈られたものだそうです」

それって——真澄は意外な物語に目を瞠《みは》った。

音楽家が人に曲を贈る理由は限られている。恋か、尊敬か、あるいは。いずれにせよそこには特別な想いが込められている。

「同じ街の出身で、幼馴染《おさななじみ》だったとか。本人同士で将来を誓っていたようですが、楽士として高名な方だったようで、大魔術士さまの専属になられたと聞いています。その時に贈られた、題名のない曲です。母は反故《ほご》になった約束を責めるでもなく、かねてよりお話のあったメリノ家に嫁ぎました」

「そうでしたか……」

「ご存じのとおりヴィラードなど一介の貴族では手に入れられませんし、かといって帝都の楽士さまはお忙しいですからお願いすることもできずじまいでした。埃《ほこり》をかぶったままの譜がかわいそうだったのですが、それも今日までです」

どうか弾いてやってくれはしまいか。

真剣な表情で頼み込むアンシェラを前に、真澄はその羊皮紙を受け取って譜面に目を走らせた。

楽譜として今日もっとも有名な五線譜――横に五本の線が引かれ、ト音記号などの音部記号があり、音符と休符を配置していく譜――とは、明らかに様相が異なっている。

羊皮紙のそれは五線譜ではなく、いわゆる「タブラチュア譜」に近い。

タブラチュアというのは、文字や数字で奏法を記した楽譜である。

横に線が引かれるのは五線譜と同じだが、そこに書き込まれるのは音符ではなく弦を押さえる指のポジションだ。どの指でどの弦を押さえるのかを指定するもので、特に弦の多いギターで発展している譜面でもある。

利点は、初心者でも最も効率の良い演奏ができることに尽きる。

弦楽器全般に言えるのは、異なる弦でも、異なるポジションを押さえることで、同じ高さの音を出すことができる、という事実である。

それはたとえばヴァイオリンでいうなら、A線《アー》で、ファーストポジションで、二の指――中指を使うと、ドの音が出る。同じ高さの音を隣のD線《デー》で出そうとすると、サードポジションで、四の指――小指を使う。

どちらが簡単だろうか。

指の力で考えて、明らかに小指より中指が強いと分かるだろう。それがつまり音楽における経済性、弾きやすさにかかってくる。その経済性を最適化し、試行錯誤する手間を省いたのがタブラチュア譜なのである。

ただ、致命的な欠点がある。

このタブラチュア譜は特定の楽器に特化した譜面なので、どの線上における指番号がどの音かは暗黙の了解であり、それが音高としてドなのかラなのかは読み取れないのだ。

おそらくは、彼らのいうヴィラード用の譜面なのだろう。

最も普及している楽器であるらしいし、単一の弦楽器に対してこの譜面が発達したのは理解できる。見る限り譜面そのものはそう難しそうでもない。だが音部記号もなく、五線どころか八線におよぶこの譜面は、ヴィラードとやらの演奏を聴いたことがない今の真澄には解読不能だった。

さて、どうしたものか。

譜面が読めないから演奏ができない。そう真正面から白状してしまっては、総司令官の沽券《こけん》にかかわるだろう。異国では記譜法が違うから初見はちょっと、と断るのも気の毒だ。

そこまで考えて、真澄ははたと名案を思いついた。

「分かりました。この楽譜、確かにお預かりします」

「ありがとうございます、ご無理申し上げます」

「ただ、今すぐに演奏はしません」

「……やはり不躾でしたでしょうか」

「いいえ、そうではなく。この曲を弾きに来年も必ずここへ来ます。約束を果たすために、今は弾きません。戻ってくる理由がなくなりますから」

言いながら、真澄は背負っていたヴァイオリンケースを芝生の上に置いた。

手にしていた羊皮紙を同じようにそっと芝生に横たえる。ケースを開けて、弓とヴァイオリンを取り出して調弦を始めると、音に気付いた騎士たちや見送りに出ていたメリノ家の面々から視線が集まった。

それらには構わず、真澄はアンシェラ・メリノだけを真《ま》っ直《す》ぐに見つめる。

「アルバリークでは約束に手形を交わすと言いましたね。私からは曲を一つ差し上げます。楽譜を大切に残して下さった、あなたのお母様に敬意を表して」

今はこれで我慢してほしい。そう断りをいれて、高く細い音を、長く紡ぐ。

選んだのは讃美歌《さんびか》だ。フランスの作曲家グノーの『アヴェ・マリア』である。

本来であれば優しいピアノの伴奏から始まる、二重奏の、聖母を思わせるたおやかな曲だ。

讃美歌特有の透明な美しさは、この曲がグノーの手だけによるものではなく、もう一人の立役者がいることで更に際立っている。

それが他でもないドイツの作曲家、ヨハン・ゼバスティアン・バッハだ。

元はバッハの『平均律クラヴィーア曲集』第一巻の第一曲「前奏曲」を伴奏にして、グノーが主旋律を付けた。現代でいうところのいわゆるコラボレーションというものになる。

才能が才能を呼び覚ます、典型的な例といっていい。

そうでなければ、この曲が一八五九年に発表されて以来、百五十年以上も愛され続ける理由が見当たらない。

穏やかな旋律は祝福に満ちている。

子を身ごもったマリアへの祝辞と言い換えてもいい。

母がいなければ子は生まれていないように、アンシェラの母と名も知らない楽士の過去のつながりがなければ、今こうして真澄とアンシェラが約束を交わすことなどなかった。それはきっと、奇跡に等しいのだ。

だから感謝を示す。

彼女の母に、あなたがいてくれて本当に良かった、と。

＊　＊　＊　＊

帝都へ向かう馬車の中、真澄は頬杖をついて窓の外を眺めていた。

揺れる車内は六人ほどが掛けられる広さだが、座っているのは真澄一人だ。騎士たちは皆、自分の愛馬にまたがって街道をひた走っている。

初夏の日差しが眩《まぶ》しい。

ヴェストーファを出てからしばらくは草原が広がっていたが、今は遠くに大森林と、さらにその奥に白い山が見えた。初夏にもかかわらず冠雪の山頂は人を寄せ付けぬ美しさで、さながら霊峰である。

見慣れぬ景色を目に映しながら、真澄は隣に置いているケースをそっと撫《な》でる。

ひたすら自分のために弾いてきたヴァイオリンが、誰かの為になる日が来るなど考えてもみなかった。第四騎士団としての問題は山積みであって、前途多難ではあろうけれども、未知のこの世界では思い描いていたものとは少しだけ違う人生になりそうな予感がする。

そして真澄は、まだ見ぬ帝都に想いを馳《は》せた。

第2章　大嵐の前の小嵐

◇4　慣れた日常に潜む危険

「おはようございます、マスミさま」

丁寧かつ柔らかい声に次いで、かちゃり、とドアノブが回った。僅かな衣《きぬ》ずれの音が続き、その後は部屋に光が射《さ》しこんだ。真澄《ますみ》は目蓋の向こう、その白さに呻《うめ》く。

「今日も皆さまお待ちですよ」

「んー……」

「朝食のお席、先にお取りしてきますね」

カーテンと窓を開け放って早々に、女官のリリーは退出していった。

分かりやすく信頼されている。

真澄の寝起きは悪くない。そもそも誰に声をかけられずとも自分で起きられるのだが、そこはせめてもの形式上ということで、彼女は毎朝こうして挨拶がてらカーテンと窓を開けてくれるのだ。

真澄は薄い掛布をのけて、どっこいせ、と起き上がった。

大あくびを隠しもせず――どうせ部屋には自分しかいない――もそもそと歩き、隣の部屋へと足を運ぶ。そこは衣裳《いしょう》部屋であり、身支度を整える部屋でもある。壁一面にずらり、色とりどりのドレスが並んでいる。一度も袖を通したことがないそれらには今日も目をくれず、真澄は端っこに掛けられている仕事着を手に取った。

型はほぼ軍服に近い。

アークたちのような本物の軍人が着るものとは装飾など細部が異なっており、いわゆる軍属だと一目で分かる制服だ。シャツを着て、パンツを穿《は》く。ほぼ機能性のみを追い求めたどこまでもシンプルな装いとなる。ただし、事務方などに代表される他の軍属とは明確に違う部分が一つ。

楽士の証明である正方形の布。

それを真澄は手に取り、姿見に向き直った。青く柔らかい、上質なスカーフだ。

今日はどう結ぼうか。少し考えて、襟下ではなく首に直接巻いて、蝶結《ちょうむす》びを作ることにした。もちろん結び目は右、ヴァイオリンの邪魔にならないように。

右、左。

身体《からだ》の角度を変えて、姿見の中にいる自分の装いを確かめる。今日もシャツには皺《しわ》一つなく、スカーフの形も崩れていない。

この青いスカーフをまとうのは帝都で真澄ただ一人。

それなりの緊張感を持ちつつ身支度を整えた真澄は、その後軽く化粧をして、リリーの待つ食堂へと向かった。

一度に数百名をまかなえる食堂は、今日も様々な人間が入り乱れて活気にあふれていた。

意外なことにその大半を占めるのは、真澄と同じ制服の軍属たちである。それも本物の裏方がほとんどで、楽士はとんと見かけない。花形で本物の軍人である騎士と魔術士もいるにはいるが、彼らは勤務形態が三交代制——常時、三分の一が即応体制——であるため、相対的に姿は少ない。

真澄が食堂に姿を見せると、今日も今日とてあちこちがどよめく。

努めて気にしないようにしながら、真澄はリリーの待つテーブルに向かった。

「マスミさま。やはり他の楽士さまと同じように、お部屋に食事をご用意しますか?」

スプーンを手に取るなり、リリーが顔を曇らせた。

「別にここで構わないってば。どうせそのうち飽きるでしょ」

「飽きるどころか、最初の頃より注目されている気がします……」

リリーは居心地悪そうに身を縮める。一方で見られることに慣れている真澄は、まったく意に介さずスープに口をつけた。

注目のされ方は実に多様だ。

二人の横を通り過ぎたあと、振り返って二度見してくる者。その視線は大抵、真澄の首元に注がれている。他には、明らかに視線をさまよわせながら、真澄で止める者。その顔には必ずといっていいほど興味本位と驚きが入り混じって浮かんでいる。あるいは数名で食事をとりながら、さりげなく様子を窺《うかが》ってくる者。彼らがなにを囁《ささや》きあっているのかまでは分からないが、話のタネになっているのは確実だ。

いずれにせよ珍獣扱いはここにきて否定できない事実となっている。

「注目、ねえ」

パンを頬張りつつ真澄はひょいと視線を走らせる。

この一瞬だけで、三人ほどと目が合った。拝観料をよこせと言いたいくらい見られている。

「まあ、確かに。そう考えると楽士ってのはつくづく排他的っていうか閉鎖的よね」

「そうでしょうか……楽士さまは高貴でいらっしゃいますから、私どものような平民と同じ食事をとるなんて、私どもの方が考えられないのですが……」

「ここで働いてるっていう条件は一緒なんだけどねえ」

真澄がため息を吐《つ》いてみせると、リリーの眉は八の字に下がった。毎朝くり返す会話ながら、真澄とリリーの育った環境があまりに違うせいで、どうにも噛《か》み合わないのである。

真澄にしてみれば職場に身分を持ちこむのはナンセンス以外のなにものでもない。例えば同じ課の隣に座っている先輩が「俺は社長の息子なんだぜ」と胸を張ったところで、「あんたが偉いわけじゃないでしょうが」と即座に言い返す案件だ。

ところがリリーはこの限りではない。

真澄が食堂を使うと言い出した日には、腰を抜かすほどびっくりしていた。貴族なんかじゃない、ただの一般人だからと何度言っても通じなかったのは記憶に新しい。

「大丈夫。みんな一回見たら満足するから」

「軍部関係者だけで何人働いていると思ってらっしゃいます……？　数千人はいますよ、一体いつになるやら」

「また第四騎士団ってのが悪かったわよねー」

清々《すがすが》しく笑いながら、真澄は首の青いスカーフを撫《な》でる。

「たかが布きれ一枚がこんなに目立つなんて、ほんと思ってもみなかったわ」

「むしろ見分けをつけるためのシンボルカラーですし、縁取りですよ」

「絶滅種が実は生きてました、みたいなものだもんね」

この『青く、金糸に縁取られた』スカーフが帝都にて日の目を見たのは、実に十二年ぶりとなる。

楽園と呼ぶにふさわしい南の暖かく穏やかな海、その上に果てなく広がる空。どこまでも深く美しいその色は、第四騎士団の所属であることを示す。そして金糸の優美な縁取りは、最高位の楽士という身分証明になる。

騎士の肩章、袖章と同じ役割をその布一枚が果たすのだから、記号というのは便利なものだ。

「失礼、相席しても宜《よろ》しいかな」

と、かけられた落ち着きのある声に、真澄とリリーは横を見る。

そこにいたのは老年にさしかかろうかという年の、騎士にしては小柄で、しかし背筋の伸び方は道場の師範を思わせるような人だった。彼《か》の人がまとう制服の肩章は青い。

「おはようございます、セルジュさま。空いてますわ、どうぞお好きなお席に」

「ありがとう」

言いながら、老騎士セルジュ・ヴァレーゼは四人掛けのテーブルの一角に座った。

「二人とも、もう済ませるところだったかな?」

「いいえ、私たちも食べ始めたばかりです」

「ふむ……小食なのだな」

いきなり肉塊にフォークを突き刺すセルジュの盆には、所狭しと山盛りの皿が置かれている。パンもサラダもメインもデザートも、全てが三人前ほどありそうだ。

一線を退いて指南役という肩書ながら、現役騎士たちと遜色ない盛りの良さである。

「それでよくもあれだけ豊かな音を出せるものだ」

「セルジュさまほどの肉体労働と同列にはなりませんよ」

思わず真澄はぷ、と笑う。

「そうかな？　朝から晩まで弾き通しだ、私にはできそうにない。まあおかげで訓練に全力を出せるようになったのは、有難いことだが」

「日に日に駆けこみが増えているのはおっしゃるとおりですけどね。活気があるのはよろしいことかと」

「本当にそうだな。昔を思い出して、つい指導にも熱が入ってしまう」

「どうぞお手柔らかに。ぼろ雑巾が増えてしまいます」

「はっは。これは言い得て妙だ」

さも愉快そうにセルジュは笑うが、下っ端騎士たちにしてみれば笑いごとじゃないだろう。なんせ彼は退役して非正規雇用になったとはいえ、近衛《このえ》騎士長のカスミレアズに次ぐ実力者だ。

セルジュ・ヴァレーゼ。

ほかでもない旧第四騎士団における「白き二十の獅子《しし》」、その最高位を務めた神聖騎士である。

この人が残ってくれたことそれ自体が新第四騎士団の礎となり、同時にその発展に寄与したといっても過言ではない。表舞台では騎士団取り潰しを食い止めたアークと、化け物級の実力を誇るカスミレアズばかりが脚光を浴びているが、縁の下の力持ちはまさに彼を筆頭とする指南役たちだ。アークはともかくとして、歴代最強の近衛騎士長であるカスミレアズでさえ頭が上がらない相手だ、騎士団全体におけるその影響力は推して知るべし。

そんなセルジュのおかげで不躾《ぶしつけ》な視線から解放され、真澄たちはゆっくりと朝の時間を楽しむことができた。

三人の朝食、その食べ終わりは同時だった。

食器を返却口に戻したところで、リリーは騎士団宿舎棟に戻った。彼女には、これから掃除洗濯など女官の仕事が待っている。その背を見送り、一方の真澄はセルジュと一緒に訓練場へと足を向けた。

石造りの長い回廊を、二人でゆっくりと歩く。

時刻は朝の七時を回ったところだ。日を追うごとに強くなる初夏の日差しは、昨日に増して一段と眩《まぶ》しい。

「セルジュさま、今日のご予定は？」

「全体修練は午後だが、午前中も希望があれば個人修練に付き合ってやろうと思っているよ」

朝陽《あさひ》に目を細めるセルジュの顔はとても穏やかだ。

これが一歩戦場に立つと鬼神のごとき強さを発揮するというのだから、俄《にわ》かには信じがたい。ところが連日真澄の部屋に送り込まれる下っ端騎士の消耗具合を見ていると、「ああ本当なんだな」と納得せざるを得ないのだ。

叙任を受けたばかりの従騎士は、そもそも危険すぎて組み合わせてもらえないレベルである。まあ彼らに関してはそもそも魔力量が常人に毛の生えた程度ゆえ、真澄の世話になることはほとんどない。ところが続く準騎士、正騎士、真騎士たちは、それこそ毎日果敢に手合わせを願い出ている。そして毎日ボロ雑巾のようになるまでしごかれ、魔力がすっからかんの状態で真澄の部屋送りとなる。まさに這《は》うようにして、汗と泥と血にまみれたでかい身体を引きずってくる。

現役の神聖騎士たちには騎士団を回すための仕事がある。よって、常に修練に時間を割けるわけではない。そこで出番となるのが、指南役という肩書を持つ退役した騎士たちなのである。

幸か不幸か、第四騎士団にはセルジュを筆頭として七名の指南役がいる。

彼らは皆、現役時代は神聖騎士だった。それも旧第四騎士団出身で、つまり「白き二十の獅子」が七頭いるということだ。生ける伝説の一翼を担った七人を相手に、修練には申し分ない環境とみるか鬼神魔神の棲《す》み処《か》とみるか、それは個人の資質による。

「早出組は、……もう始めているようだ」

言葉の合間に耳を澄ませたセルジュが笑った。

「そうですね。先ほどからはっきりと聞こえます」

「活気があっていい。どれ、腹ごなしに私も交ざるとしよう」

「いってらっしゃいませ。休憩時間、お待ちしております」

片手を軽く挙げたセルジュは颯爽《さっそう》と走り去っていった。正面から訓練場に入るのではなく、裏口から近道をするつもりらしい。徐々に大きくなる気合の声、剣戟《けんげき》の高い音、爆発音などが彼を誘《いざな》ったようだ。

正しく伸びた背筋を見送りながら、真澄は歩みを止めることなく正規の道を往《い》った。

その部屋に着いて真澄がまずやるのは、窓を開け放つことだった。

途端に沢山の音と気配が押し寄せる。訓練場に隣接しているこの部屋からは、第四騎士団の修練状況が一望できる。それを横目に、真澄は指慣らしをして、曲を練習するのだ。持っていた楽譜は壁際の棚に全て収めた。譜面台もある。金属製ではなく、自然なカーブを描く木製の。真澄はそれが殊《こと》の外《ほか》気に入っている。

休憩を兼ねて、楽譜を記すのも大きな仕事だ。

耳で覚えている様々な曲を思いつくまま書き溜《た》めていく。なんせ楽譜が手に入らない。楽士に関する一切が門外不出というのは冗談ではなかったようで、アルバリーク製の譜はただの一つも持っていない。

メリノ家のアンシェラ嬢から譲り受けた名もなき譜も棚に眠ったままだ。

もったいないと残念に思いつつ、今はどうしてやることもできない。仕方なし、真澄は知っている曲を忘れないように書き続けるのだ。楽譜起こしはもっぱら午後にやることが多い。腕の休憩がてら、お茶を飲みつつの地味な仕事である。

帝都に来てからおよそ十日ほども経《た》った。

短期間ながら、この生活がすっかり板についたと言っていい。肉体派の職場に馴染《なじ》めるかどうかを懸念していたが、心配は完全に杞憂《きゆう》に終わった。むしろ真澄が驚くくらい、騎士たちは当たり前のように部屋に駆け込んでくる。彼らを迎え入れるために休憩用のベッドを用意し、一方で自分用の執務机まで設《しつら》えられているこの部屋は、学校の保健室さながらだ。

遠く威勢の良い声と共に、穏やかな風が吹き込んでくる。

学生時代に戻ったような錯覚に陥る。なんというか、本当に普通に働いているよなあ、などと感慨深くもなる。そして実に汗臭いＢＧＭを聞きながら真澄がなにを弾こうかと楽譜を捲《めく》っていると、わ、と訓練場で声が上がった。

――なにかあった。

歓声とは違う異質な音に真澄の顔は曇る。構えていたヴァイオリンを置いて窓に寄ると、訓練場の遠い一角に人だかりができていた。

ただし舞い上がる土煙に遮られて、人が集まっている以外の詳細は分からなかった。見えない事実がますます不安をかき立てる。こんな状態で優雅に楽器を弾けるわけもなく、やきもきしながら真澄は窓から身を乗り出した。

どうしよう、訓練場に降りた方がいいんだろうか。

だが応急手当などの直接的な処置ができるわけではない。あくまでも真澄にできるのは魔力回復という間接的な支援だけであって、邪魔になるかもしれないと思うと近くに寄るのも憚《はばか》られた。

真澄が迷っているうちに、ほどなくしてセルジュが戸口に駆け込んできた。

「場所、空いているか」

珍しく切れた息に焦りが滲《にじ》む。

弾《はじ》かれたように真澄は窓から身を離し、部屋の隅にある今朝がた整えたばかりの簡素なベッドを指差した。今日初の怪我人《けがにん》で、そこはまだ誰も横たわってはいない。ところがセルジュの顔が険しさを増した。

「……狭いな。申し訳ないが緊急事態だ、少し動かす」

「そんなに沢山ですか？」

「従騎士ランスが数組だ。巻き込まれた」

口と同時に手が動く。テーブルがどけられ、ソファの位置が変わり、絨毯《じゅうたん》が引きずられる。整ったかどうかを確認する間もなく、第一陣がなだれ込んできた。

「騎士長を呼んでこい！　休みの指南役も全員だ！」

叫ぶセルジュの手には藍色の光がきらめいている。最初の治癒が施されると同時、第二陣、三陣が運び込まれ、十人以上が魚河岸《うおがし》さながらソファといい絨毯といい並べられた。

全員、意識がない。

まとう鎧《よろい》は傷だらけ、ところによりひしゃげている。その隙間から赤い血が伝っていて、あまりの酷《ひど》さに真澄は目を背けることさえできなかった。

「その二人をベッドに上げろ、先に処置する！　他は後回しだ！」

再び藍色の光が放たれる。大きな光でありながら、しかし受けた従騎士は四肢をだらりと投げ出したまま動かない。いつもは音楽の絶えない優雅な部屋が、今は野戦病院の様相を呈す。怒号の指示、石床を叩《たた》く軍靴《ぐんか》。なにもかもが慌ただしい。

絨毯が赤黒く染まっていく。

が、と衝撃に真澄の身体が揺れた。肩が痛い、そう気付いた時にはセルジュが鬼気迫る様子で目前にいた。

「回復を、マスミ殿！　早く！」

神聖騎士の証明――白金に輝く魔珠が、無情にも空になって傍《そば》に浮かんでいる。

「これでは到底足りない、頭数がいても我らは……！」

「っは、はい」

喉が渇いている。真澄はまともな声が出なかった。

急がねば。

彼らの力は絶大だ、しかし不自由でもある。分かっている、だが真澄の身体は金縛りにあっていた。床に投げ出されたぴくりとも動かない腕から目を逸《そ》らせない。彼らがこの部屋に来る時は、いつも彼ら自身の足で歩いてきた。どれほど手酷くしごかれてぼろぼろになっていても、それでも屈託なく笑いながら「すみませんが今日もお願いします」と頭を下げるのだ。

こんな光景、初めてだ。

真澄が戸惑っているうちに、居合わせた騎士たちが空になった魔珠を携え次々に詰め寄ってくる。

こんなにいるのに、治癒の力が低いばかりに窮地に立たされている。

これが戦場だったなら。

冷たい汗が背を伝う。騎士団の存在意義を考えれば容易《たやす》く想像できる未来に急《せ》き立てられ、ようやく真澄の身体は動いた。


その後、すぐに駆け付けたカスミレアズと他の指南役の力添えが功を奏し、従騎士たちは一命をとりとめた。

五ランス、合計十五名。

ヴェストーファで迎え入れた新入りの実に半数だ。彼らは後方支援部門である衛生科に引き渡され、応急処置ではない正規の治療を受けている。後送手続きをとってきた真騎士のネストリが戻ってきて、復帰するには早くても十日はかかるだろうとの所見が伝えられたばかりだ。渋いながらも納得顔のカスミレアズとセルジュだったが、真澄は疑問を抱いた。

専門部隊の治癒であれば、効果は段違いではないのかと。

カスミレアズは「そのとおりだ」と頷《うなず》きながらも、同時に言った。

「食い止めることはできても取り戻すことはできないから、これればかりはやむを得ない」

「飲み込めそうでいまいち飲み込めないんだけど、それってつまりどういうこと？」

「治癒はあくまでも外傷を治すもの、痛みを取り除くものであって、失われた体液や血などは自然回復に任せるしか手はない。死人を生き返らせることはできない、と言えばいいか？」

「あーなるほど。なんとなくわかった」

どうやら一口に魔術といっても、そこまで万能ではないらしい。

止血はできても造血はできないということだ。前者の効果がめざましいだけになんでもできそうな気がするが、意外と制約があるなあというのが真澄の素直な感想だった。

会話をしながらも、カスミレアズの手は先ほどからずっと動いている。

報告書を作っているのだ。十五人という大人数を巻き込んだ大事故ゆえ、さすがに口頭報告のみとはいかないらしい。過失とはいえ直接の原因——つまり加害者となったセルジュから事情聴取をしつつ、カスミレアズはなんとも沈痛な面持ちを崩さない。

聴取すればするほど、セルジュが悪かったのではなく従騎士たちがたまたまそこにいただけ、という状況が浮き彫りになっていくからだ。

運が悪かったとしか言いようがない。

第四騎士団の現状を考えれば、遅かれ早かれ別の誰かが同じような事故を起こしただろう。

「監督不行き届きだったのは認めよう。私の手落ちだった。だが手狭さはもう限界にきている」

肩を落とすセルジュの向こうで騎士たちが後始末をしている。血に汚れた絨毯は処分、ソファの掛布も取り換えられ、駄目になってしまった傷物の鎧が一か所に積み上げられる。

難しい顔で部下の動きを眺めていたカスミレアズが、そのままの顔でセルジュに向き直った。

「確かにセルジュ様の射程内には、頼まれても入りたくなかったでしょうね」

カスミレアズが暗に指摘したのは今般の事故原因だ。

「最初は耳を疑いました。真騎士や正騎士ならまだしも、従騎士が巻き込まれるなどあり得ません」

「私もまさかあそこにいるとは思わなかった。いるわけがないと信じていたから、手加減もしなかったわけだが……」

「まあ、その点は……今回は致し方ないかと。入ったばかりの従騎士です、制限区域の目測が甘くて当たり前だ。それを踏まえて区画割りを目に見える形でしておくべきでした」

「レイテア前線での損耗ならまだしも、これでは本末転倒——総司令官に顔向けできん。それに危うく星祭り警備に支障をきたすところだった」

「今年の星祭りは確かに忙しくなりますね。人出は例年の二倍から三倍と見込まれているようです」

現皇帝の在位三十年という節目。

様々な催しが予定されており、警備の不手際は許されない。新米騎士であっても頭数として必要であり、その為《ため》に市街警備のイロハを急ピッチで叩きこんでいる最中だったものが、ここにきて計画の見直しを余儀なくされてしまったのだ。横で聞いている素人の真澄でさえ、頭の痛い問題であることが分かる。

「……そろそろ訓練場をもう一つ造っても許されると思うがな」

所帯が二倍なのに、同じ規模の訓練場はおかしい。そう言って、セルジュは疲れた表情で茶を啜《すす》った。

「星祭りの警備計画はともかく、ようやく全力で訓練ができるようになった。この機会を逃したくない」

「おっしゃるとおり、真剣に検討すべき時期かもしれませんね」

相槌《あいづち》を打ちながら、カスミレアズが真澄の方を見てくる。

言いたいことは分からないでもない。

帝都に来てからというもの、日に日に第四騎士団は盛り上がりを見せている。補給線のない残念騎士団が一転、足かせがなくなり飛ぶ鳥を落とす勢いだ。日々上がる練度、打ち込むほどに伸びる力は結果として士気を高揚させ、さらに訓練に熱が入るという好循環を生んでいる。

が、ここにきてその絶大な力が別の問題を引き起こした。

最大所帯の騎士団かつ限られた訓練場内で、力の及ぶ範囲が見事に被《かぶ》ってしまったのだ。これがまともに防御魔術を使える正騎士や真騎士ならば大事には至らないが、成長途上にある従騎士、準騎士はとっさに自分たちの身を守れるほど熟練していない。結果、とある真騎士の訓練射程を避けて通ろうとして別の神聖騎士の射程圏内に入ってしまった、というのが今般の顚末《てんまつ》である。

過失は過失だが、悪意はなかった。

早急に改善されたいとセルジュが願うのも無理はない。

「訓練場増設の件はぜひ上申してほしい。総司令官には後で報告書と一緒に出頭する」

「こちらは完成しましたので、今から参りましょうか」

「そうだな。早い方がいい」

手にしていた湯呑《ゆの》みを置いて、セルジュが立ち上がった。

カスミレアズも八割方埋まった報告書をざっと見直し、席を立つ。そのまま壁掛け時計に目をやって、近衛騎士長は「少し早いが今日はもう上がっていい」と真澄に告げてきた。それを受け真澄は宿舎棟へと一人戻ったが、どことなく気分は晴れずじまいだった。


目蓋の向こう、緩やかな動きを感じる。

真澄がゆっくりと目を開けると、いつの間にか灯《あか》りは絞られていて、部屋は穏やかに薄暗かった。そんな中でゆっくりと髪を撫でられている。真澄に対してこれができるのは、帝都広しといえど一人しかいない。

「……いつ帰ってきたの」

「起きたか」

真澄の質問には答えず、のんびりとアークが言う。

「どうした。寝ぼけまなこのくせに不満気だな」

「だから不法侵入だって何度言ったら通じるのよ……」

「お前こそまだ気にしてるのか？　俺がかけた認証だぞ、そもそも俺以上の適格者はいない」

「そもそも論を持ち出すなら言わせてもらうけど、そもそもここは私の部屋であってあなたの部屋じゃないんですがそこは」

「専属契約ってのはそういうもんだ」

「恋人でもないのにいつでも部屋に入れるってのもどうかと思うわ」

「鍵を持ち歩かなくていいんだ、感謝されてもいいところだぞ？」

「鍵を持ち歩いた方がプライバシーは守られるけどね？」

相変わらず噛み合わない会話をしつつも寛《くつろ》いだ様子のアークが撫でる手を止めないので、真澄は為《な》すに任せた。

もう慣れた。

自分たちが噛み合わないのはもはやお約束であるし、アークが自然体で真澄のテリトリーに入ってくるのもほぼ日課である。親密な間柄でもないのにこの距離感はいかがなものかと思うが、そういうものだと言い切られて反論の余地もなかった。

「あれ、そういえば鍵……」

ぼんやりした思考ながら、真澄は首元を探す。

するとアークの手の中にそれ――金糸に縁取られた青色のスカーフがあった。

「ここだ。寝苦しそうだったから解《ほど》いたぞ」

「それはどうも、お気遣い頂きまして」

ぺこりと頭を下げつつ、真澄はスカーフを受け取った。

認証については今後の生活に関わってくるからということで、帝都に戻ってすぐに説明された。

ヴェストーファ駐屯地のアーク専用天幕にかけられていた術と同じで、いわゆる探知術の一つに分類されるらしい。単に侵入者を感知するだけの受動探知とは異なり、認証は相手の素性を視《み》て判断する能動探知ゆえ、難易度が段違いなのだという。

最初は「ふーん」で聞き流していた。

が、雲行きが怪しくなってきたのは「真面目に聞いておかないと、後で痛い思いをすることになるぞ」とアークが脅してきたからである。「そういうことは最初に言え」と憤慨しつつも真澄が姿勢を正すと、アークはさらりと続けた。

「帝都の、特に王宮や軍部――騎士団と魔術士団の敷地――の中は、壁と窓と扉の全てに探知がかかっていると思え」

当たり前だが真澄は突っ込んだ。なんだその人を見たら泥棒と思え的な忠告は、と。

しかし直後に怪訝《けげん》な顔返しをされたのである。帝国要人が集まる場所、それを守る軍事力を置く場所に認証なしで入れると思うのか、おめでたい奴《やつ》だな、と。

なるほど道理だ。

真澄は納得した。そしてアークから追加で言われたのは、認証されていない者が立ち入ろうとするとえげつない攻撃魔術が起動するから気を付けるように、という物騒極まりない忠告だった。

気を付けろったってあんたどうやって。

とうとう真澄は詰め寄った。あいにく魔力とやらは持ち合わせていない上、魔術に造詣が深いわけでもない。基本的に探知術はその性格上、無味無臭無色らしいので、一般人の真澄に気付けと言われても無理難題すぎるのだ。

ちなみに回答として渡されたのが件《くだん》のスカーフなのである。

外見は単純に所属と地位を示しているが、内部にアークの魔力が込められており、身に着けている限りアークと同等の認証範囲に立ち入り可能となる逸品らしい。アルバリーク帝国全域をとっても、騎士団総司令官が立ち入れない場所など王宮の極一部に限られている。つまり普通に生活する分には、これ一枚あれば十二分に事足りる寸法だ。

たかがスカーフ、されどスカーフ。

恩恵は大きいがしかし、身に着けるのを忘れて出勤しようものなら即座に不審者認定を受けて痛い目を見る。ゆえに真面目に説明を聞くように、という顚末だ。

つい最近の記憶を引っ張り出しつつ、真澄は枕元に置いてある時計に手を伸ばした。

時刻は午前一時を僅かばかり過ぎている。結構本気で寝落ちしていたことに驚きつつ、やっぱりアークは日をまたいだかと思うと、自然にため息が出た。

「起きて待ってようと思ったんだけど、ごめん」

「いい。疲れたんだろう、話は聞いた」

「話って事故の？」

「ああ。後処理で帰りが遅くなったんだが、……」

ふとアークが黙り込んだ。眉間を寄せて、難しい顔をする。

「どうしたの、そんな顔して。やっぱり訓練場を増やすのは難しいとか？」

ぱたり、と真澄は寝返りを打った。

アークはその動きを目で追っている。ややあって、その眉が持ち上がる。

「そっちは問題ない。下期にでも予算は引っ張ってこれそうだ」

その為に今日のうちに建設伺いをカスミレアズに準備させ、中身をチェックしていたらしい。

「良かったわね、と言いたいところだけど、そうでもないみたいね」

「まあな。そろそろ本格的にマスミも巻き込まれそうだ、覚悟しておけ」

「ちょっと待て。なにに巻き込まれるのかは知らないけど、巻き込まれるのは既定路線かい」

「当たり前だろう、俺の専属になったんだから」

そんな当たり前いらなかった、とは今さら言えないわけである。

「色々とやらねばならんことはあるんだが、……まずは武楽会だ。近いうちに他の楽士に挨拶に出向くぞ」

それ、挨拶じゃなくて宣戦布告じゃないのか。

不穏な空気をまとったアークに、真澄の顔は引きつりっぱなしだった。そうして帝都の夜は今日も更けていく。

＊　＊　＊　＊

第四騎士団にて不慮の事故が起こった翌日のこと。

アークは不本意ながらも執務室で一日缶詰になっていた。怪我をした従騎士たちを見舞ってやりたいのは山々ながら、他でもない彼らの傷病手当だ休暇手続きだの決裁書類が一気に上がってきて、全てに目を通していたらあっという間に夕方を迎えていた。

優秀すぎる近衛騎士長も考えものだ。

ぜいたくな悩みを呟《つぶや》きつつ、アークは眉間を指でつまむ。乾いた目を瞑《つぶ》ると疲れに涙が沁《し》みた。

と、ノックが室内に響く。見計らわれたようなタイミングに、アークは渋々目を開けた。

「……入れ」

「失礼致します」

隙のない挨拶と同時に入室してきたのは、書類の束を抱えたカスミレアズだった。

「おい。この時間からそれ全部決裁しろとか言わないだろうな」

「まさか、明朝八時までで結構です」

「そういうのを今日中って言うんだろうが。ったく、管理職にも人権があるんだぞ」

文句を言いながらもアークは手を差し出した。遠慮会釈なく束が引き渡される。とりあえず明日の朝でも良さそうなものを除《の》けるために一通り目を通すと、中に重要な連絡が一つ紛れ込んでいた。

折り重なった書類の中からそれを引っ張り出す。

表題は「武楽会代表の選考について」となっていて、今年の日程から代表枠数などの概要が記載されていた。ここは重要、忘れてはいけない。赤のインクで日程に丸をつけていると、カスミレアズが口を挟んできた。

「マスミ様を楽会に、というのはやはり本気だったのですね」

「どうせ武会には俺が出る。楽会選考がどう転ぶかは分からんが、マスミならまあ首席くらい取るんじゃねえか。つり合い的にも丁度良いだろう」

アークが言い切ると、珍しくそこから先の会話が途切れた。ふと顔を上げると、カスミレアズが黙り込んでいる。

沈痛な面持ちだ。

良く見れば、夕方とはいえ随分と疲れの滲んだ顔をしているのが分かった。なにごとか。不思議に思ったアークは書類を放り、執務椅子の背もたれに身体を預けた。

「どうした。言いたいことがあるなら聞くが」

「……」

近衛騎士長は、ぐ、となにかを噛みしめるような風情だ。

「カスミレアズ？」

「どのように捌《さば》くかを考えております。内部のみならず、外部からの勧誘も激しくなるでしょうから」

ようやくの態《てい》で絞り出された言葉に、アークは目を瞬いた。この部下にしては珍しく奥歯にものの挟まった言い方である。

勧誘。

そういえば最近、カスミレアズは多忙の合間を縫ってほぼ毎日訓練場に顔を見せていた。アーク自身は「精が出るな」くらいにしか思っていなかったが、もしや滲む疲れの原因はそれか。

思い至り、途端に部下が哀れになった。

「まあ座れ」

広い執務室の中、右手に設えられている応接のソファを指し示す。いつもならば固辞して直立不動のまま話を進めるカスミレアズが、この時ばかりは大人しく従った。

執務机にかけたままでは話が遠い。

どっこいせ、とアークも腰を上げて、座を対面に移す。見るが早いか、カスミレアズから深いため息が吐き出された。どうやら本当に疲れている。そしてこの疲れの半分以上は、他でもないアークが原因とみて間違いない。これは労《ねぎら》ってやらねば可哀想《かわいそう》すぎる。

「さすがにゼロだとは思っていないが、ちなみに何人くらい相手をしてやった？」

挑戦者の。端的に訊《き》くと、その答えもまた簡素だった。

「そろそろ一巡します」

「……」

「絶句しないでください。私も驚いているんですから」

「すまん。ちょっと……いや、だいぶ予想外だった」

僅か十日ほどで、帝都にいる第四騎士団の半数——百人以上が、近衛騎士長に挑戦していたとは恐れいった。

「従騎士は実力的に名乗りは上げられないだろうが……まさか神聖騎士たちもか？」

「いえ。上の御三方《おさんかた》が言い含めて下さっているようで、その点ご心配には及びません。むしろ空気を読んで、下の五人からはやたらと気遣われる有様です」

「さすが、不遇の時代を生きた伝説は違うな」

アークの脳裏に美しい藍色の光が浮かぶ。

今の新第四騎士団に現役で在籍している神聖騎士は九名を数えるが、年次で見て上から三人は「白き二十の獅子」という称号と共に、旧第四騎士団の主力を張っていた。今でこそカスミレアズが一頭地を抜いているが、それに次ぐ実力を誇るのは彼ら三人なのである。

夜明けの藍は、今は退役して指南役筆頭であるセルジュと同じ色だ。

授けた人はアークの大叔父である。

直接会ったことはない。アークが生まれるより遥《はる》か前に亡くなっているからだ。知っているのは大叔父が早世したこと、残された騎士たちが「その名に捧《ささ》ぐ」と、総司令官空位のままで第四騎士団を守り続けたことくらいだ。

部下からは随分と慕われていたらしいが、一族からは軽んじられていた、とも聞く。

母君が正妃ではなかった。たったそれだけの理由が、アルバリークの中枢を生きるには折に触れ取り沙汰される。どれほど煩《わずら》わしかっただろうか。同じ境遇のアークは、宮廷の面倒に巻き込まれるたび大叔父を想《おも》ったものだ。

「セルジュ様が『総司令官の不在に比べれば些事《さじ》だ』とおっしゃったことも大きいのでしょうが」

「相変わらずでかいな、器が」

「はい。ですので、とりあえず真騎士以下を一通り相手にしました」

「そういうところの行儀だけは無駄にいいな……ご苦労だった」

想定以上の報告を受け、アークは思わず苦笑した。

帝都に戻ってきてからというもの、楽士争奪戦《真澄》は日に日に激しさを増している。真澄が総司令官専属であることは百も承知ながら、それでも諦めきれない猛者たちが挑戦するのだ。肩書きが総司令官専属であっても、実態として第四騎士団全員の面倒を見ているのだから、淡い期待を抱くのも無理はない。

諦めきれない、つまり魔力消費が激しい、つまり実力派ばかりがしのぎを削るわけで、真剣勝負である。

そんな部下たちは、「総司令官に対して挑戦させて下さいとお伺いを立てる権利を勝ち取る」べく、まずは近衛騎士長に挑戦しているのだ。

カスミレアズは千切っては投げ千切っては投げ、掠《かす》らせもせず捌いているはずだ。ただし相応の神経を使っていることは想像に難くない。一撃で仕留めるのは造作もないが、取り返しのつく程々の怪我で済ませてやるというのは実に面倒なのである。

その手間を、まさかの百人以上。

おそらく二度目、三度目挑戦もあるだろう。このままでは近衛騎士長が過労死しかねない事態だ。

「俺がまとめて相手をしてやってもいいぞ？」

真騎士以下ならば、どれだけ束になってもアークにとって物の数ではない。ところが折角の提案はばっさり切って捨てられた。

「駄目です」

「……少しくらい良いじゃねえか。お前も楽になる」

『熾火《おきび》』のあなたにとっては軽い火遊びでも、『種火』しか持たない彼らにしてみれば大火傷《おおやけど》です」

「さすがに手加減くらいしてやるつもりだぞ？」

どんな鬼畜と思われているのか甚だ心外だ。曲がりなりにも自軍の戦力を叩き潰すような真似《まね》、いくらアークといえどさすがにしない。それくらいの分別は持ち合わせているつもりだ。

むしろ、直々の手合わせなど滅多にない機会である。

アークにしてみればまたとない鍛錬の場——自分ではなく騎士たちの——でもあるし、反対する要素など皆無に思うのだが、近衛騎士長は渋い顔で首を横に振った。

「駄目です。ただでさえ我が団には治癒を使える者が少ないのです。いつ緊急任務が入るかも分からないのに、無駄撃ちするなど言語道断」

「それはお前、しょうがねえじゃねえか」

暗に人材不足ならぬ人材の偏りを指摘されて、アークは唸《うな》った。

最大所帯の第四騎士団ではあるが、魔術的に器用な者はほぼいない。それは叙任によって引き継がれる能力が、大きく「熾火」の特性に依存するからである。正騎士までならば頑強な防御壁の構築、真騎士や神聖騎士は圧倒的な火力の攻撃が十八番であって、探知や回復などのいわゆる補助的な魔術は不得手な人間ばかりだ。

そんな中、ただでさえ不得手で倍の魔力を食う治癒術なんぞ使ってられるか。

近衛騎士長が言いたいのはつまりそういうことなのである。棚ボタながら手に入れた真澄という楽士は虎の子で、出来る限り大事に扱いたいのだろう。そういう意味で気持ちとしては分からんでもないが、アークとしてはもう一押しする根拠がある。

「衛生科に放り込んでやればいいだろう」

後方支援部門というのは本来そのために存在しているのだ。最近では彼らも忙しいらしく、なんでもかんでも自前でやれと突っぱねられるが、それは軍属として本末転倒だとアークは思っている。

「あくまでもマスミは負傷していない騎士の魔力回復に専念させればいい。訓練での怪我人は騎士団で面倒見ずに、全て後方支援方に回せ。文句を言われたら俺が直接出向いて頭を下げてやる」

「有難いお言葉ですが、……」

ほんの一瞬、カスミレアズが躊躇《ちゅうちょ》した。

「あまり騒ぎを大きくするのは避けたいのです」

「……理由を訊こう」

「色々と探りを入れられています。事故の件は既に知れ渡っておりますので、これ以上目立ちますと芳しくありません」

誰がどう、とは言及されなかった。明言せずとも周知の事実であるからだ。第四騎士団長であるアークに対して、上からものを言える人間はそう多くない。

「相っ変わらず面倒くせえな……」

思わず舌打ちが出た。

実利の話ならまだしも、政治的なしがらみが理由となると下手に動くと泥沼にはまる。これ以上は話しても無駄だ。

「分かった。とりあえず采配は任せる。休みは取りたい時に取っていい」

「ご配慮痛み入ります」

「あっちは今夜中に全て決裁しておくから、今日はもう部屋に戻れ」

カスミレアズは口を開きかけたが、アークが「命令だ」と重ねると、大人しく目礼を返して立ち上がった。疲れてはいるが、最後まで折り目正しく真面目だった背中を見送りつつ、アークは一人になった執務室でぼんやりと考えた。


半端に血が繋《つな》がっているから余計に面倒なのだ。


あの人たちは、この期に及んで一体なにを恐れるのだろう。

第四騎士団長に就任する時に王位継承権は放棄した。アルバリーク帝国の典範に謳《うた》われているとおり、魔力を用いた古式の盟約で縛られるため、約束の違《たが》えようもない。

盟約破棄の例外もあるにはある。

他の全ての王位継承権を持つ人間が死んだ場合に限り、団長職を辞した上で王位に就くことは可能だ。この例外は王家の血を絶やさないための救済措置だが、それにしても十人の兄と十二人の姉がいてその末弟のアークにはどうせ鉢など回ってくるわけがない。

そんな事態など、アルバリーク帝国の滅亡と同義だ。

どうせ由緒正しい血筋でもない。母は少数民族アルセ族のそれも部族長の娘ではあったらしいが、正妃ではなかった。まして最後の側室、そこから生まれたたった一人の息子。数多《あまた》いる兄姉より大切に扱われるなど、期待する方が馬鹿げている。

誰も自分の進退などに興味はない。

だからこそ王位継承権を捨てるのにもためらいはなく、帝国の威容たる騎士団の存続を最優先にした。感謝はされても文句を言われる筋合いなどないと本気でアークは思っている。

それを、一体なにが気に入らないというのか。

大叔父が存命だったのなら、酒の肴《さかな》ついでに是非聞いてみたかった。あなたの時代も同じだったのですか、と。

◇5　出頭命令

フィーネ――終わり。

最後の音符を書き終えて、真澄は右手で走らせていた羽根ペンを止めた。ずっと左手に構えていたヴァイオリンを下ろす。指を確認しながらの記譜作業は、慣れない動きでかなり肩が凝った。

ふう、と息をつく。すると様子を見たか、背中から声がかかった。

「一段落か？」

「セルジュさま……と、皆さま。すみません、お構いもせず」

振り返った真澄は慌てて頭を下げる。

二日前の騒動から一転、新調された広い応接ソファには、セルジュを始めとする指南役七名が勢ぞろいして寛いでいた。彼らの前にはそれぞれ湯呑みがあり、テーブル真ん中に置かれた茶菓子を銘々が好きに取っている。

「気にしなくていい。あなたの仕事より優先されるべきことなどない」

鷹揚《おうよう》にセルジュが手を振る。

真澄はヴァイオリンをケースに入れてから、彼の傍に置いているやかんに近寄った。中には冷やした茶が入っている。自分のカップを持ちつつ真澄が手を伸ばすと、セルジュが注いでくれた。

筆頭指南役に酌をさせるなど贅沢《ぜいたく》すぎる。新入りの従騎士が見れば卒倒しそうな光景だが、真澄はありがたく好意を受け取った。

「ありがとうございます。いつ頃からここに？」

「もう小一時間ほどになるか」

ぶっ。

盛大に真澄は茶を噴いた。

「声をかけてください！　全然気付かなかった……背中を向けっぱなしですみません、大変失礼しました」

「なにも問題ない。むしろ邪魔をするまいと思って気配は消していたよ」

「ですからそういうのが力の無駄遣いだと……」

ただでさえ集中すると周囲に気が回らなくなるのに、この達人たちが気配を消したらそりゃあ気付くわけがない。

がっくり脱力しつつ、真澄は空けられたソファの一角に腰かけて、茶会の輪に入った。よくよく見れば、隅の一人掛けソファに泰然とかけているアークがいる。休憩を兼ねて本を読みながら、指南役たちの会話に耳を傾けているのだろう。

第四騎士団あるあるの光景だ。

現役は総司令官を前にしようものなら直立不動になるが、慣れている指南役たちは総司令官を置物扱いで茶飲み話に花を咲かせている。

「それにしても、とうとう訓練場が二つか。セルジュさんの不祥事が発端とはいえ、隔世の感だな」

「総司令官とその専属楽士に、近衛騎士長。どれも規格外とくれば、むしろ順当では？」

「楽士を雇うために経費という経費を切り詰めた時代が懐かしいな」

出た。茶菓子を口に放り込みながら、真澄は興味津々で耳をそばだてた。

なんせ彼らの昔話は面白い。訓練合間の休憩時間、かつて「白き二十の獅子」と謳われた彼らは、便利になったこと、融通が利くようになったことなどを嬉《うれ》しそうに語り合うのだが、そこに必ず駄目すぎた昔の惨状が思い出話として話題に上るのだ。

「裏紙で決裁書類を上げたヤツもいたな」

「……正直あれには参りました。『どちらが正か分からん』と上から説教された挙句に殴られたんですよ。切り詰めろと言うからそうしたのに、理不尽極まりない」

「一月《ひとつき》分を切り詰めても、楽士は三日も来てくれなかったしな」

「今なら分かる、あれは暴利だった」

毒づいた指南役の一人が眩しそうに真澄を見た。

返事としてとりあえず真澄は肩を竦《すく》めておく。他所《よそ》の騎士団は知らないが、少なくとも以前の第四騎士団と比べればかなり環境は改善されているのは紛《まが》うことなき事実だからだ。

そもそも普通の楽士は騎士団の訓練場になど来ない、らしい。

彼らは別の棟に仕事場が置かれていて、単発契約という名の騎士団要請がない限り、訓練場くんだりまで足を運ぶことなど絶対にない。一方で真澄は常に訓練場の横の事務所に控えて、研究をしつつ回復をかけてやっている。おかげで騎士たちはガス欠を気にせず好きなだけぶっ放せるという寸法だ。

これまでは月に何日と魔術を使う訓練日を決めて、その時だけ金を払って宮廷楽士に来てもらっていたという。節約節約、また節約。涙ぐましい努力だ。それが毎日できるとなって、これまでのうっぷんを晴らすかのごとく訓練に力が入っているのである。

真澄としては、役に立てているのなら本望だ。

逆にここまで厚遇されて申し訳なくなる。衣食住を保障されてかつ好きなことをできているのだから、真澄の側には文句を言う余地などどこにもない。

「とはいえ、まずは予算伺いが承認されてからの話だ。いずれ星祭りまでには間に合わんし、訓練の時の区画割りをもう少し考えねばなるまい」

「いっそ階級毎《ごと》に時間帯で分けるとかどうです？」

「その辺はどうせ騎士長が考えてるだろうさ。そういえば、今年の星祭りにテオドアーシュ殿下がお出ましになるって聞いたか？　開式の儀をされるとか」

「あれ、殿下ってもうそんな御年《おとし》でしたっけ」

「確かアーク様とちょうど二十離れてなかったか」

「ということは、まだ九つか。本来ならお披露目には早いはずだが」

「皇帝在位三十年の節目の年だからだろうな。慣例より一年早いが、舞台としてはうってつけだ」

「そうなると、あー……初日は厳戒態勢というか、もはや総員第一種戦闘配備ですねえ、きっと」

「従騎士たちが衛生科から出てきたら、みっちり指導だな。定時間だけだと間に合わんかもしれんがどうする」

「その辺もどうせ騎士長が考えてるだろうさ。ところで」

続きかけた指南役たちの会話はしかし、けたたましいノックに遮られた。

血相変えて部屋に飛び込んできたのはカスミレアズである。今の今までまさに話題に上っていた張本人だ。

あまりの勢いにすわ何事かと全員の視線が入口に集まる。近衛騎士長は一礼で敬意を表しながらも、靴音高く部屋に入ってきた。

「皆様お寛ぎ中のところ申し訳ございません、急ぎでして」

肩で息をしつつ先任への礼を忘れないあたり、やはりこの近衛騎士長は真面目だ。

「それは構わないが、どうした？　お前がそれほど慌てるなど珍しい」

最年長のセルジュが落ち着かせるようにゆっくりと問う。

カスミレアズは一瞬なにかを言いかけたが、口を閉ざした。全速力で走ってきたのだろう、乱れている息を整えるように二度三度と深呼吸を重ねる。そのまま最奥に座るアークへと視線が向けられると、ただならぬ雰囲気を感じ取ったか、アークは手元に開きっぱなしだった本を閉じて横に置いた。

「……俺に用事らしいな？」

「はい。不味《まず》いことになりました」

カスミレアズが下げていた右手を胸あたりに掲げる。

握り締められているのは、一巻きの羊皮紙だった。結び紐《ひも》は黒に近い重厚な紫だ。

「宮廷騎士団長より出頭命令です」

「放っておけ。こっちは忙しい」

間髪を容《い》れず総司令官が一刀両断である。ところが近衛騎士長が食い下がった。これは珍しい光景だ。

「ことがアーク様だけであれば、私もそう致します」

ん？

切迫した声に、アークだけではなくその場にいる全員——指南役と真澄までも、首を捻《ひね》った。

総司令官の他に放ってはおけない重要な人物ときたら、指南役筆頭のセルジュだろうか。彼の人はつい先日、大事故を起こした張本人でもある。全員が同じことを考えたようで、否応《いやおう》なくセルジュに視線が集まった。そして心当たりのありすぎるセルジュ本人も、「私か？」と自身を指差している。

しかしカスミレアズは首を横に振った。

「セルジュ様ではありません。マスミ殿です」

「は？　私？……なんで？」

いきなりの指名に真澄は素っ頓狂な声しか出なかった。

「身元不明の楽士を専属にした件について、説明を求めるとのことです」

真澄の頭を飛び越えて、カスミレアズがアークに言った。

一気にアークの目が眇《すが》められ、部屋の体感温度が急激に下がる。どう見てもご機嫌斜め、不興を買ってしまったらしい。苦虫を噛み潰したような顔のアークが「ああ？」と低く唸る。腹を空《す》かせたライオンのような殺気がほとばしった。

「他の専属にも訊いて回ってるのかそれ、と言っておけ」

カスミレアズが一瞬言葉に詰まる。が、近衛騎士長は尚《なお》も食い下がった。

「身元不明の、という点でごり押しされるかと」

「根拠に乏しい。帝国典範に謳われていないものを、なぜ説明義務がある」

「出頭しない――つまり必要性を説明できないのであれば、他の決裁案件についても同様と見なす、そうです」

盛大に舌打ちが響いた。

「……第二訓練場の建設を認めない、ね。成程《なるほど》そうきたか。汚ねえ手を使いやがって」

「そうでもしなければ、絶対に呼び出しには応じないと先方も理解しているからでしょう」

「本っ当に面倒くせえな……」

アークが腕組みをしつつ、背もたれに身体を沈めた。心底嫌そうな、辟易《へきえき》した様子である。

それで、どうするのだろう。

不穏な空気の中で真澄が様子を窺っていると、アークと目が合った。そのまま数秒が経過する。

やがて意を決したようにアークがカスミレアズに向き直った。

「そうとなればさっさと片付けるか」

「では今から参りますか?」

「ああ。四の五の言うようならその時に考える」

「言いがかりをつけられるのは確実でしょうが、……どうか穏便にお願い致します」

巻き込むわけにはいかない。

言いよどみながら近衛騎士長の視線が思いっきり真澄に注がれる。明らかに残念なフラグが立っていそうなその目、本当にやめて頂きたい。

しかし真澄が口を挟む余地もなく、アークがふん、と鼻を鳴らす。

「それは相手の出方次第だ」

アークの性格を考えれば分かりきっていたことだが、それにしてもなんと血気盛んな回答か。

対するカスミレアズは沈痛な表情を隠しもしない。

「……やはり私も参ります。万一に備えて」

「いっそ殴り合いで決めた方が早いんだがな」

「どうか穏便に。これ以上覚えが悪くなるのは」

「生まれてこの方評判が良かったことなんざ一度もねえぞ。今さら怖いものなんぞあるか」

さっさと立ち上がったアークの周りで、指南役たちが一斉に噴き出した。一人顔を曇らせるカスミレアズとはまったく対照的だ。

そして彼らは若い二人をやんやとはやし立てる。

「総司令官の言うとおりだな。地に堕《お》ちた評判はこれ以上堕ちようがない」

それとも地面にでもめり込むのか？

そう言って最年長のセルジュが悪乗りしたのを皮切りに、勝手気ままな台詞《せりふ》が乱れ飛ぶ。

「心配したところで無駄だぞカスミレアズ」

「まったくだ。どうせ第四騎士団は前任時代から目の敵にされていたんだから」

「あっはは、言うことをきかない騎士団で有名でしたもんねえ」

「元々それなのに、今になって更に血の気が多いですし？」

「そりゃ説教の一つもしたくなるわな」

「したところでどうせ聞きゃしねえのにな」

口々に勝手なことを言っている生ける伝説たちは、かくも自由なのである。

人生の諸先輩方からありがたいのか投げっぱなしなのかよく分からない励ましをもらいつつ、アークが真澄を振り返る。行くぞ、と声をかけながら指の骨をバキバキと鳴らすのはやめてほしい。臨戦態勢にも程がある。

ともかく呼び出されたというのならば致し方ない、真澄も渋々腰を上げる。

そのままひょいと視線を上げると、アークと目があった。

「ったく。挨拶に出向くつもりが先手を打たれたな」

「ていうかなに、あんた問題児扱いなわけ?」

思わずこぼれ落ちた真澄の疑問に、カスミレアズは遠い目になっているし、指南役たちは手を叩いて沸いている。ちなみに問われた張本人のアークはまったく意に介していない様子で肩を竦めた。

「俺は仕事で手を抜いたことは一度もない」

胸を張っているが、質問の答えにはなっていない。

「ふうん。言いがかりをつけるやつはどこにでもいるってことね」

真澄があっさり擁護してみせると、アークは一瞬だけ眉を上げた。が、すぐに口角を上げて不敵な笑みを浮かべる。

「カスミレアズよりよほど肝が据わってるな。さすが俺の専属だ」

「褒められてんのそれ？　問題児として仲間認定されただけな気がするけど」

「どうあれお前に一切の手出しはさせないから安心しろ」

「よろしくどうぞ、信用してるわ」

やると決めたら早かった。

真澄には今さらためらう理由もないのだ。乗りかかった船はとっくの昔に出航している。それこそ彼らと一緒にヴェストーファを出ると決めた時から。

そして指南役たちが面白半分に拍手喝采を送る中、アークとカスミレアズ、真澄の三人で呼び出しに応じることとなった。

目指すは宮廷騎士団のましますす中央棟。さて、待ち受けるのは鬼か蛇か。

＊　＊　＊　＊

アルバリーク帝国の中枢が集まるこの帝都中心部――通称、宮廷と呼ばれるそれ――は、敷地がかなり広い。

冗談抜きで広い。

夏の午後、くそ暑くなる時間帯に長い距離を歩かされて、真澄の額には大粒の汗がにじむ。こんなに遠いところを呼び出されたと知っていたら、間違いなく出発前にもっとゴネていただろう。

これは確実に嫌がらせだ。

時間帯も距離も、どう考えてもそうとしか思えない。顔を合わせる前ではあるが、早くも呼び出した相手――宮廷騎士団長とやらにマイナスイメージが付いた。

「もしかしなくても性格悪いんじゃないの、宮廷騎士団長って」

思わず真澄の口から文句が出る。すると、横を歩くアークはからりと笑った。

「お前にしては察しがいいな。そのとおりだ」

「この扱いで気付かない方がどうかしてるわ」

言い捨てながら、真澄は首に直接結んでいたスカーフを抜き取った。いい加減我慢の限界なのである。

選べるところは屋内を歩くようにしているが、いかんせん贅沢すぎる土地の使い方をしているゆえ、棟と棟の距離が遠い。すなわち炎天下の直射日光にさらされるのだ、それも頻繁に。しかも目指しているのはこのだだっ広い敷地内の、大外から向かって最内中心部だ。弥《いや》が上にも移動距離はまあ増える。

配置の都合から導き出される距離に関しては致し方ないこととは思う。守らねばならない帝国の為政者がおわす場所だ、そりゃあ周囲は十重《とえ》二十重《はたえ》に囲まれていて然《しか》るべきだろう。

ただしそれを脅しと共に急に呼び出した挙句時間帯を選ばせないあたり、根性の悪さが滲み出ている。

暑さと苛立《いらだ》ちで血管が切れそうになりながらも、スカーフが無くなると汗の滲んだ首筋に外気が触れて、随分と体感が涼しくなった。認証キーという意味で宮廷内を歩くには必須アイテムだが、肌身離さなければ首元だろうがポケットだろうがこの際どこでもいいだろう。

そんな道中、良い機会だとばかりに歩きながらカスミレアズが説明をしてくれる。

敷地が広い理由は、ひとえに国政に関する主要機関のほぼ全てが揃《そろ》っているかららしい。

国王が政務を司《つかさど》る区画に加え、文官が詰める区画は言わずもがな。当然に軍部本体の拠点も置かれており、騎士団の第一から第四訓練場だけでもかなりの割合を占有しつつ、魔術士団が居を構える区画もある。国政と国防を一手に担うとなれば、当然それを補佐する機関も軒を連ねる。それがいわゆる後方支援部門であり、行政側の雑役部も含めるとむしろ最大所帯になるとか。

公的な部分だけでこれなのに、私的な敷地——王族が暮らす区画に始まり、軍部関係者の宿舎棟が連なる区画——まで含めると、もはや東京ドーム何個分に相当するだろうか。想像するのさえ、もはや億劫《おっくう》だった。

それからしばらくを歩いた後、真澄たちは目的地へと辿《たど》り着いた。壮麗な宮殿としか形容できない白亜の中央棟、その敷地内に足を踏み入れた途端、空気の密度が変わった。

非戦闘員の真澄にも分かる。

通り過ぎてきた喧騒《けんそう》は遠のき、水を打ったような濃密な静けさが広がっている。まるで水の膜でも張られているかのごとく如実に違う。前庭は盛夏にとりどりの花が咲き誇り、優雅に美しい。それなのに肌に突き刺さるような緊張感があり、真澄の肌が粟立《あわだ》った。

「分かるか?」

顔をしかめた真澄に、アークが訊いてくる。

具体的になにがどうとは言えないが、敵意あふれる空気に真澄はただ頷いた。

「ここから先が宮廷騎士団と宮廷魔術士団の管轄区画になる。アルバリーク帝国の心臓部、国王とそれに連なる王族の居城であり、帝国政務が動く場所でもある」

「だからこんなに、厳重……なの？」

言葉とは裏腹に門番や巡回の騎士は一人もいない。だが無防備に置かれている綺麗《きれい》な庭園が、まるで無知の不届き者を誘うようで恐ろしかった。

「そうだ。武官で常時認証を持つのは各騎士団長と近衛騎士長くらいか。臨時認証を許可されても、あまりに魔力が低いと中《あ》てられてまともに歩けない」

「へえそうなんだって言いたいけど、じゃあなんで私は平気なわけ」

「それは俺の認証が有効だからだ」

「ごめん、理解できそうで全然理解できないわ」

「あー……そうか、魔力ゼロのお前に感覚で分かれっつっても無理か」

早々に説明をぶん投げたアークが、ふと足を止めた。

庭園を歩き始めてまだ三分の一ほどだろうか。遠くに見えている入口はまだ遠い。先導役を代わり後ろからついてくるカスミレアズを振り返ると、慣れているのかその顔色は特に変わっていなかった。

目に美しいが居心地の悪いこんな庭園、真澄としてはさっさと抜けたい。

視線で訴えるも、アークは涼しい顔でそれを黙殺した。

「本人の力量に頼らなくてもいい防御壁を築けるかどうかってのが肝なんだが……直接見た方が早い。腰抜かすなよ」

「えっ、ちょっ、待っ」

不穏すぎる台詞を吐くアークを止める暇はなかった。

「……あのあたりか」

とある繁《しげ》みに目を凝らしたかと思うと、おもむろにアークがそちらに向かって手をかざした。

青白い極光がその掌《てのひら》に広がる。

やがて膨れ上がった光はアークが腕を振ると同時、繁みに向かって鋭く一直線に突き刺さった。

そのまま真上に光が走る。切り裂かれた空が、ぱきり、と高い音を立てて割れた。

線に沿ってずれた空。

そのずれは緩慢に大きくなり、半分以上を過ぎたところで叩きつけられたガラスのように空が砕けた。

「っ……！」

悲鳴が出そうになって、真澄はきつく口元を手で覆った。

「サーペント、庭園の守護者だ。ここにはあれの魔力が満ちている」

異形を目の前にしても動じることなくアークが言い放った。

一度は砕けた景色だったが、後ろにあったのは同じ空と庭園だった。違うのは、先ほどの繁みの横に琥珀色《こはくいろ》の巨大な大蛇が陣取っていることである。

近寄ってはこない。

だが縦に切れた瞳孔が、片時も漏らすことなく真澄たちを捉えている。

「覚えておけ。あの琥珀が今の宮廷魔術士団長の色だ」

真澄の額に、暑さとは違う冷や汗が滲んだ。

とてつもない存在感だ。

これを生み出すほどの力の持ち主となれば、アークと比べても遜色ないのだろう。訊かずとも総毛立つ身体の本能で分かった。

威圧感に耐えきれず後ずさった真澄を支えたのは無言のカスミレアズだった。見れば、彼の眉間にもなにかをこらえるように皺が寄っている。この場で涼しい顔をしているのはアーク一人だけだった。

「通常の認証は極論、『当該区画への立ち入りが適格であること』しか保証しない。不適格者への攻撃起動は回避できるが、それだけだ。適格者に対するあらゆる監視――この庭園ならばサーペントからの圧迫に耐えられるかどうかは、生来持つ魔力の多寡に左右される。カスミレアズだから、不可視を暴いてもこの程度で済んでいる」

神聖騎士ならばまだしも、策を講じない真騎士以下はまず昏倒《こんとう》する代物。そうアークは断じた。

物騒なことをさらりと言い過ぎである。

「一般人以下のお前がそれでも無事なのは、俺の認証の中に魔力の防御壁を付加しているからだ」

同じとは言わないまでも、半分程度――カスミレアズ換算で、五人分くらい――の耐性はついている。そんな説明をされてじっとしていられるはずもなく、真澄は身体をはがして引き合いに出された近衛騎士長をまじまじと見た。

しかめっ面の理由はそういうことか。

おそらく真澄が感じているよりよほど、不快感は強いようだ。

「分かった、分かったからもう行きましょうよ。寄ってこられたらたまんないわ」

蛇というだけで遠慮したいのに、それが身の丈を越える巨大さである。本当に勘弁してほしい。

「お前一人なら、まあ、……身体に巻かれただろうがな。俺がいるから心配ない」

アークの魔力が押し返すので、むしろサーペントの方が近寄りたくてもこれ以上は近寄ってこられないらしいのだが、言いたいのはそういうことではないのだ。そして想像力をかき立てる台詞もやめて頂きたい。

だが説明するのも面倒で、さっさとこの場から立ち去るべく真澄は両手でアークを押した。

ここは伏魔殿。

美しい外観とは裏腹に、なにが潜んでいるか分からない。

庭園の守護者――サーペントと呼ばれた大蛇――は、アークの言葉どおり一定の距離以上を詰めてくることはなかった。そうはいっても野放しにされたわけではない。中央棟に辿り着くまでの間、琥珀の瞳は常に真澄たちを捉えていた。

やがて美しい花々の佇《たたず》まいも終わりを迎える。

くすんだ青灰色の石階段を十段ほど上がると、目の前には金縁の巨大な扉が待ち構えていた。

ノックもなし、アークが無造作にそれを押し開ける。その大きさとは裏腹に軋《きし》む素振りさえ見せず、扉は滑らかに道を譲った。

呼ばれたような気がして真澄は振り返る。

琥珀の守護者がゆらりとその長い尾を揺らした。声なき佇まいだ。しばらくを待ってみても、冷たい縦の瞳孔がなにを考えているのかは分からなかった。

そしてその肉声は唐突だった。

「ご挨拶ですね、アークレスターヴ様」

深く優しい声が、聖堂を思わせる高い天井に響く。

背中に気を取られながら屋内に足を踏み入れた真澄は、急に静と動が切り替わったことに肩を揺らす。出所を探して視線を彷徨《さまよ》わせると、広い空間の中央、見事な彫像の足元に一人の女性がそっと佇んでいた。

その身は漆黒の長衣に包まれている。

印象的なのは肩回り、銀糸に縁取られたローブケープだ。さながら聖職者のようだ。肩口で切り揃えられた髪が、凛《りん》としている。

「不可視の術を暴くなど、我が団への宣戦布告と取られても仕方ありませんよ」

「さて、どうかな。こちらも来たくて来たわけじゃないんでね」

口調は気安いが顔は笑っていない。そんなアークの真意を探るように、女性が口を噤《つぐ》んだ。

一歩も動かないその様は人形を彷彿《ほうふつ》とさせる。眉一つ動かさず淡々と紡ぐ言葉も、作り物と錯覚する一因だった。ところが美しい彼女は、次に厳しい言葉を言い放った。

「第四騎士団の事情など我が団には関係ないことです」

血の気が引いたように白い頬は、少しもゆるまない。

「アークレスターヴ様といえど勘案すべきではない。次はないとお考え下さいね」

「ほう。今回は見逃してくれると？」

空気がビリ、と震えた。アークが一歩踏み出す。漆黒の女性は動かない。

斜め前に立っていたカスミレアズが真澄を振り返り、まるで庇《かば》うようにその立ち位置を変えた。

真澄がそれ以上先に進むことのないよう、ご丁寧に腕を広げて押し留《とど》めようとさえしている。

その動きを真澄が目で追うと、カスミレアズの腕は微《かす》かに青白く輝いていた。

「俺としては今ここで決着をつけても構わないが。いい加減、小競り合いも面倒だ」

アークの青い闘気が膨れ上がり、ほとばしった。やがて宙に形成されたのは青く巨大な鷲《わし》だった。

「まさか『碧空《へきくう》の鷲』を賭けるのですか？」

「宮廷魔術士団が態度を改めないのならば、それも辞さない。良い機会だから言っておこう、我が第四騎士団の翼は二度と折れない。本来対等の立場であることを忘れてもらっては困る」

「……噂《うわさ》は聞いています」

変わらず淡々とした声ながら、女性の視線が真澄に寄越《よこ》される。

目が合った。

漆黒の長衣とは正反対に彼女の瞳はごく薄い金色だ。髪も同じ。儚《はかな》さそうな外見にもかかわらず鋭い視線は、真《ま》っ直《す》ぐに真澄を射抜いた。間に立ちはだかるカスミレアズなど存在しないかのようだ。

なにを言われるのだろう。それとも問われるのだろうか。

口を閉ざしたままひたすら見据えてくる相手に、真澄は自然と身構えた。

退《ひ》くつもりはない。なにを言われようとも。

自分は第四騎士団と歩むと決めた。これまでも、そしてこれからもさして選択肢のある人生ではないと分かっている。なればこそ他人の並べた御託を聞いている余裕はない。全てを自分で決める。

アークが前を向くなら支えるし、立ち止まるならいつまでも待つ。その膝を折りそうになるのなら肩を貸す、そう心に決めている。

なにを問われようとも。

自分は後悔しないと誓った。ここで生きていくしかないのなら、ただひたすらに強く在るしかない。二度目のドロップアウトなど、そう、真っ平ご免だ。

「お前、第四騎士団の過去を知らないのですか」

無知を憐《あわ》れむような目で唐突に投げられたのは、試すような言葉だった。

拍子抜けだ。真澄にしてみれば些事でしかなく、今さらと鼻で笑うほどどうでもいい。

むしろ初対面でそれを聞くか、と苛立ちが募る。その上から目線はなにを根拠にしているのだろう。先にアークも「本来対等の立場である」と釘《くぎ》を刺していたはずなのに、変わらない不躾さだ。

目の前の彼女はつまり、今もって第四騎士団長であるアークを軽んじている。敬意を表す必要がない、そう思っているとでも言えばいいか。分かりやすく下に見られている。

一つ一つの要素をつぶさに考えるほど、真澄の頭に血が昇った。

「存じていますが、それがなにか？」

ぎょっとしたようにカスミレアズが首だけで振り返ってくる。だがそれには構わず真澄は続けた。

「第四騎士団総司令官の専属になると決めたのはわたくしです。誰であろうと、とやかく言われる筋合いなどありません」

カスミレアズの腕を押し退《の》け、前へと歩む。

「既に終わった過去の話など議論に値しない。わたくしの覚悟を第三者が問うなど越権行為も甚だしい。それはすなわち、我が総司令官を軽んじていると同義です。そうおっしゃるからには第四騎士団の盾は今後一切不要である、当然その覚悟があってのお言葉ですね？」

アークの隣に肩を並べ、真澄は一息に言い切った。

これまでの関係など知ったことか。

相手が魔術士であるくらいしか真澄には分からないし、細かく言えば密な付き合いはなかったかもしれない。が、少なくとも騎士が盾となり魔術士を守る、その大前提は絶対に間違えていない自信がある。

黒衣の女性はそこで初めて眉を僅かにひそめた。

アークの圧倒的な闘気を前にしても顔色一つ変えなかった割りに、真澄の啖呵《たんか》ごときでそんな表情を見せるのもよく分からない。

さあ、どう出る。

いるのかいらんのかどっちだ。訊いたからには白黒はっきりつけてもらおう。ていうかなんでもいいから答えろ。

気炎を上げて真澄がさらに一歩——アークよりも前に踏み出すと、対峙《たいじ》する魔術士は明らかに狼《ろう》狽《ばい》して一歩下がった。それがまた真澄の癪《しゃく》に障る。

先に喧嘩《けんか》を売ってきた方が及び腰。

それなら最初から喧嘩なんぞ売ってくるなと、これまた説教してやりたい衝動に駆られるのである。

「人には質問を投げるのにご自分は答えないのですか？　卑怯《ひきょう》では？」

「……口を慎みなさい。宮廷魔術士団副長であるこの私に向かって、なんと無礼な」

非難の目がアークに向けられた。動きに呼応して、薄い金の髪が肩口でさらりと揺れる。

「第四騎士団の姿勢は良く分かりました。士団長には……イェレミアス様には、一言一句違わず報告しておきます」

「宜しくどうぞ」

応えるアークの声は挑発的だ。

気付いているであろうに、副長であるという魔術士は今度は眉一つ動かさなかった。

「最後に一つ。アークレスターヴ様の品位も落ちましたね」

「宮廷魔術士団は品位が魔力の補給をしてくれるのか。ならばその品位とやらを大事にするといい、死ぬまでな」

「……次はありませんよ」

長衣の裾が風もないのにはためいた。

「ちょっと、話はまだ」

しかし真澄の制止は空振りに終わる。魔術士の姿は忽然《こつぜん》と消え、後には天井から差し込む光に照らされる彫刻だけが残った。

広い空間が途端にしんとなる。

今ここであの魔術士を探してもきっと無駄足に終わるのだろう。まだ言い足りなかったがそこは諦め、真澄は後ろに向き直った。

「なにあれ」

「……ぶはっ」

まなじりを吊《つ》り上げる真澄に対し、堪《こら》えきれずといった態でアークが噴き出した。

「ちょっと笑ってる場合じゃないでしょ」

「初対面の時から薄々感じてはいたが、今確信した。お前の瞬発力は自慢していい」

「なんの話よ？」

「お前も大概気が短いってことだ」

「出会い頭にあんなの出して威嚇する人間よりましだと思うわ」

未《いま》だに宙を悠々と羽ばたいている青い鳥。確か「碧空の鷲」と呼ばれていたか、見るからに強そうな風格を醸し出している。

言われて思い出した態で、アークが鷲に目を転じて頬を緩めた。

「必要なかったな。今となっては、だが」

アークが掌をかざすと、鷲はそこに吸い込まれるようにかき消えた。

空中には一筋の残滓《ざんし》も残っていない。鷲が出たり魔珠が出たり、彼らの掌はなんとも不思議な代物だ。

「まさか副長もお前に噛みつかれるとは思ってなかっただろうな」

くっく、と未だ楽し気に喉が鳴る。

「先に喧嘩売ってきたのはあっちでしょうが。それで被害者面なんて冗談じゃないわ。まだ話も途中だったのに」

「それにしても咄嗟《とっさ》によくあれだけ啖呵切れたもんだ」

「ごめん言い過ぎた？」

「いやむしろ傑作だった」

「だよね私間違ってなかったよね？」

「おう。いいぞ、これからももっとやれ」

アークが握り拳を突き出してくる。思わず真澄は笑って、同じく拳を作り軽く突き合わせた。

こつん、と。音にもならない小さな衝撃は、それでも胸に大きく響いた。

「退屈しなそうな職場よ、ほんと」

「……職場、か」

不敵だったはずのアークの笑みに、少しだけ影が差した。

痛そうな眼差《まなざ》しに真澄は首を傾《かし》げる。だが理由は特に言及されることなく、ただ「頼もしい限りだ」と続けられたアークの言葉でその話は切り上げられた。


「ここまで来たからには穏便にとは言いませんが、どうか大破だけはご勘弁を。自重下さい」

最後の扉に手をかけながらも、まだ言い足りない様子でカスミレアズが釘を刺してきた。わざわざ振り返ってまで、噛んで含めるように、真っ直ぐに総司令官の目を見据えながらの嘆願だ。

ところが受ける側のアークはとぼけた顔で肩を竦めるに留めている。

これはあれだ。必要とあらばためらわない顔だ。

同じく導火線の短い真澄にはアークの考えていることが手に取るように分かる。分かるが、カスミレアズに重ねて注意するつもりは毛頭ない。

対等とは難しい。

こちらが譲歩しても相手が同じだけ譲歩するとは限らない。なればこそ、主張すべきはきっちりすべきなのだ。どこでも折れてりゃ上手《うま》くいく、そうとも言い切れないのが世の常であって、余計な譲歩が結果として無駄な争いを生むことは往々にしてある。

これ以上言い募っても無駄と悟ったかどうか。それは定かではないが、カスミレアズは次に真澄を見た。

「あなたも口は慎むように」

「黙っとけっていうならそうするけど」

さっきは注意を受ける前に喧嘩を売られたので、つい反射で買ってしまっただけである。口を尖《とが》らせて弁明しつつとりあえず真澄はアークを窺った。やられたらやり返せ、それを認めたのは他でもない目の前の総司令官だ。

ところがアークはここにきて意外な反応をみせた。

「そうだな」

簡単な同意に思わず真澄は目を瞬く。

もっとやれと先刻言われたばかりなのに、これいかに。そんな真澄の疑問を汲《く》み取ったか、アークが続けた。

「まずはありのまま、俺たちの置かれている現状を見るといい。どう思ったかは後で聴かせろ」

「……どうせろくでもない結果になるんですね分かります」

「そうっちゃそうだが、通過儀礼だ」

ここアルバリーク帝国で、第四騎士団総司令官の、専属楽士として生きていくのならば。アークが噛んで含めるように言ったので、真澄は大人しく頷いた。

全員の合意がとれたところでカスミレアズの拳が扉を叩く。

二回、高らかに。少し待つと中から声がかかり、カスミレアズが硬い表情のままで扉を押し開けた。そのまま進むかと思いきや、彼は扉を押さえる為に立ち止まった。

アークがその横を悠々と通り抜ける。

目線で促されて、真澄はアークの背に続いた。数歩では終わらない広い部屋だ。天井にはシャンデリアさながら零《こぼ》れんばかりに豪奢《ごうしゃ》な光球が輝いていて、床にはえんじ色の重厚な絨毯が敷かれている。部屋の中央で存在感を発揮しているのが、片側十人は掛けられそうなテーブルだ。大理石のような美しい石を切り出したものらしい。光沢ある表面には天井からの無数の光と、中央に座する男の顔がくっきりと映っていた。

存外に若い。

四十の前後だろうか。肘をつき両手を組み、口元は隠されている。鋭い視線は真っ直ぐアークに向けられており、色々なことを問い質《ただ》したい気配がひしひしと伝わってくる。

肩章は黒紫、間違いなく宮廷騎士団長である。

そして彼の後ろには三人が控えている。肩章の色はそれぞれ異なるが、宮廷騎士団長がその背を預ける相手となれば、彼らが誰なのかは自《おの》ずと分かろうものだ。

立派な石卓の手前、椅子に手が届こうかというところでアークが立ち止まった。そして開口一番、

「皆さん雁首《がんくび》揃《そろ》えてなにごとです。レイテアからの侵攻でもありましたか」

これだ。

初めて聞いたアークの丁寧語ながら、声にも内容にも如実に棘《とげ》がある。くだらない用事で呼び出されたと百も承知で、そんなことに時間を割いているのかお前たちは、とあからさまに揶揄《やゆ》している。

アークの先制に奥の一人が苦虫を噛み潰したような顔になった。山吹色の肩章、第三騎士団長だ。しかし苛立ちの視線はアーク本人ではなく、一歩後ろに控えているカスミレアズに向けられた。

「エイセル、お前はなに一つ説明できていないのか。近衛騎士長がきいて呆《あき》れるぞ」

「聞き捨てなりませんね。その説明責任が俺にあるからこそ、わざわざ中央棟まで呼び出したんでしょう。そこでカスミレアズを責めるのはお門違いだ」

カスミレアズが反応する前に、ぴしゃりとアークが遮った。

「互いに忙しい身です。さっさと本題に入ってください」

遠慮会釈ないアークの物言いに、山吹の騎士団長、その額に青筋が浮かぶ。年の頃はアークより少し上か、噛みつかんばかりの怒気は威圧感にあふれている。今にも剣を引き抜きそうな激昂《げきこう》ながら、しかし彼はそれ以上の言葉を飲み込んだ。

ただ一人座している宮廷騎士団長が、右手で御したのである。

殴りつけて黙らせたのではない。一瞥《いちべつ》をくれることさえせず、ただ素っ気なく払うような仕草だった。一度は解かれたその手を再び組み直してから、宮廷騎士団長がおもむろに口を開く。

「……アーク、お前の身辺が騒がしいと聞いている。その件について、今ここで説明を要求する」

「騒がしいといいますと？　従騎士が入ったので、訓練には力が入っていますが」

「とぼけるな。お前のところの従騎士は最初から高位魔術を使えるのか」

器物損壊も甚だしい。続いた宮廷騎士団長の言葉は、明らかに真澄争奪戦のドンパチについて指摘していた。

確かに表向きは近衛騎士長によるそれなりに激しい訓練ということになっているから、争奪戦の実態まではさすがに把握されてはいないだろうが、それでも小言をぶつけたくなる程度に騒がしいらしい。

「訓練場の損壊は第四騎士団の経費で修繕します。何ら問題はないはずです」

「補修費用に全ての経費を注《つ》ぎ込むつもりか。既に予算の半分に迫る勢いだぞ」

「割り振られた予算の使い方は各団に一任されているものです。今さらとやかく言われる筋合いはありませんね」

「このままの状態であっても他の騎士団と遜色ない働きができるのならばな」

「笑止。稼働率、生存率いずれも我が団が頭一つ抜けている現状で、」

「楽士なしで同じ結果を出せるのか？」

ずばりと切りこまれた内容に、アークが間合いを計るように押し黙った。

一方で、淡々と宮廷騎士団長は考えを述べていく。

第四騎士団の金の使い方は、今後は楽士を雇う必要がないかのごとく見える。が、これまでの実績は必ず臨時雇いの楽士がいてこそだったはずで、とすれば最近の第四騎士団の動向は一体なにを考えてのものであるのか。それとも考えなしなのか。もしもそうであれば、騎士団長更迭も辞さない意向である、と。

「いざという時に役に立たない騎士団など穀潰《ごくつぶ》しだと、再三言ってきたはずだ」

「少なくとも私が就任してからの十五年間、任務不履行など一度もない第四騎士団に対しての物言いがそれですか？」

「美しい過去だ。だが私は未来の話をしている」

「ご心配痛み入ります。穀潰しの称号は、実際にそうなった時に頂戴しましょう」

ゆら、とアークの輪郭が青くぼやけた。威嚇というよりはむしろ、抑えきれない激情が漏れ出ている風だ。

「今後も第四騎士団は通常任務に加えて、いかなる緊急動員にも即応します」

「……根拠がその身元不明の楽士か」

それまでアークを射抜いていた視線が不意に真澄を貫いた。

美しく高貴なすみれ色の瞳だ。

深く煌《きら》めくその色に嘘《うそ》は許されないような、洗いざらい吐き出さねばならないような不思議な感覚を抱くが、真澄は口を真一文字に引き結んで無言を通した。

宮廷騎士団長の後ろに立つ三人からも視線が注がれているのが分かる。一言一句漏らすまい、そんな高圧的な緊張が膨らむが、それでも真澄はなにも言わなかった。

アークとそう約束したからだ。約束を違える相手は信頼に値しない。

居心地の悪い沈黙がどれくらい続いただろう。衣擦《きぬず》れの音さえ憚られる静けさだったが、ただの威圧では真澄は口を割らないと判断したらしく、宮廷騎士団長は再びアークにそのすみれ色を向けた。

「第四騎士団長は専属楽士を得た、そういう理解で間違いないのだな？」

「その話ですか？　たかがそれくらいで……いいえ、なんでも。確かに専属契約を交わしましたが、それがなにか」

「なぜ報告しなかった」

「……どういう意味ですかね」

声が不機嫌に低くなった。

アークの青い闘気は依然として小さく揺らめくばかりだが、部屋の大きな窓がガタガタと音を立てる。ここにいる中で最も年かさ、深緑の肩章――第一騎士団長が、壮年の顔をちらと窓に向けた。そして彼は隣にいる真紅の肩章を持つ第二騎士団長の耳元で、なにごとかを短く告げた。

若い眉間が寄せられる。その視線が僅か泳ぎ、戸惑いが見え隠れする複雑な表情だった。

「どのあたりが『なぜ』なのか教えて頂けますか。専属楽士をとるつもりがそもそもあったかどうか、あったのならなぜ意思表示をしなかったのか、という意味ですか？　それとも額面通り、専属契約を交わしたことそのものの報告がない、それを咎《とが》められているのですか？」

それまで直立不動を守っていたアークの身体が動いた。

目の前にあった豪奢な椅子の背もたれを引っ摑《つか》んだかと思うやいなや、それは宙を舞った。残像を残し飛んだ椅子は、それは派手な音を立てて壁に叩きつけられた。

木端微塵《こっぱみじん》だ。

しかしそれも束の間《つかのま》、次は打撃音が響いた。今しがた椅子が抜かれ空いた卓に、アークが右手を叩きつけてその身を乗り出している。重厚な石卓が悲鳴を上げて、大きな亀裂が走った。

後ろに控えている三人の騎士団長の顔がそれぞれに強張《こわば》る。

顔色が変わらないのは宮廷騎士団長だけである。卓についている肘に亀裂が迫っているにもかかわらず、まるで動じた様子もない。

「理解しているのなら話は早い。その全てに説明を要求している。場合によっては処分も視野に入れている」

「……好きで楽士なしだったとでも？」

ばきり、不穏な音を立てて石卓の亀裂が太く広がる。そして激昂は突然だった。

「殉職した部下を目の前にしても同じことが言えるか!?」

轟音《ごうおん》が耳をつんざいた。

アークの拳が石卓を真っ二つに叩き割っていた。破片があちこちに四散し、騎士団長たちは腕を交差させて急所を守っていた。

真澄は咄嗟にカスミレアズにかばわれた。

倒れ込んだ衝撃は感じたが、床に直接叩きつけられたのはカスミレアズだ。当のカスミレアズは痛そうに顔をしかめているものの、油断なく部屋の中央を窺っている。

そしてアークが吼《ほ》えた。

「俺が楽士を選《え》り好みしたわけじゃない。過去の戦線、魔力さえ補給できれば助かった部下はごまんといた。そんな状態で専属が要らないと言うなら、そいつは上に立つ資格さえないボンクラだろうが。

意思表示どころか再三の要求を突っぱねたのは宮廷楽士だ。俺が責められるいわれはない。

ましてや困窮している第四騎士団を放置したのは他でもない宮廷騎士団で、今さらどの面下げて『報告がない』などとほざくつもりだ。恩義どころか義理さえないこの関係でふざけるのも大概にしろ。

身元不明がどうした。

出自が傷を癒してくれるのか。血筋が命を救ってくれるのか。ふさわしいかどうかの面子《メンツ》なんぞ糞《くそ》くらえだ。たかが専属契約ごときで処分すると言ったな。できるものならしてみたらいい。

レイテア国境の要衝を守っているのは誰だ？　東西南北、併合した辺境各地を巡回しているのは？　真っ先に魔獣討伐に出向くのは？　戦争で最前線である第一防衛線を築くのは？　一級指定の危険任務を常に請け負っているのは誰だ？

全て第四騎士団だろうが！

処分上等だ、やってみろ。帝都に縋《すが》りついて役目を果たさない騎士団に、代わりが務まると言うのならな！」

青い極光が弾けた。

制服のカスミレアズが光に背を向けるように真澄を抱き込む。肩口から見た光景は、コマ送りに感じられるほど克明に鮮やかに焼き付いた。

碧空の鷲が躍りかかる。

迎え撃ったのはすみれの獅子だった。

両者は一瞬もつれ合い、すぐに弾けて四散した。窓ガラスは衝撃に全て割れた。三人の騎士団長たちはそれぞれに腰を落とした姿勢で力を受け流したらしいが、宮廷騎士団長は椅子にかけたまま悠然と腕組みをしている。

静寂が訪れた。

カスミレアズが左手に真澄を抱えたままゆっくりと身体を起こす。爆風にあおられて打ったのか、右手は頭を押さえている。

「言いたいことはそれだけか？」

まったく焦りのない声で宮廷騎士団長が問う。それに対し、襟を正しながらアークが答えた。

「報告ついでに。今年の楽会選考、私の専属も入れさせて頂きます」

「なに？」

「無論、私も武会に出ますが。『武楽会優勝者には望むものが与えられる』、まさかお忘れではありますまい。今の腐りきった楽士とたるんだ騎士を一掃するのも面白そうだ」

不敵に笑うアークと、驚きをにじませつつ対峙する四人の騎士団長。その対比はあまりにも鮮やかだった。

浮き彫りになった現状と切られた啖呵。それは先の波乱万丈を覚悟させるに充分すぎた。

◇6　流血、流血、また流血

出頭命令からの近況報告はどう考えても穏便には済まなかった。

巨大な石卓を破壊した上、全ての窓ガラスを割るというのが中破なのか大破なのかは分からない。部屋そのものが消し飛んだわけではないから中破とすべきか、備品のほぼ全てを損壊したので大破とすべきか。そんなどうでもいいことを考えながら、真澄はひたすら歩を進めた。

先を歩くのは未だに怒気をまとうアークだ。

カスミレアズは気を遣って最後尾を歩いてくれているが、この状態では和やかに会話もできない。だだっ広い中央棟を進むうちに数人の文官とすれ違ったが、彼らは第四騎士団一行を見るなり「ひっ……!?」と息を呑《の》み、限界まで通路の端に身を寄せるという怯《おび》えっぷりである。

そりゃそうだ。

膨れ上がるアークの怒気に、真澄もカスミレアズも声をかけられないのである。日頃から慣れ親しんでいる人間が思わず距離を置くくらいなのだから、赤の他人にしてみれば第四騎士団総司令官の顔は般若《はんにゃ》か鬼の形相に映っていることだろう。怒りに任せて大股でずんずんと突き進むアークに、途中何度か小走りになりながらも真澄は懸命についていった。

中央棟を後にし、庭園を抜ける。

門扉を出ると監視の緊張感が消え、急に雑音――風の音、鳥のさえずり、駆けていく馬、人の話し声――が、押し寄せてきた。陽《ひ》は既に傾きかけている。往復の距離もさることながら、存外に長い時間を宮廷騎士団長たちと過ごしていたようだ。

詰めていた息を吐き、真澄はカスミレアズを見上げる。目が合うと、近衛騎士長も分かりやすく肩の力を抜いていた。珍しく頬が緩んでさえもいる。激戦地から共に生還したような感慨深さを抱いたのも束の間、真澄の目に赤い筋が飛び込んできた。

「ちょっとカスミちゃん。血、出てる」

言いながら、傷口に触れないよう真澄は指で怪我を指し示した。

右のこめかみだ。

きっと真澄をかばった時に石卓の破片で切ってしまったのだろう。当の本人は無造作に傷を検《あらた》め、掌についた血を見てなぜか納得顔だ。

「別に大した傷ではない」

「いやいや。顎にまで伝ってたら大したことあるわよ」

道理で中央棟の文官たちが怯えていたわけだ。

超絶不機嫌な総司令官も事だが、こめかみから盛大に血を流している近衛騎士長も大概である。これでは関わり合いになどなりたくもなかっただろう。

「手当てっていうか、治癒だっけ。アークが一番効率いいんでしょ？」

真澄が周囲を見渡すと、アークは既に十歩ほど先を歩いていた。立ち止まった二人に気付かないなど頭に血が上りすぎな感は否めない。

「ったく少しは後ろ気遣えっての。呼んでくるわ」

「いや、問題ない。って、おい！」

カスミレアズの制止を振り切り、真澄は駆けた。

「ちょっとアーク！」

呼びかけるも反応はない。

「ねえ、待ってよ！」

最初より格段に背中は近付いているが、やはり立ち止まる気配は皆無だ。だから真澄がイラッとしたのは不可抗力なのである。

「待てっつってんのが聞こえないのかコラァ！」

どごっ。

「……あ？」

「いった……」

思わず右肩を押さえてうずくまる真澄と、ようやく気付いた態のアーク。

多少の苛立ちを込めた肩タックルだったが、ダメージがでかかったのは鍛えていない真澄の方だった。実に理不尽な結果に真澄の不機嫌はさらに増すこととなったが、追いかけてきたカスミレアズの申し訳なさそうな顔を目の当たりにすると、それはひっこめざるを得なかった。

だって大人だもの。

だが差し伸べられたアークの手は意趣返しでひっぱたいてやった。尚、カスミレアズの手はにこやかに受け取ったがそれは余談である。

そして若干不服そうな顔を見せるアークに真澄は説教することとなった。

「別に切れるなとは言わないけど、もうちょっと周りは見て。カスミちゃん怪我してるのよ？　それほったらかしてっていうか気付きもしないで自分だけさっさと帰るとかサイテー」

「怪我？」

驚きに目を丸くしたアークがカスミレアズを見遣《みや》る。視線を受けた方は、慌てて首を横に振った。

「大した傷ではありません。破片が掠っただけです」

「それだけ血が出てたら結構深いと思うけど？　治癒とかいうの、使えるんでしょ」

さらに続きそうな近衛騎士長の固辞を遮り、真澄はアークを見た。

せっつかれたアークが気まずげながらも掌に青い光を湛《たた》える。しかしそれを見たカスミレアズは、もう少し語気を強めて首を横に振った。

「たかがこれしきで治癒など騎士の名折れです。手当ては受けますので、どうかお収め下さい」

懇願にもとれる言葉を受けて、アークの手が止まった。

「別に俺は構わんが、いいのか」

真意を確かめるようにアークが念押しすると、カスミレアズは即座に頷いた。

「一度慣れてしまえば戻れなくなります」

「……そうか。分かった」

アークは思案顔を浮かべつつも、それ以上の問答はしなかった。そして真澄が口を挟む間もなく二人の会話は完結し、青い光はそこで完全に消え失《う》せた。

ただの遠慮にしては随分と頑《かたく》なだった。

おそらくなにか理由があるのだろう。良かれと思って勧めたが、あるいは余計な世話だったか。反省して真澄が「ごめん」と謝ると、カスミレアズは「気遣い感謝する」と簡潔に言って笑ってくれた。

＊　＊　＊　＊

そんなこんなで真澄は今、一人のんびりと宮廷敷地内を歩いていた。

アークは執務を片付ける為、またカスミレアズは早急に手当てを受ける為、先に戻ってもらったのである。日頃から鍛えている軍人の足、急げばまあ速い。そうと決めたら彼らの背中はあっという間に見えなくなった。

カスミレアズの怪我は心配だが、あれについていったら真澄の身が持たない。というわけで敷地内の道や棟の配置を覚えるからと言って体《てい》よく離脱し、真澄は夕方の散歩を楽しんでいるところだった。

暑さは随分と和らいでいる。

死ぬかと思った往路とは違い今は西日に長い影が伸びていて、道脇に等間隔で植えられている樹々《きぎ》の木陰に入ると心地よい。

金色の光が伸びて、空の端が茜《あかね》に染まる。

美しい夕方だ。太陽はここでも赤く輝いている。眩しさに目を細めつつ感慨深さを胸に、真澄はゆっくりと大路の石畳、小路の土道をぶらぶらと歩いた。

そしてあちこち見て回ること小一時間。

真澄はものの見事に迷った。

予想通りというかなんというか、どこでもかれでも行けるという認証の自由は素人にはまだ早かった。後悔しても今さら後の祭りなのだが、それにしても道を選んで歩いていたはずなのに、どうして幾つかの棟を出入りしただけで庭園というかどこぞの中庭らしき場所に入り込んでしまったのだろうか。

幸いなことに中央棟のような圧迫は感じないが、既に空は藍色が深まってきている。

急いで戻らねばと思う反面足は疲れていて「さてどうしたもんか」と辺りを見渡した真澄の目に、簡素な木のベンチが飛び込んできた。

なんという渡りに船。

いや、迷子であるという現実には一ミリも役に立たないのだが、とりあえず腰を落ち着けて対策を練るには充分だ。やみくもに彷徨っていれば不審者認定もされよう。最悪いくら広いとはいえ磁石も利かない樹海じゃあるまいし、遭難はないだろう。見知らぬ他人であったとしてもその辺を歩いている誰かを摑まえればなんとかなる。

自力での帰還はあっさり諦め、真澄は植え込みの傍に佇むベンチに座った。

空を見上げると気の早い一番星がきらめいている。明日も晴れそうだなあなどとのん気に考えていると、不意に話し声が風に乗って届いてきた。

「……?」

首を回して音の出どころを探る。微かではあったが確かに人の声だった。耳の良さには自信があるのだ、間違えっこない。

人がいるのならば道を尋ねよう。

迷子としては極真っ当な結論を導きつつ、休憩もそこそこに真澄はベンチを後にした。そして自慢の耳を駆使して辿り着いた先には、不穏な空気を醸しだす女性二人がいたのである。

思わず真澄は植え込みの陰に身を潜めた。そして今度こそはっきりと聞こえてきた肉声は、

「色目なんて使ってんじゃないわよ、この泥棒猫」

などという、中々に痺《しび》れる内容だった。

急に出くわした場面に「ええ……?」と戸惑いつつ耳をそばだてる。まさか盗み聞きされているとは思いもよらないであろう彼女たちは、そのまま緊迫のやりとりを続けた。

「そんなこと……私はただ楽士長から頂いたご指示のとおりに」

「ふん、そう采配されるようにキースに言い寄ったんでしょうよ。『次は私を指名してくださいね』なんて、腕の一本でも絡ませて」

責め立てている方、長身のすらりとした女の手が伸びた。相手の首元にあるスカーフを強引に引

き抜く。

宮廷騎士団の重厚な黒紫とは違い、それは華やかな赤紫だ。

たおやかな貴婦人を感じさせるその布は宮廷楽士であると一目瞭然ながら、強引さの前にいとも容易く解けてしまった。

「返してください……！」

「人様の常連に手を出しておいて、しゃあしゃあとよく言えたもんだわ」

絹が悲鳴を上げた。

二つに裂かれた赤紫が、ひらりひらりと宙を舞う。やがて地面に落ちたスカーフの切れ端を長身の女が踏みにじった。

「見くびってたわ。やるじゃない、たかが古い血筋ってだけの三流貴族が」

パアン、と乾いた音が響いて、詰め寄られていた方が地面に崩れ落ちた。そして責め立てている方の足が、今度は布きれではなく倒れた方の手を踏みつける。

事情は知らない。

だが音楽家としてあるまじき行為だ。音色を奏でるのに不可欠の手に、なんと野蛮なことをするのだろう。真澄は身を隠していた藪《やぶ》から立ち上がり、二人の元へと歩み寄った。

頬を打たれた側は呆然《ぼうぜん》と土を見つめている。地面に倒れ込んだまま、真澄に気付く素振りはまったくない。片や仁王立ちしている方も真澄には背を向けている格好なので、やはり振り返る様子さえない。

好都合だ。真澄は背後から近寄り、長身の腕をぐいと捉《つか》まえた。

「やりすぎよ?」

突然の力に相手の楽士がびくりと身体を揺らした。腕を払うように振り返る。ひたりと合ったその目には、分かりやすく負の色が宿っていた。

真澄の身長は低くない。見下ろされることもなく真正面から堂々と見据えると、相手が一瞬怯《ひる》んだ。

「……あんた誰よ」

分かりやすく動揺が出ている。押し切るなら今このタイミングしかない。

「通りすがりの者ですが」

「楽士でもないのに口出しは無用よ」

「楽士なら口出す権利あるの?」

長身の楽士は怪訝な顔になった。

「新入り? 見たことのない顔ね」

「それはお互いさま。所属が違うもの」

思い出して、真澄はポケットに手を突っ込んだ。

本日の出頭命令に赴く際、炎天下であまりにも暑苦しすぎたゆえスカーフを外していたのだ。おかげで所属知れずの不審者認定を現在進行形で受けているのだが、そこはそれ。

よくよく見えるように目の前で青い生地をはためかせてやると、相手の顔色が見る間に蒼《あお》くなった。

「それ、『碧空』の……!?」

「碧空? まあ確かに第四騎士団所属だけど。とりあえず暴力は良くないと思うわ」

握っている手に力を込める。これまで培ってきた努力の賜物《たまもの》でそれなりに握力は強いので、同性同士ならば充分に抑止力になるはずだ。

そんな真澄の目論見《もくろみ》は見事に当たった。長身の楽士は舌打ちをするやいなや、踵《きびす》を返して足早に去っていった。

「立てる?」

いじめっ子の背が建屋の中に消えるまで見送ってから、真澄はしゃがみこんで手を差し伸べた。

蚊の鳴くようなか細い声だ。

「すみません、ありがとうございました……」

恐る恐る上げられた顔は口の端が切れて、血が滲んでいた。手加減なしで打たれたらしい。今夜、間違いなく頬が腫れるだろう。綺麗な顔が台無しだ。

華奢《きやしや》な彼女は泣いてはいない。

ただ唇を嚙みしめて、踏まれた左手をそっと右手で隠していた。まるで踏まれた事実などなかったかのように。

真澄の手を借りて立ち上がった彼女は、土埃《つちぼこり》にまみれてしまった制服をはたいて汚れを落とした。

それが一段落ついてから、真澄の肩口ほどしかない小柄な彼女が深々と頭を下げた。

「本当に、ありがとうございました」

礼に合わせ、肩口で切り揃えられた艶《つや》やかな銀髪が揺れる。

「こちらで失礼させて頂きます。では」

「待って、手当てくらい」

「私と一緒にいると碧空の楽士さまにご迷惑がかかりますから」

「迷惑？　そんなことないわよ、どうして？」

「……ご覧になりましたでしょう？　私はこの手を踏んでもいい、そう思われても仕方のない楽士なのです」

「楽士であろうとなかろうと、手を踏まれていい人なんていないと思うけど」

真澄からはつい呆れた声が出た。

どうも複雑な事情持ちらしいが、いかんせん状況が飲み込めない。なんせ帝都に来て初めて出会った楽士だ。乏しい真澄の知識は、彼女のまとっていた赤紫のスカーフが宮廷楽士である――つまり、真澄のようにどこぞの騎士団や魔術士団の誰かと専属契約を交わしているわけではない――ということくらいしか知らない。

なにはともあれ落ち着いて話をしたい。真澄は銀の乙女の手にそっと触れた。

「とりあえず手当てしましょう。衛生科でもいいし、なんだったらアークでもいいわ」

「あの、本当にお気になさらないでください。私、ここから動けないので……」

「なんで？　足捻ったの？　じゃあ適当に誰か見繕ってくるから、」

「いえあの、そうではなくて」

困ったように銀のまつ毛が伏せられた。

「スカーフを失《な》くしてしまったので、認証が」

「えっ……あー、……そういうことね」

地面に目を転じると、踏みにじられたスカーフは忽然と姿を消している。持ち去られたのであろう事実に思い至り、ようやく真澄も事態が飲み込めた。

ここは中庭。

どこに行くにしても、まずはどこかの入口から棟の中に入らなければならないのだが、間違いなくそこには認証術がかかっている。鍵となるスカーフなしに入ろうとすれば、アークが解説したところの「えげつない攻撃魔術」が容赦なく起動するだろう。

よりによって人通りの少ない端の棟の中庭だ。体育館裏さながらで、先ほどから人っ子一人通らない。そんなところに迷い込んだ真澄も真澄だが、連れ込む方も連れ込む方だ。

これは困った。

嫌がらせとしては百点満点である。中々やるなあいつ、などと名前も知らない相手に毒づいてみるも、状況が変わるわけではない。

「碧空の楽士さまのお時間を無駄にするわけには参りません。私はどうにかしますから、どうぞお先に」

「どうにかするって言っても、当てあるの？」

「夜になったら同じ部屋の友人が捜しにきてくれます。きっと」

「予備のスカーフがもらえるとか初耳だけど」

たかが布きれ、されど布きれ。認証の鍵という立派なお役目を持つスカーフは、ほいほいと洗い替えをもらえるわけではない。

基本、一人に対して一枚。

この規則は徹底されていると真澄はアークから聞いている。そうでなければ合鍵量産状態、危なくて仕方がないとか。そういう意味で、各団付きの楽士スカーフを作れるのは各団長のみに限定されている。

ちなみに専属契約を交わしていない宮廷楽士は宮廷騎士団長がその認証を授けることになっているらしいのだが、夜更けに発見してもらって、そこから宮廷騎士団長を叩き起こしてスカーフを作れと言うのだろうか、この子は。

さっき会ってきたばかりだが、あの冷淡な宮廷騎士団長に頼む？

真澄ごときの一睨《ひとにら》みで退散した相手に逆らえなかったのに、あの激烈な宮廷騎士団長に掛け合うと？

どう贔屓目《ひいきめ》にみても絶対無理だ。考えれば考えるほどに、珍しく真澄が残念な目をすることになった。そんな視線にさらされているからか、銀の彼女は明らかに身体を縮こまらせている。

「別にとって食おうってわけじゃないから、そんなに怖がらないで」

少しでも落ち着くように言い聞かせ、真澄は頼りない背中を撫でた。

今日は流血に縁のある日だ。

毒にも薬にもならない感想を抱きつつ、真澄は自分の青いスカーフに両手をかけた。

「居合わせた縁だし、とりあえず試してみましょうか」

「え……え？　え!?」

びぃ――――。

議論の余地なく布は二等分になった。真澄はほい、と片側を手渡す。

「とりあえずここから出ましょう。これで痛かったら詐欺よね」

しっかりと認証が働けばいいんだけど。

眉を下げながら真澄は笑った。その一方で、銀の乙女は分かりやすくあたふたしていた。

第3章　楽士というもの

◇7　銀の楽士と武楽会

スカーフを二等分しても認証は有効であるのか。

身体《からだ》を張ったその実験は、なんと結果が出る前に中断された。なぜかというと電光石火ですっ飛んできたカスミレアズに保護されたからである。

能動探知というやつは反則レベルですごい性能だった。

どうやらあのスカーフには防犯ブザー的な機能が備わっていたらしく、スカーフに異変が起こると——布そのものが毀損《きそん》されたり、持ち主である真澄《ますみ》から一定範囲以上離れたりすると——カスミレアズに警報が届く仕組みだったという。警報を受けた近衛《このえ》騎士長は「すわ何事か」と能動探知を宮廷全域にかけて真澄の位置を把握、救急隊も真っ青なタイムで現場に駆け付けたのだ。頭に真新しい包帯を巻いたままで。

そして、現在。

道案内を見知らぬ銀の乙女に頼らずに済んだのも束《つか》の間《ま》、真澄はアークの執務室で近衛騎士長から大目玉をくらっていた。

「言いたいことは色々ある。ありすぎて、どれから言えばいいか分からん」

頭に包帯を巻いているにもかかわらず腕を組んで仁王立ちのカスミレアズ、目を逸《そ》らしながら応接のソファに正座の真澄。

ちら、と真澄は横を見る。ものすごく苦笑しているアークが執務椅子にかけたまま、その隣に座る銀の乙女に治癒術をかけてやっているところだ。横にはしっかりとおもてなし用のお茶も出されている。

この扱いの差。

人助けをしたので気分は悪くないのだが、真澄としてはいまいち納得がいかない。が、そんな真澄の心境とは裏腹に近衛騎士長直々の説教は続く。

「破いただと？　破くか普通？　認証に必要と言われているものを？　は？　なんで、……なんで破いた？」

意外だ。あまりに怒りすぎて、カスミレアズの言葉遣いが雑になっている。

「はあ……それはですね、複製できるのは団長しかいないと聞いていたからですね、いちいち呼んでお願いするのは手間がかかるなあと思った次第で」

「なぜ複製できないか教えなかったか」

「もちろん聞きましたし覚えてますよ、合鍵が沢山あったら困るからでしょ」

「……破いても認証が有効なら、誰もがそうしているだろうが」

「冷静に考えればおっしゃるとおりで」

カスミレアズがぐぐい、と苦虫を嚙《か》み潰したような顔で黙り込んだ。

「いや、まあ、いけるかなとか淡い期待を」

「持つなそんなもの！」

「そんな怒んなくても！」

「怒るわ!! 私が行かなかったら間違いなく拘束術が起動していたぞ!? 総司令官の専属楽士がうっかりスカーフ破いて認証術に引っかかるだと!? 前代未聞だ！ アーク様も私もお前も歴史に名が刻まれるわ、残念な方向にな！ 第四騎士団末代までの恥だ！」

「ごめんなさいもうしません！」

怒髪天かつ口角泡を飛ばす、そんな勢いのカスミレアズにはとうとう逆らえなかった。

ほぼ土下座の態《てい》で真澄は謝り倒す。

今カスミレアズの頭にやかんを乗せたら一瞬で沸騰するだろう。既に何本か血管が切れていそうだが、大丈夫だろうか。傷が開いて包帯に血が滲《にじ》むんじゃないのか。内心で真澄が現実逃避がてら心配していると、横から笑い声が届いてきた。

「くっ……はっは、傑作だな」

頭を抱えるようにしながらアークが執務机に寄りかかっている。横に客がいるのもお構いなし、完全に脱力している様子だ。

「ここまでカスミレアズを切れさせるか。相変わらず斬新すぎる発想だよなあ」

「アーク様、笑いごとではありません」

阿修羅《あしゅら》と化したカスミレアズが、ぎ、とアークを見据えた。

「発想が斬新なのは結構ですが、行動力まで伴うのがいけません」

「退屈しなくていいじゃねえか」

「またそういう」

「今回は説明を省いた俺が悪かった。そろそろ許してやってくれ」

目上からとりなされて尚《なお》、怒り続けられる人間はそういない。カスミレアズも例にもれなかったようで、深呼吸に近いため息とともに、吊《つ》り上がっていたまなじりが緩められた。

上目遣いで窺《うかが》っていた真澄は、お許しが出たことを悟ってようやく足を崩す。

「うへぇ……」

大概しびれている。そのまま四人掛けの広いソファに身体を投げ出し、真澄は伸びをした。

カスミレアズの目が眇《すが》められたが、そこは気付かなかったふりで黙殺する。

「それで、なにがどうしてこうなった？」

執務机に頬杖《ほおづえ》をついて、アークが半目になった。その視線はこの場で最も身を縮こまらせている乙女に注がれている。

「宮廷楽士だと聞いたが」

「は、はい。グレイス・ガウディと申します。この度は第四騎士団総司令官様、近衛騎士長様、それに碧空《へきくう》の楽士様に大変なご迷惑をおかけしまして、申し訳もございません」

忙《せわ》しなく椅子から立ち上がり、銀の乙女――グレイスは床にひざまずいて礼を取った。

下げられた頭は微動だにしない。

そんなグレイスを見て、アークは面食らったように瞬きを繰り返す。困惑の視線をカスミレアズに投げた時、近衛騎士長は「もしかして」となにかを思いついた顔になった。

「ガウディ家といえば、歴史と伝統ある血筋とお見受けします」

カスミレアズの丁寧な口調に、グレイスの肩が揺れた。だが彼女の視線は床に縫い止められたままだ。構わずカスミレアズが二の句を継いだ。

「もしや第一騎士団のリシャール・ガウディ神聖騎士と血縁ですか？」

「……兄です」

丁寧なカスミレアズの問いに、ゆっくりとグレイスが顔を上げた。

だから扱いの差。

真澄は力いっぱい抗議したくなったが、深刻そうなグレイスを前にそれは流石《さすが》に憚《はばか》られた。一瞬口ごもりかけたグレイスは、それでも遠慮がちに口を開く。

「近衛騎士長様は、その……兄をご存じでいらっしゃいますか」

「ええ、まあ。年が近い神聖騎士ですから」

その時、グレイスがなんとも言い難《がた》い表情になった。

小さく微笑《ほほえ》んでいる。高い空への憧れのような、けれどもきっとこの手は届かないと諦めているような。陰に思うところがあり、真澄は割り込んだ。

「ねえ、グレイスさん？」

「っ、はい」

「とりあえずとって食ったりしないから、こっち座ってゆっくり話しましょう」

横着だとは百も承知ながら、真澄自身は足が痺《しび》れて動けないので手招きする。床にひざまずいたままのグレイスはぽかんと口を開けるばかりで動こうとしなかったが、そこは男前な近衛騎士長が手を取りエスコートした。

広い応接、真澄とグレイスが低いテーブルを挟んで向かい合う。

部屋の主は自分専用の執務椅子から動くつもりはないらしく、かといって執務に戻る様子でもなく、耳だけ参戦するつもりのようだ。あるいは自分が近くに同席すると、グレイスが萎縮して話しづらかろうと慮《おもんぱか》ってのことかもしれないが。

カスミレアズは少しの思案の後、一人掛けのソファにかけた。

審判というか進行役というか、丁度、真澄とグレイスから九十度になる位置取りである。そして彼は座るやいなや、右手で青い鳥をぽん、と出した。

「なに？　どうするの、それ」

まさか尋問するわけでもあるまいし。そんな疑問が真澄の首を傾《かし》げさせた。

生まれた鳥は鳩《はと》サイズで、アークが出した「碧空の鷲《わし》」に比べたらひよこもひよこ、雛鳥《ひなどり》さながらだ。身軽そうな鳩は逃げる素振りもなく、カスミレアズの人差し指にちょんと止まっている。

「宮廷楽士長に連絡を入れる」

説明しながらも、カスミレアズの視線はグレイスに向けられていた。

「間違ってもガウディ殿の不利益にならぬよう、私の――第四騎士団近衛騎士長の署名で出します。構いませんね？」

「ありがとうございます。ですが、要らぬご迷惑をおかけするのは本意ではございません」

儚《はかな》い雰囲気をまといながら、存外に強い口調でグレイスが言い切った。

「いずれにせよ認証を紛失した件で責めは免れません。であれば、勤めを欠いても同じことです」

「認証の件はそれこそ弁明が許されるのでは？」

腕組みをしつつ、カスミレアズがとある一点――踏みにじられたグレイスの手――を、指差す。

動きに合わせて鳩が肩へと飛び移った。

どうやらカスミレアズは彼女の兄も知っているらしいし、明らかに訳ありだと嗅ぎ取っているようである。

「幸いながらここに証人がいます。百歩譲って争いの理由が私闘であったのだとしても、追及を逃れられるのはその手の怪我《けが》だけであって、他人の認証に手をかけていい理由にはなりません。毀損した上に持ち去った人間は然《しか》るべき処断を受けねばなりませんし、楽士長は事実関係を把握した上で宮廷騎士団長に認証の再発行を願い出る必要があります」

「……いけません。第四騎士団そのものにご迷惑が」

「お気になさらず。我が団はこのとおり総司令官の専属楽士を得ましたので今後宮廷楽士の世話になるつもりは一切ありませんし、もとより他の団との連携などあってないようなものだ。既に遠巻きにされている我が団がどのような苦情や言いがかりをつけられようとも、総司令官が『それがどうした』と突っぱねて終わりです。……ね？」

カスミレアズが斜め後ろに視線を投げた。

俎上《そじょう》に載ったアークは「おう勝手にしろ」と片手を挙げて適当に応える始末だ。尚も申し訳ないと首を横に振るグレイスに、「実は」とカスミレアズが追い打ちをかけた。

「リシャール殿には色々と融通を利かせてもらった恩がありますから」

であるから、その妹君となれば放ってはおけないのだ。

そこまでカスミレアズが言って、文字通り伝書鳩はぱたぱたと飛んでいき、ようやくグレイスは重い口をぽつりぽつりと開いてくれたのだった。

＊　＊　＊　＊

語られたのは良くある話だったが、良くあるがゆえに残酷さが際立っていた。

グレイスは楽士を輩出する名門貴族本家の長女として生まれた。

六歳上に兄のリシャールがいるが、生母の身体が弱かったこともあり、大貴族にしては珍しくたった二人だけの兄妹である。

年の離れた妹をリシャールは大層可愛《かわい》がった。どこへ行くにも連れて歩くし、グレイスが泣きべそをかいていようものならすっ飛んできた。

当然、ヴィラードも一緒に習った。

同じように分け隔てなく一族から教えてもらったが、しかしリシャールの性には合わなかったようで、兄は早々に楽士から騎士の道へと鞍替《くらが》えした。楽士の名門とはいえ、一族の全員がそうなることを義務付けられはしない。適性というものがあるし、そういう意味でガウディ家でいえば生まれた男子のうち三割、女子が七割程度の楽士就業率だった。

完全に見極められるのは十歳の頃である。

その年までに「楽士適性なし」とされれば、男子は騎士もしくは魔術士に、女子は良い縁談を見つけるために教育されていく。楽士に関する一切から隔離されると言ってもいい。

そんな一族の中にあって、グレイスは順当に楽士の才を認められた。

が、リシャールは十歳を越えてすぐ、騎士団見習いとして宮廷に上がった。見習いになってから実家に帰ってこられるのは年に一、二回だったがそれでもリシャールはグレイスを忘れず、いつもなにくれとなく土産をくれたし、騎士団の話を聞かせてくれた。

そして、リシャールからのお土産——綺麗《きれい》な髪飾りや、美しいペンダントなど——が、一抱えほどもある箱いっぱいにあふれんばかりになった年。

リシャールは成人し、晴れて第一騎士団から叙任を受け騎士となった。

叙任式で見た美しい緑光をグレイスは忘れられなかった。強く焼き付いたその光は生命の躍動そのもののようであり、騎士団の高潔な在り方を象徴しているようでもあった。晴れ舞台に響き渡る壮麗な曲を奏でるのが総司令官の専属楽士と知り、騎士と共に立てるその姿に憧れが募った。

叙任式後、グレイスは強く想《おも》う。

宮廷楽士となって兄の、第一騎士団の力になりたいと。それから六年後、グレイスも成人を迎えたその年に、念願叶《かな》って楽士として宮廷に上がることが許された。

希望を胸に始まった新生活。しかしそれは粉々に打ち砕かれることとなる。

契約を交わさない限り、楽士は誰かの専属になれない。

宮廷楽士は人数が少ないゆえ団こそ形成していないが、宮廷楽士長を頂点に置いていて、騎士団や魔術士団への派遣や専属契約など楽士に関する一切は楽士長を介して行われている。

新入り楽士はそもそも顧客——騎士団と魔術士団——とのコネクションをなに一つ持っていない。すなわち、実力が未知数の楽士をいきなり「専属に」という騎士や魔術士はおらず、彼らへのお披露目を兼ねて各団から受けた仕事を采配するのが楽士長なのである。

この仕組みが裏目に出た。

たまたまながら最初の仕事で赴いたのが宮廷魔術士団で、これが悪かった。名門の名に恥じない実力を持ったグレイスを、魔術士団が手放さなかったのである。

宮廷楽士になって今年で七年目。

その間グレイスがどれほど第一騎士団との仕事を希望しても、それは一度として叶えられることはなかった。

悪いことはさらに続く。

宮廷に上がってから一年も経《た》つ頃には魔術士団の何人か、それも下っ端どころか大魔術士や古参魔術士から「ぜひ専属に」という申し込みがちらほら出るようになった。グレイスとしては到底受けられない話だ。一度頷《うなず》いてしまえば、二度と第一騎士団への力添えができなくなってしまう。若輩の自分に過分な申し出だと恐縮しながらも、グレイスはその全てを丁重に断り続けた。

それが古参楽士の不興を買った。

騎士団と魔術士団、どちらの専属になるのが楽士として出世するかといえば、後者であるというのがアルバリークでは常識だった。そんな中でグレイスが断り続ける本当の理由など知らないままに、彼らは「分不相応に選《え》り好みする生意気な楽士」としてグレイスを扱った。無視や暴言はまだ良かった。最もグレイスがこたえるのは、客泥棒として今日のように糾弾されることだった。

専属にはならずとも、回復相性の良さから指名を受ける楽士も一定数いる。

だが騎士団や魔術士団は、たとえば十名の楽士派遣を要請したとしてその全員を指定するわけではない。神聖騎士や大魔術士などを優先に数人は指名も交じっているだろうが、騎士団や魔術士団側も常に全員の希望を叶えてもいられないからだ。そんな手間を毎度かけるくらいならば全員と専属契約を結んだ方が早い。ただしその荒業は楽士の絶対数が少ないためにできていないのが現実でもあるが。

ともあれそのような条件下では、指名持ち楽士の常連が交ざっていることもある。

そしてその相手をグレイスがすることも多々ある。当たり前だ。楽士は少ないのだから必然一人頭で担当する騎士や魔術士は増える。結果として、偶然というよりはほぼ必然に近い成り行きを責められるのだ。

これを事故と呼ばずしてなんというのだろう。

グレイスにとっては理不尽以外のなにものでもないのだが、古参楽士にしてみればやはり面白くないらしい。そうして日々目上からの当たりは厳しくなり、同年代や後輩からは「危うきに近寄らず」とばかり遠巻きにされているのがグレイスの現状だった。

今となっては帰省の時期もずれてしまい、兄のリシャールとは一年以上顔を合わせていない。かといって職場で会いに行こうにも周囲の目が厳しすぎて抜け出すことさえ叶わない。そもそも自分の認証では、第一騎士団の敷地まで辿《たど》り着けないのだ。

そう言って、悲しそうにグレイスは俯《うつむ》いた。


打ち明けられた現状に誰もがすぐに言葉を発せず、思慮の沈黙に部屋が沈んだ。

カスミレアズは俯くグレイスを真《ま》っ直《す》ぐ見つめているが、その顔はここにいない誰かを糾弾するかのごとく険しい。執務椅子にかけたままのアークは頬杖をつきながら机上に視線を落としている。どちらも深く深くなにかを考えている様子だった。

一方の真澄はというと、面食らったというのが正直な感想である。

ここに来るまで散々聞かされていた「楽士というもの」は、もっと気位が高く、血脈を使って他者を排することで互いの結束を高めているものだとばかり思っていた。

だがどうやら認識を改めねばならないらしい。

それはあくまでも楽士の一面であって、閉ざされた世界であるがゆえ、その中で育った独特の秩序——家格で決まる厳しい上下関係や派閥といったもの——が跋扈《ばっこ》し、そこに上手《うま》くなじめない者は疎まれ排斥されるのだろう。実力主義とは程遠い世界だ。

引きも切らない仕事を鑑みれば、確かに実入りは良さそうである。

だが楽士の家に生まれれば人生安泰というわけでもないらしい。

血による選別も残酷だが、選ばれた人間となっても戦わねばならない相手は数多くある。下手をすれば一生戦い続けなければならないのかもしれない。その家の命運を一身に引き受けて楽士として立つのならば、いかなる理不尽をも甘んじて受け入れて生涯をその職に捧《ささ》げる覚悟が要求されることだろう。

グレイスは必死に楽士として在ろうとしている。

かつて表舞台から降りた真澄とは大違いだ。不意に蘇《よみがえ》った胸の痛みに、真澄の目は眇められた。

「恥ずかしい話を聞いてくださってありがとうございました」

沈黙を打ち破るようにグレイスが笑った。

「出仕を始めてから今日まで誰にも言えずにいました。少しだけ、気持ちが楽になったように思います」

「……いつでも遊びにきたらいい。我が第四騎士団は何者も拒まない。むしろ俺の楽士の話し相手になってくれれば、こちらとしてもありがたい」

穏やかな表情でアークが語り掛ける。日中の鬼神のごとき様相が別人のようだ。そして予想外の声かけだったのか、グレイスが言葉に詰まった。

空いた間についでとばかり、真澄も援護射撃を入れてみる。

「うん、友達になってくれると嬉《うれ》しいな」

「え……と、ですがその……私には過分といいますか、碧空の楽士様と私ではつり合いが」

「友達付き合いに資格なんていらないでしょ？　まあこんなむさ苦しすぎる騎士団付きの楽士なんて真っ平ご免だって言われちゃうと諦めざるを得ないけど」

「いえ、いいえ。そんなことはございません。でも本当に宜《よろ》しいのですか……？」

「気にしないでー。私ね、アルバリークの人間じゃないの。おまけにちょっと記憶喪失入ってて、この国のことなんにも知らないし、友達どころか知り合いもいないの」

真澄の告白に、今度はグレイスが絶句した。

構わずに真澄は続ける。あくまでも軽い調子は崩さない。

「記憶喪失で迷子になってたところを二人に保護されてね。それがついこの前のヴェストーファ叙任式の時だったのよ。で、まあ行く当ても仕事もなかった上にお金もなくて。いやー参ったわ」

「あの、……ではご家族は？」

「いつか会えればいいけど、多分無理かな」

「思い出せないのですか……？」

グレイスの問いに、真澄は曖昧に微笑んだ。

そもそも母は既に鬼籍に入り、父は別の守るべき家庭を持っている。きょうだいはいない。都会で親戚付き合いも薄かった。これで惜しむなにかなどあるわけがない。

色々なことがあまりに遠く離れすぎた今となっては、再会を望む気持ちはないに等しい。

頬に視線を感じる。おそらくアークとカスミレアズのものだ。そういえば彼らにも自分の境遇は話していない。隠すようなことでもなく説明する機会がなかっただけだが、敢《あ》えてここではその必要もないだろう。

それまで信じられないものを見るようだったグレイスが、ふと視線を落とした。

「……すみません。こんな時なにを言えばいいか、どんな言葉をかけたらいいのか分からなくて、……ごめんなさい、なにかを言いたいのに、それが出てきません……」

俯くグレイスの口から出てくる言葉はただ誠実だった。

優しい人柄だ。

その美徳は時に争いに弱かろうとも思うが、きっと救われる誰かがいつかいるであろうこともまた確かだ。

「ありがとう。あなたのその気持ちだけですごく嬉しいし、充分伝わってくるから気にしないで。話が逸れたけど、なにが言いたいかっていうとつまり総司令官の専属楽士っていったってただの人間よってこと」

だから萎縮する必要などないのだ。そう真澄が断言してみせると、複雑な表情ながらもグレイスがそっと笑ってくれた。

彼女が「お言葉に甘えて、近いうちにまた遊びに来ます」と言った時、カスミレアズが壁にかけてある時計を読んだ。そしてやおら立ち上がり「送りましょう」と声をかける。

アークの背後にある窓の向こう、既に日はとっぷりと暮れていた。

時間を忘れていたらしいグレイスが「あ」と手を口に当てて目を丸くしている。そんな彼女にちらりと視線を投げてから、カスミレアズがアークに向き直った。

「アーク様、臨時認証を発行頂けますか」

「いいぞ。どれに付与する？」

「臨時ですからこちらで充分でしょう」

カスミレアズが手にしているのは二つに裂いたスカーフの片割れである。

引き続き微妙に説教されているような気になって、思わず真澄はそっと目を逸らした。その間も二人の会話は容赦なく続く。

「いいだろう、寄越《よこ》せ。さて、宮廷楽士の範囲はどこまでだったか……」

「私と同じでお願い致します」

「あ？」

「臨時の期間も長めに。できれば退官までが理想ですが」

「ああ？」

「ご安心下さい、悪用は致しません」

「当たり前のことをなに真顔で言ってやがる。……ふん、範囲は認めてやるが期間はとりあえず一年だ」

「ありがとうございます」

カスミレアズが折り目正しく礼をとった。

それと同時、アークの掌《てのひら》に青白い極光があふれだす。輝きが頂点に達すると、光はよられた糸のように細くうねり、真澄の見たことがない文字を宙に描いた。

形はどこかで見たような円形である。

真澄が記憶を辿ると、それはここアルバリークに放り出された最初の夜に体験した「法円」の紋様と雰囲気がそっくりだった。

踊るように宙で円を描いた文字は一層の輝きを増す。執務机に置いた半切れのスカーフをアークが指でとん、と指し示すと、円は布地にすうと染みこんでいった。

絨毯《じゅうたん》の法円のように跡が残るかと思われたが、文字はすぐに消えてしまった。実に不思議な仕組みに、真澄の視線は釘《くぎ》づけだった。

「できたぞ」

アークが無造作にスカーフを引っ摑《つか》む。カスミレアズは恭しく新たな認証を受け取り、「それでは送って参ります」と言ってグレイスと共に執務室を後にした。

「なんか、……今日は慌ただしかったなあ」

二人の背中を見送って扉が完全に閉められた後、真澄は応接のソファに背中を沈めた。

「食事にでも行くか」

「んー？」

「食堂まで出るのが面倒なら、ここに運ばせてもいい」

「なにその至れり尽くせり。でも、うーん……」

ちら、と真澄は時計を読む。

明確な返事がないことを訝《いぶか》しんだか、書類に目を通していたアークがひょいと視線を寄越してきた。

「腹、減ってないのか？」

「ぼちぼち減ってるんだけど、カスミちゃん待っててあげた方がいいかなあとか思って」

「……ああ」

合点がいったようにアークが声を上げた。が、

「どうせ遅いから待つだけ無駄だぞ」

興味なさげにあっさり言い放たれた内容に、真澄は首を捻《ひね》った。

「宮廷楽士のいる棟ってそんな遠いの？」

「それもあるが、そもそも寄り道するだろうからな」

「どこに？」

「第一騎士団」

「第一騎士団？」

「そう」

「なんで？」

「兄貴に会わせてやるんだろうよ。ったく、職権乱用も甚だしい」

「あ……あーなるほど。あれってそういう意味だったんだ」

ぽむ、と真澄は手を打って感心する。

片やぶつくさ言うアークだが、他でもないその臨時認証を作ったのはアーク自身なので、これは様式美としての文句だろう。

「でもなんか意外ねー」

「なにが」

「堅物のカスミちゃんが積極的だったから」

「お前が考えてるようなことはあれの頭にはないと思うぞ」

「えー、そう?」

「確かにガウディ家ならば家格としては申し分ないだろうがな。それ以前の問題で、ガウディ神聖騎士への恩がある」

「そういやカスミちゃんもそれ言ってたけど、そんなにお世話になったの?」

「楽士の融通を少し……いやかなり、か」

「ふうん。そりゃ感謝してもしきれないでしょうねえ」

「興味ないだろうお前」

「ないことはないけど予想通りすぎて全然驚かなかったっていうか」

適当な返事をしつつ、真澄はソファに腹ばいになりながら執務机に向き直った。見れば先ほど食事に誘った張本人にもかかわらずアークは書類を握っている。

この総司令官、態度は品行方正とは程遠いが仕事はやる人間なのだ。

戻りが夜中になることもままある。それでも毎晩必ず真澄の部屋に顔を出すのだから、プライバシーの件はさておくにしても、律儀というかなんというかカスミレアズとはまた違った次元で真面目な人間だ。

そんなアークに言うほど腹も減っていないので付き合うことに決め、真澄は「それはなにか」と問うた。

帰ってきた答えは「経歴書」の一言だった。

簡潔にしても程がある。しかし真澄が首を傾げると同時に飛んできた補足説明は、それが武楽会の選考会に必要な提出書類であるというものだった。


そう、武楽会。


これまで折に触れ耳にしてきた単語である。

時間潰しの格好のネタに、思わず真澄は食いついた。当たり前のように参加が大前提らしいが、そういえば当の本人である真澄自身が具体的な内容の一切を知らない。

こんな状態でよくもまああ宮廷騎士団長に喧嘩《けんか》を売ったものだ。

「ところでその武楽会ってそもそもなにやるの？」

腹ばいのゆるい格好のまま真澄が尋ねると、それまでごりごりと動いていた羽根ペンが止まった。

そしてアークが顔を上げ、怪訝《けげん》な顔を寄越してくる。

「……は？」

「や、それはこっちの台詞《せりふ》なんですけど」

「言って、……なかったか？」

「そういった説明は一切受けてませんがなにか」

「あー……そうかすまん、言ったつもりですっかり忘れてた」

「いやまあ別に、今教えてくれればいいけど。てかなんでそんな微妙な反応」

そこまで言って、真澄は「は」となった。

この展開。

無駄に隠し事のできない第四騎士団の面々がこういった気まずい反応をする時。それは実に面倒くさい事案が絡んでいると相場が決まっている。そこで真澄は思わず身体を起こした。

「おい。おいちょっと待て。まさか命をかけたバトルロワイヤルとか言わないでしょうね」

「それは大丈夫だ、楽会に関しては命のやりとりまで発展した事例はない」

出た、この全然安心できない保証。

予想通りすぎて頭を抱えたくなりつつも、まずは全容を把握すべく真澄は続けた。

「言葉の雰囲気的に武楽会って二部構成？　武会と楽会の？」

「そうだ」

「で？　文脈から察するに私は楽会に出ると？」

「そうだ」

「ふむ。で、行間を読むに武会は肉体派トーナメントで命がけだけど、楽会はいわゆる芸術コンクール的な位置付けなわけ？」

「そうだ」

つまり騎士と魔術士が武会、楽士が楽会に出場する仕組みらしい。双方合わせて通称「武楽会」、実に分かりやすい呼び分けだった。

であれば危険度合も前者が当然に跳ね上がる。

長剣だの魔術だの使ってぶつかり合う真剣勝負、当たり所が悪ければ確かにかすり傷では済まされないだろう。演奏技術で優劣を決める楽会とは一線を画していて然るべきだ。

しかしそれを差し引いても、随分と血なまぐさい。

騎士と魔術士、それに楽士いずれにしても刺々《とげとげ》しい空気は目の当たりにしたばかりだが、もう少し安全措置など講じられないのだろうか。互いの戦力を消耗したところで、アルバリーク本国にとってのプラスにはならないだろうに。

「そこまで本気でやるって仲の悪さも大概すぎない？」

「国の威信がかかっているんだ、ある程度はやむを得ない。武楽会のおかげで停戦期間も公的に設定できるからな」

「……ん？」

「なんだ？」

「停戦ってなに？　アルバリークって内戦抱えてるの？　いやでも、騎士団と魔術士団が出るって、え？」

盛大に疑問符を飛ばす真澄に、気まずそうな申し訳なそうな微妙な面持ちでアークが応えた。

「……断っておくが、武楽会はレイテアとの公的な外交行事だ」

真澄は絶句した。

想定していた規模感は果てしなく食い違っていた。そして食事も忘れて明かされた武楽会の全貌は、ある意味国際コンクールよりシビアだった。

そもそもアルバリーク帝国は隣国レイテアと長い間戦争状態である。資源豊かな一部の国境線を巡り、領有権を争っているのだ。

だが武力衝突は互いに消耗が激しい。

よって和平への交渉も同時に進められており、その一環として国同士の親善を深めるために武楽会が年に一度催されて久しい。両国の代表が試合という形で見《まみ》える期間は試みにならい停戦となる。

しかし親善試合とはいえ、敵国との戦いだ。

勝利を収めればこの上ない名誉となるが、下手な負け方をしようものなら継戦士気に関わってくる。ゆえに両国の代表は例年厳しい国内選考を経て選ばれるため実力伯仲《はくちゅう》、手加減なしのぶつかり合いとなる。

騎士や魔術士は真っ向勝負。

組み合わせの運もありながら、それでも手傷を負うのは弱さゆえと見なされる。相手との力量差を測ること、それを踏まえて深手を避けることさえ実力として数えられる。

片や楽士もぬるくない。

直接的な命のやりとりはないものの、結果次第でその後の生き方が大きく変わる。あまりにお粗末な演奏を披露したが最後、二度と楽士としての仕事は来なくなり、一族からは放逐され、路頭に迷った挙句に街を転々とし、途中の街道で魔獣に襲われ死ぬことさえある。

恐ろしいのは、実力はあっても大舞台で万人がそれを発揮できないことだ。

国の威信をかけた異様な熱気に包まれた会場で、雰囲気に呑《の》まれる者は少なくない。選ばれてその地に立っている時点で実力は推し量れるが、過去の経歴は決して勝利を保証してはくれず、結果として「武楽会には魔物が棲《す》む」と言わしめる。

これまで何人の騎士や魔術士、楽士の人生が狂ったか。

数えるのが馬鹿馬鹿しいほど数多《あまた》いる、それが武楽会だとアークは言った。一通りを聞いて真っ先に抱いた疑問があり、真澄はそれを躊躇《ちゅうちょ》なくアークにぶつけた。

「あのー、私アルバリーク人ですらないんですがそこは」

今なら分かる。宮廷騎士団長のみならず、他の騎士団長たちまでもがなぜあれほど驚きを露《あら》わにしていたのか。

元は単に説教したかっただけかもしれないが、そもそも呼び出し経緯は「身元不明の楽士とはなにごとか」に端を発している。そこで出頭したはいいものの、石卓を叩《たた》き割った挙句に肝心の身元説明をするどころか楽会選考に出ると宣言するなど、正気を疑われるレベルだ、きっと。

この上スパイ容疑がかかっていると言ったらどうなるのだろう。卒倒されるんじゃなかろうか。

そんな真澄の懸念を他所《よそ》に、アークは涼しい顔で肩を竦《すく》めた。

「アルバリーク国籍さえ持っていれば出場権は平等にある。どうせ俺も純粋なアルバリーク人じゃない」

「えっ、そうなの？」

「母が辺境部族の出身だ。今は帝国属領に入ってるが、元は別の小国だった」

「へえー」

帝国というからにはそれなりの規模を持つ国家だとは思っていたが、アークの口ぶりから察するにその名に違《たが》わず広範な領土を持つらしい。

であれば流れる血、人種よりも国籍で区別するのは合理的に思えるが、しかし。

「でも私アルバリーク国籍なんて持ってないわよ？　おまけに未《いま》だにスパイ容疑かかってるじゃない」

「国籍は取った。手続きは済ませてある」

「スパイ容疑者に国籍与えられるのかとか突っ込みどころが多すぎるんですけど」

「第四騎士団総司令官の名前を出せばできないことはほぼない」

「ねえ、そんな人治国家的な考え方で大丈夫なのこの国？」

「心配するな、帝国典範に則《のっと》って処置をした。どこからも文句を言われる筋合いはない」

「左様でございますか……」

呟《つぶや》きながら真澄は悟った。これ以上問答を重ねても無駄である。やったと言えばやったのだろうし、そこまで胸を張るならこれで進退窮まるような雑な処理はしていないだろう、きっと。

それはさておき、これって日本とアルバリークの二重国籍になるのだろうか。

考えたところで答えなど出るわけもないのだが、よもやこんな部分で悩む日が来るとは予想だにしていなかった。ここまで突き抜けてくると、ある意味愉快な人生だ。

「まあそういうわけで参加資格は問題ないんだが」

眉間に皺《しわ》を寄せる真澄をよそに、そこでアークが頭をがしがしと掻《か》いた。

「お前の経歴をどう書いたもんだかな」

悩ましげに深いため息を吐《つ》きつつ、アークの身体が背もたれに沈む。その一言を皮切りに真澄の経歴書作成が始まるのだが、これがまた一筋縄ではいかなかったのである。

「とりあえず名前」

「藤堂《とうどう》真澄。名前と姓、反対だからね」

「マスミ・トードー……と」

「うん」

「生まれはどこだ」

「日本、東京」

「に、……なんだと？」

「だから国は日本、首都の東京で生まれました」

「……ここはどう書くか後で考える。楽士としての経歴は？」

「答えるのが難しいなあ、それ。とりあえず三歳から習い始めたけど」

「トードー家は楽士の家系か」

「ううん、全然」

「は？　それでどうやってヴィラードを習うんだ」

「元は母がヴァイオリン弾けたからその影響。でも小学校に上がるまでは普通に教室に通ってたわよ」

「教室？」

「そう。ヴァイオリンの」

「小学校とはなんだ」

「うそでしょアルバリークって学校ないの？　勉強っていうか、教育受ける場所」

「研究機関はあるが」

「……うーん多分嚙み合ってないけどまあいいや。つまり学年で言っても通じないわけね」

「学ね」

「あーそこは気にしないで大丈夫。本筋じゃないし話もとに戻す。七歳からは個人の先生に教えてもらってた」

「名家の師か」

「さすがに貴族じゃないけど、まあ、うん。先生ご本人もだけど、ご兄弟とか親戚も音楽関係で高名な方が多かったかな」

「師の名前は?」

「ねえ。それ、書いたらむしろ怪しさ二倍だと思うんだけど」

「……それもそうだな」

「他に経歴っていったら、とりあえず入賞歴とか?」

「なにかあるか」

「国内コンクールだと、……まあ名前は省くけど優勝したのが九歳、十一歳、十二歳、十六歳、十七歳。全部ヴァイオリン部門。二位が一回、十三歳の時。ただこれは弦楽部門のコンクールだったから、チェロ奏者に優勝持ってかれちゃった。国際コンクールは十九歳の時に二位だったかな」

「ふうん……それから?」

「それっきり」

「あ?」

「コンクールに出るのやめたの。だからそれっきり」

「他になにかないのか」

「ぜーんぜん。入賞してた頃はあちこちで演奏会に出させてもらってたけどね」

「弟子を取ったりは」

「ないないないないないないあるわけない。コンクールやめてからは慰問演奏くらいしかやってなかったし」

「専属相手は？　一人や二人、いただろう」

「そもそも魔力がどうのって言いだすとキリがないし絶対平行線になるからまあ横に置くけど、専属契約はしたことない。ていうか何度も言うけど私は楽士じゃないのよ」

「……理解に苦しむ」

「もっと分かりやすく言うなら、楽士のなりそこないってやつ」

「これだけ回復ができるのにか？」

「んー……平たく言うと、私の国ではそういう指標では評価されなかったのよね」

「逆に訊《き》くが、どういう基準で楽士として認められるんだ」

「また答えにくいことを……」

「基準がないのか？」

「有り無しでいったら、目に見える基準はない。多分ね」

「なんだそれは。益々《ますます》分からんぞ」

「そもそも楽士——私たちはヴァイオリニストって呼ぶけど、その定義が根本的に違うのよ。例えばコンクールで何度優勝したって、それだけじゃ食っていけない。どれだけ難しい譜面を正確に弾けたところで、人の心は必ずしも動かない。誰かから求められて、この人の音をもっと聴きたいと思わせて、初めてそれは生きたヴァイオリニストになる」

「お前の音は素晴らしいと思うが」

「……でも楽士ではなかった。俺がどれだけ言葉を尽くしたところで、お前はそう言いたいんだな」

「ありがと、嬉しい」

「うん、……ごめんね。これだけは譲れない」

「別に構わん。俺には推し量れないなにかしらの事情があるんだろう、辺境には」

「おいコラ辺境じゃないって何回言えば」

「正直俺にしてみれば経歴なんぞどうでもいい。選考会参加への手段でしかない」

「いきなりぶん投げたわね」

「俺が欲しいのは過去のお前じゃない。今、ここに生きているお前だ」

「ほんと物好きよね」

「お前がなぜ楽士でないのか、この期に及んで深くは訊かない。だが奇《く》しくもお前が言ったように、指標がないのならば俺がお前を誇ることも勝手だろう」

「……買い被《かぶ》りすぎです」

「むしろ足りないくらいだ。第四騎士団の命運を賭ける相手だぞ」

「ちょ、命運って……もうちょっと後先考えたらどうなの」

「進むしかない人生にためらってなんぞいられるか」

「気持ちいいくらい直情型よね、見習いたいわ」

「……カスミレアズはともかく俺とお前はそう大差ないと思うぞ」

「えっ」

「まあ気にするな。それはそうとさっさとこれ片付けるぞ。このままお前と話しこむと夜が明ける」

「はいはい経歴書ね、真面目にやります」

「もう一度訊くが専属だったことはないんだな？」

「うん」

「仕官の経験は」

「ない」

「……」

「……」

「参ったな……」

「なにその手詰まり感。ちなみにアルバリークの楽士でまともな経歴ってどんな感じなの？」

「まずは出自だな。どの家出身か、それも本家か分家かでほぼ前評判は決まる」

「えー？　同じ一族っていったって個人の実力は違うでしょうに」

「ばらつきはあるが全体的に見て確かに血筋で明確に違いがある。事実だから仕方ない」

「血筋っていうかそれ、良い指導者がいるかどうかなんじゃないの」

「そうかもしれんが細かいことは俺は分からん。あとは何歳で仕官に上がったかも重要視される」

「早ければ早いほどいいってやつ？」

「ああ。良家の出であることと期待値の高さが同時に証明されるからな。成人と同時が最も早い」

「そういや成人って幾つなの」

「十五」

「若っ」

「お前も九つで賞を取ってるだろうが」

「いやまあそれはそうなんですけど」

「他にものを言うのは専属がいるかどうか、いるならその相手のレベル。いなかったとしても、過去に申し込みがあったのならばその魔術士や騎士のレベル」

「つまり正騎士より真騎士とか神聖騎士の専属の方が上に見られるってこと？」

「そういうことだ」

「他には？」

「騎士団や魔術士団の作戦要請に応じた回数とか、あるいは王族や貴族の主催する会に招集された実績があればそれも加味されるくらいか」

「あのさ」

「なんだ」

「……全然当てはまってないじゃん！」

「……だから悩んでるんだろうが！」

「どうすんのよこれ……まともに書こうとしたら詐称どころかもはや別人じゃ」

「それだ。お前の素性は誰も知らんから、いっそその手でいくか？」

「奥の手としてありっちゃありかもしれないけど、書類審査で落とされなきゃいいけどね……」

「問題ない、実技がある」

「駄目な方向に自信満々だなー」

よもや騎士団総司令官の執務室でこんな密談が交わされているとは誰も知る由もないだろう。こうして二人で頭を抱えつつ、相も変わらず噛み合わない夜が今日も更けていくのだった。

◇8　騎士団会食

どうしてこう先手ばかり打たれるのだろう。

目の前の光景を見ながら、真澄は純粋な疑問を抱いた。盗聴でもされているのかと疑いたくなるレベルで出端《でばな》を挫《くじ》かれている。経歴書に散々悩んだのが昨夜の話だ。粉飾したりこじつけたり拡大解釈したり、どうにか怪しまれない程度の書面に落とし込んで、今日の午後にでも早速提出しようとしていた矢先のことである。

宮廷楽士長が真澄を迎えにきたのは。

わざわざ第四騎士団の訓練場に赴いて、本人がいなかったからとこうしてアークの執務室にまでお越しくださって今ココ、だ。突然かつ珍しすぎる来客に、打ち合わせ中だったカスミレアズが目を丸くしている。

宮廷楽士長は存外に若かった。

三十の中ほどだろうか、隙なく着こなした制服と緩みなく首元に巻かれたスカーフが実に堅い印象を抱かせる。そんな彼女のきりりと上げられた眉に切れ長の目が、不意にカスミレアズを捉えた。

「昨夜の件、近衛騎士長にはお礼申し上げます」

落ち着いた声音といい形式的な礼といい、いずれも隙がない。

「私の監督不行き届きでした。お手数をおかけしまして」

「……いえ、私はなにも」

これまた珍しくカスミレアズの歯切れが悪い。年上だからというわけでもあるまいが、微妙な面持ちを見るに苦手なタイプなのだろうか。

そんな近衛騎士長の態度についてはまったく意に介さない風で、楽士長がアーク——第四騎士団総司令官に向き直った。先ほど入口で述べた来訪目的を続けるのだろう。

しかし彼女が二の句を継ぐ前に、アークから苛立《いらだ》ちの声が上がった。

「聞き間違いでなければ、『俺の』専属楽士を『宮廷楽士長が』迎えにきた。そう聞こえたが」

執務机に肘をつき、組んだ両手に顎を乗せる。合わせて眇められた両目は冷静さの分だけ凄《すご》みが上乗せされていた。

「そのご理解で間違いありません」

「何用だ」

「碧空の楽士殿におかれましては、武楽会の選考会まで『専属のみならず宮廷楽士としての仕事も並行してこなすこと』が義務付けられましたゆえ」

「断る」

「であれば、選考会への参加資格が剝奪されますが」

「なにを根拠に？　アルバリーク国籍は取得済みだ」

「従前の参加資格はおっしゃるとおりですが、昨今のスパイ増加などの不安定な情勢を鑑みて『危険人物ではないことの証明』が今回より規定されました」

「ほう。それは参加者全員に、か？」

「左様でございます」

「帝都の宮廷楽士ならばそれで良いだろうが、アルバリーク全土の一般楽士についてはどうするつもりか訊かせてもらおう」

「そちらについても然るべき措置が取られます」

「……なるほど。俺の知ったことではない、と」

「第四騎士団総司令官様の専属は宮廷楽士ゆえ、ご放念頂いてなんら不都合はございませんかと」

「相分かった。その規定、言い出したのは誰だ」

それまで淀《よど》みなかった楽士長の返答が、そこで初めて途切れた。

しかしアークは手加減なしで畳みかける。

「言えないのならば規定は無効だ。責任を取れない奴《やつ》の世迷言《よまいごと》でしかない」

「……宮廷騎士団長のご決定です」

明かすのは本意でなかったのだろう、渋々といった態で楽士長が声を絞り出した。

相手が分かったところでどうするのか。疑問に思った真澄がアークに注意を向けると同時、執務机が鈍い悲鳴を上げた。

「あの野郎」

激烈な眼光と共にアークが執務机を叩いて立ち上がる。ほとばしる青い闘気はどう見ても宮廷騎士団長に殴りこもうという気概が溢《あふ》れすぎている。

楽士長の顔が強張《こわば》った。

気丈さを保つようせめて表情は変えないようにしているが、明らかに怯《おび》えている。

激昂《げきこう》の総司令官を執り成せる唯一といっていい立場にいる近衛騎士長は、酷《ひど》く冷淡な表情で静観している。真澄にしてみれば意外な一面だが、楽士に恵まれなかった第四騎士団の過去を鑑みるに或《あ》るいは至極真っ当な反応なのかもしれず、それをあげつらう気にはなれなかった。

「待って、アーク」

歩き出そうとしたアークの腕を慌てて摑む。

「私は構わないから、怒鳴りこむのはやめて」

「お前が良くても俺が許さん。専属の腕を見くびられたも同然だ」

「事実知らないんだからしょうがないでしょ？　逆に良い機会でしょう」

知らないからこそ人は恐れ、その本質を見極めようとする。ならばいっそ堂々と晒《さら》してやればいい。

「掛け持ちやるだけで訓練場が建つなら安いもんよ」

「だがお前の受けた侮辱は」

「分かってる。ありがとう、私の為《ため》に怒ってくれて。……私のヴァイオリンを、愛してくれて」

なぜこれほどまでアークが激昂するか、分からないほど子供ではない。そして同時に、己の音を好ましいとこれほど真っ直ぐに言われたことはかつて一度もなかった。

いつも名声はすぐそこにあった。

だがそれは若くして超弩級《ちょうどきゅう》の難易度を弾きこなす技術の高さと、機械のように寸分の狂いなく紡ぎ出す音程と、ミスをしない正確無比の演奏に向けられていた。

音楽家として致命的になにかが足りない自分。

目に見えないそのなにかを酷評された演奏なのに、アークは美しいと何度も言った。昨晩もそうだ。

「それは、……」

虚を衝《つ》かれたようにアークが口籠る。真澄はその機を逃さなかった。

「まずは条件を聞きましょう。怒鳴り込むのはそれからでも遅くないと思うから」

今にも血管が切れそうなアークを押し留《とど》め、真澄は楽士長を見る。状況を飲み込んだ彼女からは、すぐに宮廷楽士としての仕事内容が告げられた。

聞けば、基本的には宮廷楽士としては午前中のみの出仕で良く、午後は第四騎士団付きで構わないらしい。ただし、いくつかの仕事——貴族の夜会や茶会での演奏、王族会食での演奏など——は、事前通達をするので、その時間も対応されたいとのことだった。どうやら楽士は騎士団・魔術士団の回復だけではなく、色々と手広くやらねばならないらしい。

だが仕事として考えれば至極まともな内容で、到底無理な要求ではなかった。むしろ一日中ヴァイオリンを弾いていた若かりし頃を思い出して、懐かしささえ覚える。

グレイスのことも気がかりであるし、楽士の現状を見極めるためにもまずは引き受けて損はなさそうだ。派閥がまかりとおる状態ならばグレイスのように馴染《なじ》めていない楽士も必ずいるはずで、場合によっては何人か第四騎士団に引っ張ってこられるかもしれない。

結局アークは最後まで難色を示していたが、真澄はなだめすかしてどうにか了承を取り付けた。

さて、同意これすなわち働く意志ありということで、早速真澄はヴァイオリン片手に楽士長の後ろをついていくことになった。目指すは宮廷楽士の活動拠点であるところの楽士棟である。

辿り着くまでのそれなりに距離がある道中、楽士長と真澄の間にはまったく会話がなかった。

楽士棟に到着後、通された部屋はかなり広く、床は絨毯が敷かれていた。武骨な石の床しかない騎士団の事務所棟とは初《しょ》っ端《ぱな》から雲泥の差だ。これだけで下にも置かない楽士たちの扱いが知れた。

大きく取られた窓からたっぷりと朝日が射《さ》しこむ中、あらかじめ招集されていたらしい楽士たちが、椅子にかけたり数人で固まっていたりしている。廊下にもさざめくように聞こえていた話し声は、今や水を打ったように静まり返っていた。

さながら転校生状態で大勢の耳目にさらされながら、それでも真澄は落ち着いて部屋全体を見渡してみる。コンクールのファイナリストとして今から演奏するでもなし、緊張などまったくない。

部屋にいるのはおよそ百名ほどだろうか。

そのうち明らかな敵意を向けてくるのが半分ほど、部屋の中央に陣取っている者たちだ。蔑みの視線を堂々と向けながら、悠々と椅子にかけている集団でもある。自信にあふれた彼らを取り巻くおよそ三割ほどは、探るような警戒の色を隠さない。残る二割ほどは隅にそっと佇《たたず》んでいたり床を見つめていたり、極力周囲との関わりを避けているような素振りだった。

ふうん、なるほど。

興味深く観察しながら、真澄は唯一の知り合いであるグレイスを探す。やがて見つけた彼女の立ち位置は最後方、それも壁際にたった一人で存在を消すように佇んでいた。

一瞬目が合う。

硬かったグレイスの表情が少しだけ和らいだがそれも束の間、彼女はなにかを言いかけてすぐにその口を閉ざしてしまった。

そうこうするうちに、楽士長から「自己紹介を」と声がかかる。幾つもの視線が真澄に突き刺さってきたが、構わず真澄は一歩前に歩み出た。

「マスミ・トードーと申します」

聞き慣れない名前に、眉をひそめる者がちらほら見える。

「第四騎士団総司令官の専属をさせて頂いております」

息を呑む音がそこかしこから聞こえた。思わずといった態で顔を見合わせる者、胡乱《うろん》げに目配せを交わす者もいる。

「武楽会選考への参加資格をたまわるため、この度宮廷楽士として仕えることとなりました。以後お見知りおきを、どうぞ宜しくお願い致します」

淀みなく述べた口上に、敵意が倍に膨れ上がった。

場がざわつき始める。が、それを制したのは他でもない楽士長だった。

「早速ですが今夜、騎士団会食に伴う演奏要請が入っています。トードーの他、ガウディとレフテラを指名しますから対応するように。夜会の開始時刻は夕方六時、依頼の曲譜はこちらです。それでは解散」

質問の時間も設けず、楽士長は楽譜の束を真澄に渡してさっさと部屋を退出していった。

投げっぱなしにもほどがある。

どうしたもんかと入口を眺めるも、楽士長が戻ってくる気配は皆無である。楽士たちもそれぞれ立ち上がり三々五々に散っていく。通りすがりに視線を寄越してくる者もいたが、話しかけられることはついぞなかった。

見送り続けて数分後。

部屋に残ったのはグレイスと、彼女の手を踏みにじった挙句にスカーフを破いたあの楽士だった。

まさかの面子《メンツ》でいきなり三重奏である。

どう声を掛けるか真澄が考えていると、レフテラという名の楽士が立ち上がり、真澄に寄ってきた。彼女が座っていたのは部屋のほぼ中央で、どうやら宮廷楽士として主力の一角を占めているらしい。

「くれぐれも足を引っ張らないようお願いしますね、碧空の楽士様？」

返事を待たず、レフテラは真澄の手から曲譜を一部引ったくり、部屋を出ていった。

不協和音にしかならない未来が見えるが、さてどうなるだろう。

肩を竦めつつ真澄が視線を落とした手元の曲譜は、予想どおり解読できないタブラチュア譜だった。初見の曲を数十、読めない楽譜、合わせる相手は行方知れず、会場の雰囲気も未知の世界で、残された時間は半日もない。分かりやすすぎる挑戦状に、真澄は一つため息を吐いた。

受けて立つ。

＊　＊　＊　＊

「おや、随分と早い戻りで……え？」

遠くから勇ましく歩くヒールの音が響いていたのだろう、真澄の到着と共に絶妙のタイミングで振り返ったセルジュは、しかし言葉を最後まで紡がなかった。

驚きに見開かれた目はまん丸で、フクロウさながら。

そのままの表情でセルジュは真澄とその横にいるもう一人——グレイスを見比べた。

「……宮廷楽士がなぜここに？」

至極もっともな疑問がセルジュの口からこぼれ出る。

ここは第四騎士団の訓練場に併設されている真澄の仕事部屋だ。またの名を指南役たちの憩いの場、とも。その場にいるべき楽士は真澄一人であって、宮廷楽士など場違いもいいところなのである。

時間が限られているので、真澄は部屋の奥に進みながら説明をする。

「色々ありまして、今日から私も午前中だけは宮廷楽士として働くことになったんです」

「色々……ふむ、宮廷騎士団長がらみか。それはまた総司令官が怒髪天をつきそうな決定だな」

「さすがセルジュさま。おっしゃるとおり、ええ、朝一で大荒れでした」

「目に浮かぶ。大変だったろう」

「アークはいつものことなので、全然。むしろ売られた喧嘩を買うのに今は忙しくて」

「ほう」

興味深そうに顎に手をやるセルジュを横目で見つつ、手と口を同時に動かして真澄は準備を進める。

広いテーブルに楽士長から渡された楽譜の束とヴァイオリンケースを置く。譜面台を部屋の奥から引っ張り出しつつ、グレイスにまずは楽器を見せてほしいと頼むと、グレイスはおっかなびっくりためらいながらも彼女の楽器に手をかけた。

少しばかり小ぶりなケースは光沢の赤紫で美しい。

良く見ればそれは宮廷楽士のスカーフと同じ布が張られているようで、華やかさの中にも気品があった。留め金が外され、蓋が開く。中に納まっていたのは純白の楽器だった。白木というにはあまりにも眩《まぶ》しい輝く白だ。

「すご、……真っ白。これがヴィラードってやつ？　触ってもいい？」

「え、ええ、どうぞ」

かぶりつく勢いの真澄に、グレイスが若干引きつつも快諾をくれる。

喜び勇んでヴィラードを手に取ると、それはヴァイオリンより僅かに大きく、そして重かった。

形は素朴な卵型で側面は僅かにくびれている。弦が五本ある様は、とある古い楽器を彷彿《ほうふつ》とさせた。

「中世フィドルにそっくりね」

それは今のヴァイオリン属たちの祖先を指す総称だ。博物館に置かれている復元を見たことはあるが、真澄自身も現物を演奏したことはない。すごく気になる。そわそわし始めた真澄に気付いたか、グレイスが「どうぞ」と弓を貸してくれた。

弓も本体と同じく純白の木でできている。

そういえばと思い起こせば、ヴェストーファ駐屯地の大浴場に置かれていた桶《おけ》も同じように白かった。多分アルバリークに生えている木が白いのだろう。そもそも木と呼んでいいのかは微妙だが、そこはそれ。

面白いのは毛の部分で、そこは綺麗な藍色だった。

真澄の知る弓は馬の毛を使っているのだが、はたしてこの弓の毛は一体どんな動物の毛なのだろう。あるいは植物か、それとも別のなにかか。想像するだに未知の世界である。

どこまで歌うことができるのだろう。

左端の最低音を担う弦を、そっと震わせてみる。郷愁漂う柔らかな音のうねりが部屋に優しく響き渡った。低い。ヴァイオリンのG線《ゲー》よりまだ低く、深く歌う。

一つずつ高音へ移弦してみる。

五本目、最高音域は素朴で飾らない伸びやかさで弦が震えた。音域は僅かヴァイオリンには及ばず華やかさは物足りないが、それを補って余りある温かな音だ。開放弦の音程は真澄の慣れ親しむそれとは違う。それでも音階を探して指を運ぶと、ヴァイオリンとほぼ同じ形で正しく美しい音が響いた。

「んー、なるほど。てことは」

肩から降ろしたヴィラードと弓を左手に一まとめに持ちつつ、真澄は先ほど楽士長から受け取った楽譜の一つをテーブルに広げた。

なにが始まるのだろう、そんな疑問の表情でグレイスが首を傾げつつ黙ってそれを見ている。真澄は羽根ペンを持ちつつ、楽譜とヴィラードの指板を交互に見比べた。

「ここがファで、こっちがド……で、ラは……」

ぶつぶつと独り言を呟きつつ、楽譜に必要な情報を書きこんでいく。そしてある程度の目算を立てたところで、真澄はヴィラードをグレイスに返した。

「ねえグレイス、この曲ちょっと弾いてみて。ゆっくりお願い」

「は、はい」

戸惑いながらもグレイスがヴィラードを奏で始める。凛《りん》と伸ばされた背筋に柔らかく大きく動く右腕は、小柄なグレイスを大きく見せた。

真澄は曲を堪能するというよりはむしろ、音の確かさを聞き分けながら、その弓の運びに注視した。そしてグレイスと楽譜を交互に見ながら真澄自身が必要としていた情報を漏らさず書きこんでいく。

　五分程度のあまり長くはない曲が終わった時、傍《そば》で見ていたセルジュから拍手が贈られた。はにかみながら小さく礼を取ったグレイスは文句なしに可愛らしく、手元に完成した書きこみだらけの楽譜と相まって真澄は実に満足した。正体不明のタブ譜、解読完了である。

　絶対音感がかつてこれほど仕事をしたことがあっただろうか。

　実際の音さえ聴ければあとはそれを楽譜に書きこんで対比ができるわけで、一曲でおおよその規則性はほぼ理解できた。運弓《ボウイング》の指示記号がどれなのかも把握したし、速度《テンポ》指示はまあおっつけ考えるにしても、今夜のミッションそのものはグレイスを頼れば当座は凌《しの》げる。

　これで最低限の材料が揃《そろ》った。

　それらを踏まえて真澄がまず真っ先にやらねばならないのは、楽譜の変換作業である。

「悪いけど先に一人で練習しててくれる？　私、ちょっと楽譜手直しするから」

「構いませんが、でもマスミさまは」

「そうそう、できればどの曲弾くか都度教えて。あ、あと様付けはなしね」

「え、」

「ほら時間ないから早く」

「わ、分かりました。ええと、では……まずはこの『帝国の夕べ』からで良いでしょうか」

「なんでもいいよー」

「はい。……?」

いまいち飲み込めてないながらも素直なグレイスは急き立《せ》てられるまま、それから一時《いっとき》ヴィラードを奏で続けることになるのだった。


「っしゃーできたー!」

声と共に羽根ペンを放り投げ、真澄は諸手《もろて》を天に突き出した。

腱鞘炎《けんしょうえん》になりそうな右手を伸ばしつつ目を転じると、傍らでは額の汗を拭うグレイス、いつの間にか七人全員そろい踏みでお茶を楽しんでいる指南役たち、そして部屋の入口に鈴なりになっている第四騎士団の面々がいる。

どうやら聞き慣れたヴィラードの音が間近で絶え間なく鳴っていることに気付き、集まってきたらしい。

最初は「まさか」の確認だったのだろうが、本物の楽士――それも若くて可愛い――を目の当たりにして驚きと困惑と目の保養で動けなくなったとみえる。本当に女性に免疫のない騎士団である。

注目を一身に集めるグレイスは若干居心地悪そうにしながらも、騎士たちに小さく会釈と微笑みを投げかける。控えめなその所作を見た何人かの若い準騎士が、鼻を押さえながら慌てて走り去っていった。これがアルバリーク帝国を支える騎士団というのだから、世の中分からない。

つと真澄はグレイスを見る。

むやみやたらと野獣に餌は与えない方がいいと、どのタイミングで忠告したらいいだろう。

割と本気でそんなことを考えながら真澄はヴァイオリンケースに手をかけた。グレイスと違って無駄に集まっている観客に構っている暇も振りまく愛想もなく、目下のところ今夜を凌ぐためにひたすら弾かねばならない状況なのである。

「三十二曲を初見でやれとか分かりやすく嫌がらせよねー」

「半分ほどは楽士必修の有名どころですが……マスミさまは、ご存じないのでしたね」

グレイスが気遣いの視線を寄越し、「大丈夫ですか」と問うてくる。

「一時間前には会場に入らねばなりませんから、支度の時間も考えるともう三時間ほどしか時間がありません」

時計を見ながら顔を曇らせるグレイスの傍ら、真澄の記憶が蘇る。

「そういやアークとカスミちゃんも『普通一時間前に』とかなんとか言ってたな……」

楽士とはそういうものであると言い切られたのは、かのヴェストーファ駐屯地である。

まあ当時の真澄は「そんなもん要らん」とばっさり切って捨てた挙句に風呂を要求したわけだが、今回はさすがにそうも言っていられないのは理解している。

独奏ではなく重奏だ。

他の演奏者と息を合わせなければ音楽として聴くに堪えない出来、まさに不協和音になる。ゆえに早めに会場入りし、調整を兼ねて音合わせをするのは常識だ。喧嘩を売られた相手とどこまで息を合わせられるのかは甚だ疑問ではあるが、それにしても依頼を受けて演奏するのならばそんな内実は絶対に悟られてはいけない。

「その辺の時間感覚は任せるわ。現地集合なの？」

「はい。支度を整えた上で会場に入ります」

「支度ってそんなやることあるかなあ。もう少し練習時間取れたらいいんだけど」

「そうですよね……ですが湯浴《ゆあ》みと着替えとお化粧がありますから、やっぱりある程度は時間が要ると思います」

「ちょっと待って、この制服じゃダメなの？」

聞き捨てならない単語がいくつも聞こえてきて、真澄は目を瞬いた。

そんな真澄に、これまた気まずそうな申し訳なそうな様子でグレイスが応える。

「訓練回復の要請ならば制服で良いのですが、騎士団会食となると正装ですね……」

「待って、いきなり正装とか言われてもなに着たらいいのか」

「楽士制服の正装でも良いのですが、昼はまだしも夜の会食ではあまり用いられません。お部屋付きの女官がいらっしゃいますでしょう？　私もお付き合いしますし、大丈夫ですよ、きっと」

「ならいいんだけど……ってことはやっぱり練習時間はあんまり取れないわけね」

弓を張りながら真澄は肩を竦めた。郷に入っては郷に従え、むやみやたらと我を通すのも良くないだろう。

制限が付いたことで久しぶりに腕が鳴る。

ヴァイオリンに肩当をつけ、左肩に挟んでA線《アー》を鳴らす。さして珍しくもない調弦をする真澄を、グレイスが目を丸くして眺めていた。

「……不思議な色のヴィラードですね」

「やっぱりそう思う?」

「はい」

「でしょうねえ」

真澄は苦笑を禁じ得なかった。

想定していた問答だ。本物のヴィラードを見て真澄が驚くのだから、逆もまた然りなのである。同じ擦弦《さつげん》楽器であっても、歴史や環境が異なればこうも違う。それが不思議な感覚でもあった。

純白の中に紛れ込むこげ茶色。

想像するだに違和感がこみ上げる光景だ。間違い探しのようでもあるその異質さが、他でもない真澄自身の境遇を表している。けれど今の真澄にはどうしようもない。

「さて、まずは一通りさらいましょうか」

譜面台に置いた楽譜をめくりながら、真澄はヴァイオリンを左肩に乗せた。


二人で一息に流したぶっ通しの練習は、第四騎士団の盛大な拍手に包まれながら終わりを迎えた。

あんたら仕事っていうか訓練は、と思っても言うだけ無駄だ。

滅多にお目にかかれない宮廷楽士を見て涙ぐんでいる準騎士もいれば、口を開けっぱなしで呆《ほう》けている正騎士もいる。そんな後進たちを尻目に優雅にお茶をする指南役七名は、「随分とレベル

の高い楽士ですねえ」「現役時代に縁があれば、専属申し込みしてたな」などと勝手なことを口走っている。こっちはこっちで年の差を考えて頂きたい。

「はいはい、見世物はお終《しま》い！」

注意を引く為に手を叩きながら真澄は告げる。すると、現役世代は渋々ながらも三々五々散っていった。

これで言うことをきかなかったら、近衛騎士長にチクってやるところだ。昼からずっと訓練をサボっていたこと、カスミレアズが知ればまず間違いなく特大の雷が落とされるのは想像に難《かた》くない。

しかしそんな切り札は脳筋には一切使う必要がなかった。

ともあれ、この短時間で三十二曲を弾きこなすのは、実に剛毅《ごうき》だった。

時刻は午後三時を少し過ぎ、身支度を整えねばならない頃合いである。「後で部屋に行きます」という言葉を残し、グレイスはまず彼女自身の準備の為に走って戻っていった。

総司令官と近衛騎士長、それにその専属楽士専用の宿舎棟は、本来グレイスは入れない。だがそこは先日、カスミレアズと同じ認証範囲を付与されたお陰でなんら問題はない。ついでに言えば真澄の部屋にかかっている認証も、グレイスを受け入れるようアークの手で即日かけ直されている。

そういうわけで、学校帰りの小学生さながら「また後で」と別れたのだが、これが完全に裏目に出た。グレイスが合流するまでの間に、女官のリリーが大層盛り上がってしまったのである。

この短期間で騎士団会食に声が掛かるなど異例の早さだそうだ。

真澄にしてみれば今回の指名は名誉どころか単なる嫌がらせにしか思えないわけで、なだめすかしながらどうにか落ち着くように訴えたのだがリリーは止まらない。結局グレイスが約束どおりに部屋に来た時に、まだ真澄の着替えは終わっていなかった。

というより、下着姿での攻防を思いっきり目撃された。

しかし状況はなりふり構ってなどいられないほど逼迫《ひっぱく》している。真澄はリリーから一定の距離を保ちつつじりじりと部屋の中を後退していたが、やがて退路はキングサイズのベッドに阻まれた。

ずさぁっ。

ここぞとばかり、リリーが間合いを詰めてくる。その動きの隙のなさといったら。

「や、ちょっと待ってリリー。さすがにそれはあんまりだと思う」

「なにをおっしゃいますか！　碧空を名乗るからにはこの程度序の口です！」

さあささあさあ。

女官らしくない鬼気迫る様子で、リリーが両手にドレスを広げにじり寄ってくる。真澄は腰を抜かしそうになりながらも「勘弁してくれ」と必死で説得に当たるのだが、一向に聞き入れられる様子はない。

目の前に掲げられるドレス。

確かに上質であると確信できる光沢の生地で、染めも「碧空」の名に相応《ふさわ》しくどこまでも澄んだ青が美しい。空か海を切り取ってきたかのような深い色だ。色しかり手触りしかり、令嬢か姫にでもなったかと錯覚するほど上質なのである。

だがしかし。

綺麗な長尺のドレスはしかし袖も首回りも布がなく、これでもかというほど胸元が開いていて、ついでに背中も開いている。裾が長く足は全て隠れるのがせめてもの情けだが、それで羞恥が消えるわけでもない。

だが真澄の常識はここにきて通じず、むしろこの格好を許される――楽士として美しく鍛えられている腕、肩、鎖骨を披露できる――ことは、それこそ騎士団長、魔術士団長の専属楽士だけの特権であって名誉以外のなにものでもない、と真顔で返される始末だ。

横にいるグレイスは困った顔はするものの、助け舟は出してくれない。

「本当は夜にふさわしいもっと素敵なデザインが沢山あるんですよ!? それを夜会ではなく騎士団会食だからということで、ここまで妥協しているのです！」

「ちょっ、これが一番マシとかどんだけ露出」

「いいですか、マスミさまがこれを着ないとなればアークレスターヴ様の御名前《おなまえ》に傷が付きます」

「私の露出度とアークの評価がどこでどう繫《つな》がるってのよ……」

「見せられないような自信のない身体、つまり日々の鍛錬を怠るような人間性、つまり楽士として実力が伴わない者を専属にしたと判断されるのです」

「や、でも……えぇー……？」

力説する女官のリリーに、真澄の懇願は届かない。

片やグレイスは良くある黒のドレスで、首から胸元、そして腕は透け感のあるレースに覆われたクラシカルな装いだ。演奏会にふさわしい格好でこちらの方がなじみ深いのだが、リリーの剣幕とグレイスの反応からしてどうやら真澄には絶対に許されない格好でもあるらしい。

オーケストラを従えたソリストでもないのに、こんな目立つ格好なんて。

不満はあるが、「楽士とはこういうものである」と言い切られると真澄には反論の余地がない。

結局迫りくる時間とリリーの気迫に押し負ける形で、真澄は渋々その碧空のドレスに袖を通すこととなった。余談ながら不幸中の幸いだったのは、数日前まで胸元に散っていた赤い華が消えていたことである。

危なかった。

これは今後の夜の過ごし方について、後でアークと膝突き合わせてじっくりと話し合う必要がある。そっと胸に誓いながら、真澄の支度は完了したのだった。


夕涼みの気配が漂い始める午後五時、真澄とグレイスは宮廷の最奥に位置する中央棟に来ていた。相も変わらず棟はそびえ立っている。そして、周囲に広がる庭園はなに食わぬ顔でそこにある。

真澄は目を眇めて庭園を凝視した。奥からの威圧感に油断してうっかり気安く庭園を横切ろうものなら、あの激烈なプレッシャーに晒されるのだ。喜び勇んでさあ行こう、とはならないのである。

隣にいるグレイスも知っているのか、浮かない顔だ。

いくら認証を持っているとはいえ魔力などほぼない者同士、自分たちだけで前庭を横切る勇気はなく立ち往生していると、どうやら話が通っていたらしくエスコートの騎士が一名出てきた。

渡りに船とはこのことか。

困っていたところに差し伸べられた手に、真澄とグレイスは自然と笑顔で礼を述べた。

ところが、である。白の礼装に黒紫の肩章――宮廷騎士団のそれ――を持つ彼は、頬を緩めるどころか愛想が一つもないときた。真澄とグレイスの身元を確認する時にだけ声を発し、それ以外の道中は一切の無駄口を叩かなかったのだ。

挨拶さえ省略するとは徹底している。

その背についていきながら、真澄は声を落としてグレイスにそっと尋ねた。

「いつもこんな感じなの？」

大雑把な質問だが、大意は伝わっているはずだ。

「いえ……私が直接ご一緒したことはありませんが、でも」

グレイスが眉を寄せて首を捻る。

「他の楽士からは宮廷騎士団はどこよりも誇り高い方ばかりで、堅く職務に邁進《まいしん》されると聞いています。こういう、……不躾《ぶしつけ》といいますか、そういうお話はあまり……」

「誇り高い、ね」

さて、それはどうだろう。戸惑うグレイスをよそに、真澄は先を歩く隙のない背中を油断なく見つめた。

いくつの角を曲がったか数えるのも馬鹿馬鹿しくなった頃、ようやく会場へとたどり着く。エスコートの騎士は端的に「それでは」と言い残し、早々に去っていった。

広間はそこまで大きくはない。

部屋の中央に豪奢《ごうしゃ》な飾りテーブルが準備されているが、席は五人分だけだ。

天井には光球が鈴なりに煌《きら》めくシャンデリアがある。周りにガラス玉があしらわれているのか、光が乱反射して華やかだ。壁にはいかにも高価そうな絵が数枚。季節が違うので今は使わないだろうが重厚な暖炉があり、その上の飾り棚には見事な花瓶に大輪の花が生けられている。

楽士の演奏席はバルコニーの手前に設《しつら》えられていた。

演奏用にはもったいない立派な椅子と、優美な譜面台が既に置かれている。とりあえず楽譜を台に置きながら、真澄はグレイスに話しかけた。

「音合わせが終わったら別の部屋で待機するの？」

「いいえ、楽士は最初から席に着いています」

「そうなんだ。ついでにもう一つ訊いていい？」

「ええ、どうぞ」

「なんで席が四つあるの？」

楽士長から指名を受けたのは真澄とグレイス、それにレフテラという名のいじめっ子だけである。ここにきて実は楽士長も参加でした、だとしたら面白いがどうだろう。

しかしそんな真澄の期待はあっさりと否定された。

「そこは大ヴィラードが座ります」

「なにそれ」

「低音を担当するヴィラードです。もうすぐ来ると思いますが、誰が来るかは」

と、入室のノックが三回響く。

首を傾げかけたグレイスが視線を投げ、真澄もその動きにつられる。入口には噂《うわさ》をすればなんとやら、背中に大ヴィラード——真澄の目には、思いっきりチェロの親戚にしか見えない——を背負った楽士が、随分と腰の低い態度で案内されてきた。

エスコート役は先ほどと同じ騎士だ。

彼は相も変わらず無愛想に「では」とだけ言ってさっさと姿を消した。案内することが仕事であろうから別に構いやしないが、人好きのする第四騎士団の面々と比べると随分と素っ気ない。あの宮廷騎士団長にしてこの騎士あり、だろうか。

そんな堅い騎士とは対照的に、入ってきたのは柔和な目元の楽士だった。

「こんばんは。グレイス、あなたが指名されたと聞いて飛んできました」

そう言って頰をほころばせた彼は、グレイスと同じ年頃の若き青年だ。明るい金髪に緑の瞳がその雰囲気を殊更《ことさら》に柔らかく見せている。

「僕は嬉しいですけど、それにしても一体どういう風の吹き回しですか？　騎士団関係の仕事とは珍しい」

「ええ、まあ。色々とわけがあって……タイスト、こちらマスミ・トードー様です。碧空の楽士様よ」

「碧空!?」

人懐こかった笑みがそこで驚きに変わる。遠慮なく頭のてっぺんからつま先までを眺められながら、真澄は片手を差し出した。

「初めまして。様付けは堅苦しいので、どうぞマスミと呼んでください」

「えええ、そんな！　だって碧空っていったら『あの』第四騎士団総司令官の専属楽士様でしょう!?　すげえ－……噂だけは聞いてましたけど、まさかご一緒できるなんて夢みたいだ」

子供さながらの輝く瞳で見つめられた挙句、両手での握手。控えめなグレイスと違い、感情の発露が素直だ。

それにしても、噂。

どうやら真澄は疑うべくもなく「鳴り物入り」で宮廷入りを果たしていたらしい。真澄自身の実力の程は定かではなかったはずで、その点差し引くとつまり第四騎士団総司令官であるアークの立ち位置が自然と見えてくる。

真澄は曖昧に笑いながら握手を解き、若き青年から少しだけ距離をとった。

タイストという名の彼は気にする風でもなく、旧知であるらしいグレイスに向き直る。そして流れるように彼女の細い手を捉《つか》まえた。

「それでグレイス、今夜のあなたは何番ですか？　一番？」

「失礼ですよタイスト。碧空の楽士様が一番に決まっているでしょう」

「でも……じゃあ、」

「二番でもありません。その席はレフテラ様がお座りになられますから、私は三番です」

毅然《きぜん》と言い放ちながら、グレイスがそっとタイストの手を外した。

まだなにかを言いたげにしているタイストを尻目に、グレイスが真澄に左端の椅子を「どうぞ」と指し示す。

「三人揃いましたから、音合わせしましょう。マスミさまはこちらのお席に」

「いいの？　一番とか三番とか言ってたけど、私はどこでも」

「いけません。楽士にも序列がありますから」

首を横に振ったグレイスは、実力に則った席次を守らねば混乱をきたすこと、それは楽士にとっても騎士や魔術士にとっても良くないことであるのだと、控えめながらはっきりと説明してくれた。

その話をしている傍ら、大ヴィラードを抱えたタイストが向かって右端の席につき調弦を始める。

観客側から見てつまり左から高音の第一ヴァイオリン、第二ヴァイオリンと並んでいき、右に行くにつれて低音の楽器が並ぶ、まさにオーケストラと同じ考え方がアルバリークでも浸透しているらしい。その法則は三重奏や四重奏など規模を小さくしても同じで、たった四人の小さな配置ではあるが、それは真澄にも馴染みのある並びだった。

唯一気になったのはタイストの不満顔である。

グレイスが説明してくれたことを、出仕してそれなりに長そうな彼が知らないはずがない。片や熱い眼差《まなざ》しを隠そうとせず、片や気付かないふりで保とうとする距離。二人の間にひとかたならぬ想いが見え隠れするが、さりとて真澄に踏み込める問題かどうかは定かでなく、楽士特有の事情であるのかさえ分からず、真澄は横目で窺うに留めた。

そんな微妙な空気の中、再び部屋の扉がノックと共に開かれた。

レフテラだ。騎士のエスコートに礼もなく、真澄たちに挨拶もない。いっそ清々《すがすが》しいほど高飛車であるが、彼女の顔は演奏の席次を確認した時にわずか歪《ゆが》んだ。

空けられている二番の席が気に入らないのだろう。

どれだけグレイスに対してマウントを取ろうとも、ここに真澄がいる限りレフテラ自身は最高位の誉れは受けられないのだ。気位の高そうな彼女にしてみれば、さぞ悔しかろう。しかし吠《ほ》えたところで無駄だと悟っているのか、レフテラはなにも言わずヴィラードを取り出し、調弦を始めた。

何曲かを通す間、四人はほぼ無言を貫いた。

必要最低限、次はどの曲をやるかなどの事務的なやり取りはあったが、それっきりだ。なんとも複雑怪奇な関係だが、四重奏としての形は最低限保っているのが不思議でもあった。

そして最後の合わせが終わった時のこと。

あと五分で会食が始まる時分、真澄たちは静かに着席して騎士団長たちの到着を待っていた。無論会話など一切ない。そんな息詰まる静寂の空間に、グレイスの「あ」という焦りの声が響いた。

真澄は当然ながら、レフテラもタイストも注目する。グレイスは真澄をまっすぐに見つめながら、慌てて立ち上がった。

「マスミさま、伝え忘れていたことが」

一歩踏み出したグレイスは、しかしその場で凍りついた。

「座りなさい。この期に及んで準備ができていない楽士など恥ずかしい」

グレイスの右腕をレフテラががっちりと摑んでいる。

手の甲の筋が浮かび、指が食い込み、傍目《はため》にも明らかに敵意ある制止だ。痛みに顔を歪めながらも、グレイスは気丈に言葉を繋げた。

「申し訳ございませんレフテラさま、ですが今少しだけお許しを」

焦るグレイスの懇願を遮ったのはレフテラではなく、高らかなノックだった。

全員がはっとして扉を注視する。

レフテラの腕にさらに力が籠もり、それ以上の問答は無言の圧力に抑え込まれた。グレイスが苦渋の顔で再び腰を下ろし、彼女は申し訳なさに泣きそうな目で真澄を見た。

「ありがとう、大丈夫よ」

声も出せないグレイスに、真澄は笑顔を向けた。きっと勝手を知らない真澄に某《なにがし》かの心構えを教えてくれようとしたのだろう。苦手な目上から睨《にら》まれることを分かっていて尚、真澄の為に。

どんな難癖をつけられようと、切り抜けてみせる。

優しい友人のために真澄が心に誓った時、両開きの扉が大きく開けられた。

最初に部屋に入ってきた人物――深緑の肩章を持つ第一騎士団長は、その壮年の顔にあからさまな驚きを浮かべた。後に続いた真紅の第二騎士団長と鮮やかな山吹の第三騎士団長も、一様に目を瞠《みは》る。最後に入室してきた青い碧空の第四騎士団長であるアークだけは、驚くというより力いっぱい顔をしかめる始末だ。

四人は慣れた様子で豪奢な卓にそれぞれかける。

だがその視線は真澄に集中しており、リリーの言った「異例の早さでの会食演奏デビュー」はあながち間違いではないということが見事に証明された格好である。約一名、歯ぎしりが聞こえそうなほど苦虫を噛み潰している人物だけは、それとは違う物騒なことを考えていそうだが。

驚きと好奇、一部殺気が混ざる会場の空気は混沌《こんとん》そのものだ。

そんな中に最後の一人である宮廷騎士団長が到着した。黒紫の肩章は威圧感に溢れていて、他の鮮やかな四人四色とは一線を画している。

彼は卓に向かって歩く途中、ちらりと真澄に視線を寄越してきた。

顔色はまったく変わらない。想定の範囲内というか、むしろ値踏みするような品定めするような挑発的な視線を無遠慮に投げてくる。真澄がこの場所に引きずり出される羽目になった元凶がこの御仁であることは、やはり疑いようのない事実らしい。

そんな宮廷騎士団長がお誕生日席というか司会席についてすぐに、会食は始まった。

月に一回催されているという騎士団長会食は、大仰に盛り上がりもせず、かといって沈黙に凍ることもなく、淡々と進んでいった。

会食というだけあって、給仕が入れ代わり立ち代わり、とりどりの皿を運んでくる。その進行度合いに気を配りながら、真澄たちは邪魔にならないようひたすら曲を奏で続けた。

途切れないよう、ほぼ続けて弾きっぱなしである。

特に第一ヴァイオリンである真澄と、低音担当のタイストの負担は大きかった。コンサートや結婚式での演奏であっても、間に必ず休憩は入る。だがこの会食では休憩は一切認められず、確かに誰しもが気軽に受けられる仕事ではなかった。

実力が伴わない者では腕を壊しかねない。

久しぶりに演奏疲れを感じながら真澄がそんなことを考えていると、最後の皿を食べ終えた宮廷騎士団長が「では」と口火を切った。

低音のタイストがゆっくりと音を小さくしていく。終わりの合図だ。グレイスとレフテラもフェードアウトに続いたのを耳で感じ、同じように真澄も演奏を静かに止めた。

「他に報告は？」

口元を白いナプキンで拭いながら、宮廷騎士団長が問う。

四人の騎士団長は全員が首を横に振り、会食の終わりに同意を示す。余裕をもって彼らを見渡した宮廷騎士団長は、そして言った。

「なければ、最後にお披露目といこう」

予想していた閉会宣言は来なかった。流れが読めずに真澄が目を瞬いていると、黒紫の騎士団長と目が合った。

「さあ、碧空の楽士。お前が何者であるか、本物の楽士であるのか、ここで証明してもらおう。その為に今日ここに来てもらったのだから」

不遜な言葉と酷薄な笑みだ。

それをアークが射殺さんばかりに睨みつける。残された三人の騎士団長は、不穏な空気に怪訝さを隠さない。

真澄がちらと隣を窺えば、グレイスが今にも崩れ落ちそうな様子で目を瞑《つぶ》っている。悪い予感が当たってしまった、そんな予感を持った彼女自身を責めるような面持ちだ。その横でレフテラは無表情、タイストは目を丸くしている。

なるほど、どうやら自分は試されているらしい。それも騙《だま》し討ちの形で。

理解した真澄はゆっくりと立ち上がった。

事前に渡された三十二曲は小手調べだったようだ。あるいは平気な顔で全てを弾きこなしたのが癇《かん》に障ったのかもしれない。まさに貶《おとし》められようとしているその瞬間ながら、真澄は背筋を伸ばして前へと歩み出た。

「わたくしが他の何者でもない、わたくしである証明をしてみせよ、と？」

「碧空の称号にふさわしいと思うのならばな。無論、辞退しても委細構わない」

急に言われて対応できまい。

そんな悪意が透けて見え、真澄は息を吐くふりをしながら小さく笑う。が、それは宮廷騎士団長にしっかりと見咎《みとが》められていた。

「なにが可笑《おか》しい」

語気が強くなる。真澄はそれを正面から受ける為、宮廷騎士団長の真向かいに卓を挟んで立った。集まる視線に全身を焼かれそうだ。

だが怯《ひる》むことなく、むしろ全員の目にしっかりと焼き付くように、真澄は再び調弦を始めた。小さくヴァイオリンを鳴らし指板に視線を留めたまま、真澄は呟いた。

「ふさわしいかどうかを決めるのは、わたくしでも、ましてあなたでもありません」

反論はなかった。あるいは聞こえていなかっただけなのかもしれないが、どうあれ些事《さじ》だ。

「これは、第四騎士団総司令官へ捧ぐ曲です」

真澄は弓を弦に置く。碧空というアークの代名詞が飛び出した時から、これを弾こうと決めていた。


通称、バッハのシャコンヌ。

ヴァイオリンのみの独奏ながら、時間にして十分以上、257小節の壮大な長さを誇る曲である。ヨハン・ゼバスティアン・バッハの代名詞のような美しく透明な主題が最初のわずか8小節で提示され、後はひたすらその主題が姿形を変えて三十回以上も繰り返されていく。

ただの繰り返しと侮るなかれ。

祈りにも似た主題は最初の小節から重音奏法がふんだんに取り入れられ、たった一つのヴァイオリンがこれほど豊かに歌うのかと驚かされる。

聴きようによってはもの悲しさを覚える主題。

それは曲の半ばに差し掛かると劇的な変化を見せる。夜通し吹き荒れた嵐が去った、早朝。伸びていく静かな暁の光を見るように、単音での美しさが際立つ。そして光が輝きを増すかのような重音がまた胸に迫るのだ。

大勢で織り成す華やかさとは程遠い。

けれど孤高に重ね続ける祈りは、やがて深淵《しんえん》へ到達する。

連なり響く音に、真澄はアークを見ている。

＊　　＊　　＊　　＊

中央棟を出ると、長かった陽《ひ》もすっかり沈み、辺りは暗くなっていた。

夏の明るい夜空が頭上に広がる。

星々が煌めき、その中に一つ、二つと一際強い輝きを放つものがある。一等星だろうか。繋げばなにが浮かび上がるのだろう、そんなことを考えながら特に会話らしい会話もせずに静まり返った庭園を抜け、それから真澄は隣を歩いていたアークに話しかけた。

「ありがと、ここまで来たら後は一人で大丈夫。残業するんでしょ？　私、先に帰ってるね」

ひら、と手を振る。

が、それは次の瞬間アークの力強い手に捕まった。

「俺も戻る」

「え？　忙しいんじゃないの？」

思わず真澄は訊いていた。

帝都にきてからの第四騎士団の日常。なんだかんだアークは日々忙しく、夜は基本的に遅い。夕食を共にするのは公休の週末と、それ以外は週に一日あれば良い方だ。その件に関して真澄自身は特に思うところはない。だから今も、アークは事務所棟へ、自分は宿舎棟へと別れるつもりだったのだが、予想外にそれはきっぱりと否定されてしまった。

摑まれた手をしげしげと眺めつつ、首を捻る。

そのまま視線を上げると、機嫌の悪そうなアークと目が合った。

「どうしたの、その物騒な顔」

なにがどうしてそうなった。

怒らせる心当たりが全くない真澄が問うと、数秒の間が空いた。

「今この状態で仕事なんぞやってられるか」

吐き捨てるような、不貞腐《ふてくさ》れたような声で言ったアークは、直後、真澄の手を引いてそのまま歩き出した。

ぬるい夜風が時折吹き抜ける。

宮廷内の敷地には通路の全てに等間隔で外灯があり、足元が不案内になることはない。が、それでもアークはずっと真澄の手を離さなかった。歩く速さはゆっくりだ。間違いなく真澄に合わせてくれている。が、その掌は常より熱くもの言いたげだった。

雑談をする空気ではない。

そう判断して真澄が為《な》すに任せていると、宿舎棟まで半分ほどになったところで、ふとアークが「俺は」と零《こぼ》した。

「未だにはらわた煮えくり返ってるぞ。お前はなんでそう涼しい顔だ？」

「はっ？　なんの話？」

急に投げられた問い。

あまりにも端折《はしょ》られ過ぎていて、すぐに飲み込めない。どちらともなく歩みが止まる。真澄が目を瞬いていると、もう少しだけ強く手を握りこまれた。

「──分かんねえよな。そう、マスミに分かるわけがない。だから」

そこで一度、言葉が途切れた。

外灯に照らされるアークの顔は、怒りの中に悔しさのようなものが混じっていた。

「会食の最後。碧空の──俺の専属として弾けと言われただろう。事前に楽士長から言われてたか？」

「ううん、なにも」

「だろうな。本来であれば、第四騎士団総司令官である俺に対して宮廷騎士団側が話を通して、俺が許可を出して、それから初めて楽士長がマスミに通達するんだからな」

「はあ。ただ弾くだけなのにそんな面倒くさい手続きいるの？」

「逆だな。専属にそれだけ価値があるということだ。面倒くせえのはあくまでも頼んでくる側であって、嫌なら頼まなきゃいい。他に宮廷楽士はいる上に、マスミ自身も会食での演奏そのものは公的に受けていたんだから」

「あーなるほど。確かにそこは楽士長に言われたわ」

「だからこそあの流れはあり得なかった。ただの楽士じゃない、俺の専属だ。俺の許可なく弾けと迫ることそれ自体が越権行為も甚だしい上に、お前に対する最大級の侮辱だ。舐《な》めくさりやがって、あの場で叩き斬るか消し炭にするか本気で考えたぞ」

「あー、騙し打ちかなとは思ってたけど……でもそこまで怒ること？」

アークはかなり丁寧に順を追って説明してくれた。しかしその上で尚、真澄は首を捻った。

手続きを飛ばされたのは確かに業腹だろう。

ただ、そこが本質ではないような気がするのだ。単にプライドを傷つけられた、あるいは侮辱されただけでここまで怒りを露わにするような、そんな短絡的な人間性ではないはずだ。少なくとも真澄が見てきたこれまでのアークはそうだった。

真澄は急がずに答えを待つ。

ややあって「そうだ」とアークが続けた。それは真澄の問いに対する答えだ。

「騎士団同士は対等の関係だ。指揮命令権のない相手の無理な要求を一つでも許したら、それは隷下騎士と専属楽士の安全を脅《おびや》かす。前線なら生死に直結するんだぞ。だからこそあれは、第四総司令官として絶対に許容できない話だった」

それぐらい挑戦的な要求だった、とアークは吐き捨てた。

厭《いや》らしいのは、あり得なすぎる不躾さゆえに、周囲からの援護が受けられなかったことだ、とも。

公的な場で誰かの専属楽士に演奏を要求する、その行為が事前に許可を得ていない可能性など普通は考えない。だからこそ、取り成す立場の他の騎士団長たちも、あれだけ不穏な空気になりながらも何も言わなかったのだという。

そこまで聞いて、ようやく真澄は仕掛けられたことの重大さを理解した。

その怒りは自分自身どうこうではなく、守るべき他者の為に、だったのだ。が、それと同時に浮かぶ疑問がある。

「ねえ。それなのに、なんで斬らなかったの？」

アークの性格を考えれば、絶対に長剣を抜いていたはずだ。実際アーク自身もそれを考えたと言っている。しかしアークはそうしなかった。

なぜだろう。

すると、そこでアークの手がするりと解《ほど》かれた。

「……正直分からん」

「……は？」

予想外の答えが来て、思わず真澄は気の抜けた返事しかできなかった。

もう少し、否、確実にしっかりとした理由があるのだろうと思っていたのだが、目の前にいるアークは頭をがしがしと掻いている。

「本来長剣は抜くべきだった。今でも抜かなくて本当に良かったのか考えている。だが答えが出ない。マスミが一瞬でも怯んだら、絶対に抜いていたが」

あまりにも分からなすぎてもやもやする、とアークが眉間に皺を寄せた。

「こういう状況になったのが初めてのことで、どう説明したもんだか言葉が見つからねえ」

「こういう状況って」

「第四騎士団に売られた喧嘩を、俺以外の誰かが買うってのが初めてだ」

「え、カスミちゃんは？」

「あれも同じ職位相手なら買うだろうがな。目上相手だとそうもいかん」

だからこそ、第四騎士団に対する全てにおいて、アークが最後の砦《とりで》だったのだという。

「間違いなく血管は切れそうだった。だったんだが、同時にマスミの実力で黙らせたわけだろ。最終的に鼻っ柱叩き折ってやったわけだから、まあなんつーか胸がすいたわな。とはいえあの無礼さは返す返すもあり得ない無礼さで、やっぱ斬り捨てときゃ良かったとも思うわけだ」

「なんか上がったり下がったり忙しくない？」

「だからよく分からんって言ってんだろうが。どういう感情だこれ？」

「私に訊かれても分かんないってば！」

互いに「分からない」の応酬となるが、疑問をぶつけあったところで答えは出ない。

しかしそこで眉間に皺を寄せていたアークが、ふと笑った。

「――分からんから考えるのは止《や》めた。帰って飲むぞ、祝杯だ」

離れていた手がもう一度伸ばされた。

が、真澄はわざと叩《はた》いて返し、再び歩を進めた。きっとアークの掌の熱はもう治まっている、そんな確信があった。

宮廷内の大路を抜け、宿舎棟への近道をする為に小路へと進む。脇の建屋は暗く静まり返り、ひっそりと佇んでいる。多少騒いだところで、誰にも聞こえないだろう。

「ねえ、名目分かんない祝杯って逆に面白くない？　適当すぎ」

「うるせえ。分かんねえんだからもういいだろ。大体にしてお前は動じなすぎなんだよ、スパイのくせに」

「うっさいわねだからスパイじゃないっつってんでしょ！」

アークが小突いてきたので、負けじと真澄は肘鉄を食らわせる。

その後も適当なことを言い合いながら、真澄とアークは肩を並べて歩いた。続く道は、満天の星と青い月の光に柔らかく照らされていた。

◇9　縄張り争いの行方

その一言で、部屋に一触即発の空気が張り詰めた。

昨日の今日でこれだ。爽やかな朝をぶち壊しにされて思わず真澄はため息を吐く。それが相手の癇に障ったようで、さらに彼女のまなじりが吊り上がった。

「退出するつもりはない、ですって？」

ぎり、と音が聞こえそうなほどその楽士は歯嚙《はが》みする。

彼女の取り巻きたちはそんな激昂を見たことがないのか、なだめようとするも口を挟めないらしく、傍目に分かるほど狼狽《うろた》えている。

「私を誰だと……宮廷騎士団の次席楽士である私の言うことがきけないっていうの⁉」

ヒステリックな金切声に、真澄は片目を眇める。

感情の起伏が実に激しい。静かな声で高圧的にグレイスを追い詰めていたレフテラとはまた違ったタイプだ。火に油を注ぎ続ければ、そのうち燃え尽きるだろうか。これも口に出せば「なんですって!?」と激昂されそうだが、とりあえず真澄は先ほど説明した内容をもう一度だけ繰り返した。

「特定の個人に割り当てられた練習部屋はないと伺っておりますが」

「楽士長がそうおっしゃったとでも？」

「いいえ。彼女から聞きました」

真澄が手でグレイスを指し示すと、相手が鼻で笑った。

「誰の専属でもないガウディの言葉を信じるなんて、おめでたいこと」

明らかな蔑みの視線をグレイスに向けて、激昂の楽士は吐き捨てた。

朝っぱらからなにを揉《も》めているのかというと、楽士棟の中に数ある練習部屋のどこを使うか——いわゆる縄張り争いである。

昨晩の騎士団会食を切り抜けた、その翌日だ。

よくもまあこれほど突っかかられるものだと感心さえする。他の騎士団はともかく、第四騎士団としてはどうも宮廷騎士団との折り合いが最高に悪いらしいというのは昨日再確認したので、目の前に対峙《たいじ》する相手から絡まれるのは遅かれ早かれ既定路線だったのかもしれないが。

目の前の楽士は、宮廷騎士団の次席楽士と名乗った。

つまり近衛騎士長の専属なのだろう。第四騎士団に当てはめればカスミレアズの専属に等しいということであり、それなりに実力は備わっているらしい。宮廷騎士団の考え方はきっと染みついているはずで、己がルールだと声高に叫んで譲らないのもある意味納得である。

だからこそ、この部屋は自分の場所だと主張するわけだ。

面倒くさいのに当たったなと辟易《へきえき》するが、さりとて言われたからといって退《ひ》く義理はない。この部屋に最初に陣取ったのは真澄であり、一緒に部屋を使うことさえ提案したのに、それを相手は蹴ったのだ。交渉は既に決裂していて、さてどう対応したものかと思案しているところだ。

真澄があれこれ考えていると、隣の気配が動いた。

おや、と見れば、グレイスが気丈にも立ち上がっている。なにを言うつもりなのか、硬く握られた拳は小さく震えていた。

「私がどなたの専属でもないことは事実ですし、叱責を頂戴するのももっともでございます。楽士として至らないこの点についてはお詫《わ》び申し上げます。ですが、碧空の楽士様にそのようなお言葉は差し控えるべきかと存じます」

全ての勇気を振り絞ったのか、語尾が震えている。

宮廷次席楽士の目に剣呑《けんのん》な光が宿った。

「……いつからそんなに偉くなったの、ガウディ」

「私がどうということではなく、碧空の楽士様に敬意を払うべきと申し上げております」

「敬意を払う？　宮廷騎士団に専属を持つ私が、たかが第四騎士団の専属に？　冗談も休み休み言うのね」

「騎士団の序列はそうかもしれませんが、楽士としてはあくまでも首席が上位に」

バシッ。

手加減なしの殴打に、グレイスの言葉は遮られた。表情を消した宮廷次席楽士の手が宙に浮いている。

「それこそお前ごときに言われる筋じゃないのよ、この三流楽士が」

ぞっとするほど低くなった声には、プライドを超えた怨念のようななにかが籠っていた。

「家格にあぐらをかいて仕事を選り好みする楽士に発言権があると思って？　いいわね、実家の後ろ盾がある楽士は能天気で。所詮ガウディ家が相手を見繕うまでの腰かけ仕官ですものね」

「違います、腰かけなどでは」

「へえ、そう？　では破格に過ぎる専属の申し込みを断り続けるのはどうしてかしらね？」

「それは……」

頬を打たれたグレイスは顔を背けたまま唇を噛みしめて黙り込んだ。彼女自身を槍玉《やりだま》にあげられると言い返せなくなるのは、兄のためにという限定的な想いが後ろめたさをかきたてるからだろうか。

真澄にしてみれば結構な動機であって、褒められることはあっても貶められる謂《いわ》れはないと思うのだが、アルバリークでは違うらしい。

「お前みたいな半端者がいるから、いつまでたっても楽士が十把《じっぱ》一絡《ひとから》げに軍属としての覚悟を疑われるのよ！」

随分と体育会系なことを叫び、次席楽士はグレイスを睨みつけた。

へえ。

思わぬ展開に、真澄は目を瞠った。考え方が偏っている上に人の話を聞かずおまけにすぐ手を出すが、どうやら楽士が補給線であるということは理解しているらしい。それどころか、己の仕事に矜持《きょうじ》さえ抱いていそうだ。

レフテラとも違う第三勢力と評せばいいか。

楽士の中にも派閥があるんだなあ、などと改めて認識すると、白熱する一方の相手とは異なり真澄には冷静さが戻ってくる。

最初は単なる縄張り争いだったはずである。

ところがいつの間にか当事者であったはずの真澄は置いてけぼりだ。一方で次席楽士はグレイスに詰め寄っているし、取り巻きはおろおろするばかりで、いよいよ収拾がつかなくなってきた。

このまま放置すると、いつまでたっても埒《らち》が明かない。

体育会系ならば、分かりやすく決着をつけるのが良かろう。そう考えて、真澄はヴァイオリンをケースに置いて立ち上がった。

「オーケー分かった。そこまで言うならどっちが上がはっきりさせましょうか」

「……のぞむところよ」

それまでグレイスに噛みつきそうだった次席楽士が、ぐいと真澄に向き直った。

血気盛んだ。楽士じゃなくて騎士になった方が良かったんじゃないのか、と素朴な疑問が浮かぶほどに。

「軍属としての価値を問うなら、やっぱりどれだけ回復ができるかが肝よね。それは第三者に判断してもらいましょう。目に見える形で」

意図を読み取ったか、次席楽士は真正面から真澄の提案を受け、その場がようやく収まった。

「さてと。啖呵《たんか》切ったのはいいけど、誰に頼もっか」

鼻息荒く退出していった一行を完全に見送ってから、真澄は肩を竦めた。

勝負の条件は至極単純だ。

互いに一人ずつ神聖騎士を連れてくる。判定員だ。騎士の中で魔力保有量が最も多いので、曲の途中でうっかり満タンになって差が分かりませんでした、とはならないだろうという意図である。

そして互いにこれと決めた曲を互いに弾く。

同じ相手に同じ曲を弾くのだから、どちらがより多く魔力を回復させられるかの実力勝負になるという寸法だ。単純ではあるが、結果は誰が見ても明らかになる、公明正大な勝負である。そして、二回やれば誤差も小さくなるだろうと見越している。

しかしグレイスは浮かない顔をして不安を口に出した。

「どうするのですか、あちらの近衛騎士長殿がお出ましになられたら」

「ん？　別に構わないんじゃない？　どうせ神聖騎士なんでしょ、勝負の条件は満たしてるし」

「それだとマスミさまに不利になります。かといってマスミさまの専属は総司令官殿ですから、神聖騎士ではないのでお願いできませんし……公平な勝負とはとても言えません」

「慣れた相手かどうかは大した話じゃないわよ。どうあれ実力以上の演奏はできないもんだし、音感なんて一朝一夕に身に付くわけでもなし」

今さら足掻《あが》いたところで無駄足だ。そう真澄は諭したのだが、グレイスの顔はさらに曇った。

「専属契約はその点補正されますよ」

「は？　まさか契約してたら回復量が倍率ドンとか？　そりゃ困るなあ」

「専属契約の内容次第なので、なんとも……ただ、あのお二人はまだお若いので倍はないと思います。良くて二割から三割増しでしょうか」

「へーそうなの？　新発見」

たった今判明した新事実を前に、真剣勝負が真澄の頭から束の間吹っ飛ぶ。真澄はヴァイオリンケースに仕舞いこんでいたメモ羊皮紙を引っ張り出し、自分の虎の巻に今しがたの情報を書き留めた。

顎に手をかけて、ヴェストーファでやった実験の数々を思い出す。

「だから皆あんなに専属にこだわったのか。なるほどなるほど、ふーん。補正されることが前提なら、厳しい音感判定ってのも頷けるわ。あれ、でも」

魔術ってすごいなあ。

真澄にしてみればその程度の感想だったのだが、妙に引っかかる部分があり真澄はグレイスに顔を向けた。

「ねえグレイス」

「はい」

「専属契約ってさ、つまり回復量が増える補正って理解で合ってる？」

「ええと、はい。より厳密に言うと制約という縛りをかけて、それと引換えに補正を得るという古式魔術ですが、おおむねマスミさまの理解で間違いありません」

「やっぱりそんな感じよね」

きっと、縛りがきつければきついほど見返りも大きくなるのだろう。古今東西どこにでもある話だ。

しかし不可解なことがある。

真澄はアークと専属契約を結んでいるはずなのだが、その回復量が有意に増えたという認識はまったくない。むしろカスミレアズや他の騎士たちと同じにしか見えなかったのだが、これはどういうことだろう。

「ねえグレイス」

「はい」

「回復量の変わらない専属契約ってある？」

「それは……少なくとも私は聞いたことがありません」

むしろそれは専属の目的を果たしていない。そう言って完全に怪訝な顔になったグレイスを見て、真澄は確信した。理由は良く分からないが、どうもアークとの専属契約にはなにかありそうだ。

より正確に表すと話がこじれそうなネタ、ともいう。

そういえば「対外的には絶対にアークの専属だと言い張れ」と念押しされた記憶が蘇る。余計なタイミングで余計なことに気付いてしまい、真澄の顔は微妙になる。

だがしかし、触らぬ神に祟《たた》りなし。

いずれにせよアークがいなければ問い質《ただ》すこともできないので、現時点では自分の契約に関しては棚上げにするしかない。そして真澄はグレイスにお遣いを頼んだ。「とりあえず、カスミちゃん呼んできて」と。

色々考えるともう面倒くさかったのだ。

真澄の場合は第四騎士団の誰を選んでも結局補正はかからない。結局どの神聖騎士がいいかなんて分かるわけないんだから、じゃあとりあえず最上級を出しておけば間違いないだろうという安易な結論だ。

とりあえずで気安く呼べる相手じゃない、とグレイスの腰はかなり引けていたが、そこは黙殺しておいた。


さて、所変わってここは第四騎士団訓練場、その横にある真澄の仕事部屋である。

指南役は全員揃っていないのでいつものお茶会は開催されていないが、それでも余裕のセルジュがソファに陣取っており、優雅な朝のひと時を楽しんでいる。

聞けば、既に稽古をつけてきたらしい。主に真騎士相手に。

かすり傷一つ負わず涼しい顔をしているこの人は、今日も鬼神のごとき強さで後輩たちを叱咤《しった》激《げき》励《れい》してきたのだろう。元気が良くて結構なことだ。きっと憔悴《しょうすい》しきっているであろう若者たちを回復してやりたいのは山々なのだが、しかし残念なことに真澄は真澄で忙しい。

昼からの勝負にどの曲を弾こうか。

あれやこれや考えながら真澄がいろいろな楽譜を引っ張り出しているのを見て、セルジュが声を掛けてきた。

「また面白そうなことを企《たくら》んでいるな？」

「ちょっとセルジュさま、『また』とはなんですか人聞きの悪い」

語弊のありすぎる言われように、さすがに真澄も抗議する。

が、セルジュはそれもどこ吹く風、完全にニヤニヤしていた。この御仁はどうやら器がかなりでかいらしいので、大抵の面倒事はもはや笑いごと、観察対象でしかないらしい。

「白黒はっきりつけることになっただけですよ」

「今日も宮廷騎士団からの因縁かな？」

「良く分かりますね」

「昔っからだ、今に始まった話じゃない」

あっはは、と実に楽し気にセルジュが笑う。

「アークの態度が悪いから目を付けられるのはそうでしょうけど、そんなに前からですか？」

第四騎士団は一体いつから札付き集団になったというのか。

アークの前任は中継ぎ司令官が頑張っていたと聞くし、さらにその前任の総司令官はかなり前に第四騎士団の表舞台から姿を消していて、長く空位だったことくらいしか真澄は知らない。

問われたセルジュはなにかを思い出すように、宙に視線を投げた。やがてその目と頬がふと緩む。

「前の総司令官は、今の総司令官とそっくりだったよ」

柔らかな物言いは、彼方《かなた》の記憶をひどく懐かしんでいるようだ。

「当時の宮廷騎士団長と仲が悪いのも一緒」

アデルハイド・アルバレアード・カノーヴァという名の元総司令官は、それはそれは血気盛んで、現総司令官であるアークよりもう三段飛ばしで瞬発力があったらしい。

主に「キレる」という方面に。

裏を返せば他の追随を許さないほど勇猛果敢だったそうだが、現役時代のアデルハイドを知っている者にしてみれば、アークなどまだ我慢強い部類だというから凄い。

「生まれの境遇なども良く似ているが、そうだな。唯一違うのはマスミ殿がいなかったことだ」

だからあの人が膝を折ったとは言わないが。

そんな断りを入れながらも、セルジュの目はどこか眩しそうに真澄を見ていた。

「つまり、破格の『熾火《おきび》』だったから敬遠されていた、と？」

「いや。アデルハイド様は常識的な『熾火』だったよ」

「ではなぜ専属なしで？　まさかそれも宮廷騎士団の嫌がらせの一環ですか？」

そこから続く因縁だとしたら、今なお両団が犬猿の仲であることも頷ける。ところがセルジュはあっさりと首を振った。縦ではなく、横に。

「候補は一人いたんだが、専属になる前に殉職してしまったんだよ」

「……え」

「それっきり、どれだけ周りが説得しても、アデルハイド様は専属楽士を持とうとはしなかった」

「ですが、それだと仕事に支障があったのでは」

「無論そうならないよう任務の都度、単発契約の楽士がいたとも」

セルジュの言葉に、真澄はそれ以上の「なぜ」を重ねられなかった。その行間に、ひとかたならぬ想いが滲んでいたからだ。

楽士と騎士、あるいは魔術士。それはただの仕事の関係ではないのかと困惑する。たまたま男女が揃って長く付き合いを続けていれば、結果として公私ともにパートナーとなることもあるだろう。だがたった一人の影を追うような、そんな叙情的な関係が存在し得ることに真澄は戸惑いを隠せない。


一体彼らは、楽士になにを見ているのだろう。


考え込み口をつぐむ真澄に、セルジュは言った。

「専属を持ちたがらなかったアデルハイド様に常々説教していたのが、当時の宮廷騎士団長——アデルハイド様の兄君だった。思えばこれも今と同じだな。いずれにせよ、宮廷騎士団長から再三勧められた専属契約の全てをアデルハイド様は断ったから、私たちも専属は持たずじまいだったわけだ」

「……遠慮をした、ということですか」

「逆だな。むしろ『自分達にも、生涯を貫き通したいと想える相手がいたなら』と夢を見てしまっただけだ」

ゆえに、旧第四騎士団を支え新第四騎士団の礎となった十人の神聖騎士は、軒並み独身のまま今に至る。拗《こじ》らせた結果がこれだ、とセルジュはさもおかしそうに笑った。

「昔は楽士の数も多かった。だから予算の限りはともかく、専属がいなくても今ほど困窮はしなかった。心配というか、厚意を無視してそうやって好き勝手やっている第四騎士団の手綱を取ろうとしたのが、宮廷騎士団だった。手綱を取るというのはつまり、責任をも負うということだ。だから個人的な嫌がらせもある程度混じっているだろうが、一から十まで憎くて因縁をつけてくるわけじゃない。まあ立場的にどうあっても上から目線でこられるわけだから、アーク様がうっとうしがる気持ちも分かるが」

過去を知るセルジュの言葉を咀嚼《そしゃく》しようとして、真澄は黙り込んだ。そこには一息では飲み込めない、大切な示唆がいくつも含まれていた。

楽士とはなんなのだろう。

音を奏でる以上のなにかがその存在意義に含まれているようで、けれど問えば二度と後戻りはできないような気がして、真澄は身動きが取れなかった。

そんな真澄を、セルジュは穏やかな目でただ見つめてくるのだった。

＊　＊　＊　＊

「今度は一体なにを始めるつもりだ」

真澄の仕事部屋に入るなり、開口一番カスミレアズが言った。その表情は困惑に満ちている。後進のそんな態度さえニヤニヤしながら眺めているセルジュとは正反対の堅さだ。

生真面目な第四近衛騎士長は隣で縮こまっているグレイスにちらと視線をやりながら、胃の痛そうな顔を真澄に向けてきた。グレイスに対して詰め寄らないあたり、主犯は真澄だと分かっているのだろう。

一体どんな呼び出しをかけたのだろう。

二人の絶妙な距離感に、思わず真澄までニヤニヤが止まらなくなる。これじゃ興味本位のおっさん――セルジュと一緒である。だが楽しいから仕方がない。

顔面が緩み切っているろくでなし二人を前に、カスミレアズはつかつかと歩み寄ってくる。かっちりと着こまれているのは制服で、どうやら書類仕事かなにかの内勤に勤《いそ》しんでいたと見える。その格好を目にして、真澄は腕組みをした。

「ねえカスミちゃん、今って魔力満タン？」

「は？」

「大事なことなのよ、答えて」

「特に減ってはいないが」

今日は訓練に顔を出していないから、と真面目な補足がつけられる。

「それ、ちょっと訓練場で空にしてきてくれない？」

「……は？」

たっぷりの溜《た》めと共に吐き出されたのは、至極真っ当な「は？」だった。

「手伝ってやろうか。その方が早く済む」

真澄が「どう説明したもんか」と考えていると、横から援護射撃が飛んできた。絶妙だ。セルジュは笑顔だが、四の五の言わせない迫力を纏《まと》っている。

「お待ち下さいセルジュ様。なんの話か私にはさっぱり」

「実戦形式の方が遠慮なくぶっ放せるだろう」

「いえあの、そういうことではなくてですね」

絶対に頭の上がらない遥《はる》かな先輩、生ける伝説を前にカスミレアズは汗を拭う。そして彼は、

「どういうことだ」とばかり真澄を見据えてきた。ものすごい目力で。

「説明してもらおう」

「うん、そうくるよね」

へらりと笑って、真澄は事の次第をかいつまんで説明した。

そして、説明の終わりと同時にカスミレアズの苦り切った顔である。

「どうしてそう次から次へと」

「ちょっ、異議あり！」

怒濤《どとう》の勢いで真澄が手を挙げると、カスミレアズが仰《の》け反った。

「昨日も今日も私が悪いんじゃないわよ、喧嘩売ってきたのはあっちなんだから」

ねえグレイス、と同意を求めると、彼女はものすごく必死に首を縦に振った。そんなビビらんでもとは思うが、「恐れ多い」と言っていた相手――カスミレアズが怒髪天の一歩手前とくれば、まあ致し方ないかもしれない。

とにかく、魔力を空っぽにしなければならない理由は説明した。セルジュが「ほら行くぞ」と急かしたので、カスミレアズは素直に連行されていった。少しして、訓練場でやたらと派手な音が轟《とどろ》きはじめる。訓練に勤しんでいた下っ端騎士たちは、さぞかし肝を潰したことだろう。

爆音が響く中、今度はノックの音が高らかに響いた。

部屋の端でグレイスと頭を突き合わせて楽譜を見ていた真澄は、初動が遅れた。四拍ほど遅れて顔を上げると、開け放した扉からおよそ半身だけを窺うようにしている騎士がいた。

髪をオールバックに固めた、目付きの鋭い騎士だ。

「こちら、碧空の楽士殿の部屋で宜しいか」

「そうですが、なにか御用ですか」

立ち上がりながら真澄は応対の為に扉へ向かう。入口まで辿り着くと、騎士の広い背中に隠れるようにしてもう一人の来訪者がいることに気付いた。

今日の相手だ。今朝方に啖呵を切った相手、ともいう。

おお、と思ってよくよく見れば、騎士の肩章は黒紫だった。紛《まが》うことなき宮廷騎士団の所属だ。その肩章には銀糸の縁取りがされていて、カスミレアズと同じである。

わざわざ忙しいはずの近衛騎士長を引っ張り出してきたとは、どうやら相手は本気で勝ちを狙いにきたらしい。縄張り争いがすぐに決着しなかった件、相当根に持たれているようだ。

「私の楽士がご無理を申し上げたようで」

隙のない目付きながら、宮廷近衛騎士長の口調は穏やかだ。真澄は身体を開いて二人を「どうぞ」と室内へ招き入れた。

ちょうど指南役たちが出払っている為、無人の応接に促す。

お茶でも出すかと真澄が身を翻すと、グレイスが既に準備を整えてくれていた。なんて気の利く子だろう。お礼を言いながら真澄はお盆を受け取り、来客二人にとりあえずの茶を振る舞った。

「わざわざご足労頂きまして恐縮です。もう少しでこちらの神聖騎士も参りますから、それまでお待ちください」

「いえ」

簡潔な返事に、座っていても堂々と胸を張る姿勢の良さ。自信に満ちた態度だな、というのが第一印象だった。

いきなり突っかかられるかと思ったが違った。

隣に座る楽士が小さく見えるくらいだ。もちろん体格差はあるのだが、それ以上に「朝の勢いはどこいった」と言いたくなるほど彼女は縮こまっている。

真澄が内心で首を捻っていると、ゆっくりと部屋を見渡していた近衛騎士長がグレイスに目を留めた。

「これはこれは、ガウディの白百合殿《しらゆり》――高嶺《たかね》の花《はな》がなぜここに？」

「……ご無沙汰しております。碧空の楽士さまとお付き合いがございまして」

「ほう。魔術士団が怒りそうだ。せっかく必死であなたを囲っているのに、こうも簡単に逃げられてしまっては」

「契約を交わしているわけではございませんので」

グレイスの表情が強張った。

「正論だ」

ぽん、と近衛騎士長が膝を打つ。

「受けてくれるのなら、私だって申し込んだ」

「戯れはおやめください」

毅然と遮ったグレイスだったが、その顔は青ざめていた。

が、それ以上に顔色《がんしょく》を失っていたのは近衛騎士長の隣に座る楽士だった。朝の勢いを考えれば絶対に噛みついてきそうな場面なのに、唇を噛みしめて押し黙るばかりである。

因縁があるのかないのか分からない。

宮廷近衛騎士長の年の頃は三十を過ぎたあたりだろうか。片や楽士の方はいってても真澄より明らかに年下であるから、二人の間にはそれなりに年の差がある。なんとも言えない距離感に突っ込むこともできず、真澄は黙ってカップに口を付けた。

それから五分と経たず、カスミレアズは戻ってきた。

「お待たせしました……っと、ヒンティ騎士長？」

呼ばれた宮廷近衛騎士長が目線を投げる。

「おや、エイセル騎士長」

「まさかあなたがお出ましになるとは……」

カスミレアズはあからさまに面食らっている。するとヒンティと呼ばれた騎士長がくつくつと笑った。

「これのたってのお願いとあらば、きかねばなるまい。それを言うならエイセル騎士長の方が『まさか』だ」

「確かに私は専属ではありませんが……神聖騎士との指定を受けましたゆえ」

「それもそうだな」

近衛騎士長たちは存外に穏やかな会話をしている。

トップ同士とは違い、一触即発にならなくて良かった。胸を撫《な》で下ろしつつ真澄は彼らに向き直った。

「じゃあ始めましょうか。魔珠、出してもらえます？」

真澄の指示に、二人の近衛騎士長が素直に従う。宙に浮かんだ二つの珠《たま》は、中身は空っぽだが輪郭は美しい白金に煌めいていた。

本物だ。

彼らが紛うことなき神聖騎士である、という証左である。綺麗な光に思わず真澄の目は細められた。

「うん、二人ともしっかり空ね」

ヒンティ騎士長はここに来る前に空にしてきたらしい。物分かりが良すぎる。

本当にあの宮廷騎士団所属とは俄《にわ》かに信じられないが、そこは本題ではない。真澄は抱いた感想を飲み込みつつ、そういえばまだ名前も知らない次席楽士に顔を向ける。

「それじゃ、もう一度ルールの確認しましょうか」

「早くしなさいよ」

「はいはい。今から互いに選んだ曲を交換して、三十分だけ練習。その後に先攻後攻に分かれて、二人の近衛騎士長に対して曲を弾く。二曲合わせて多く回復出来た方が勝ち、ということでオーケー？」

「……二人同時にやるの？　自分の騎士だけでいいじゃない」

「それだと専属補正かかって不公平でしょうが」

真澄は腰に手を当て半目になる。

「まさか補正前提で勝負しようとかそんな姑息《こそく》なこと考えてないわよね？　まさか宮廷騎士団の次席楽士様が、まさかそんなこと、ねえ？　真っ当な楽士だっていう自信があるなら当然受けられる条件でしょ。むしろこれでもまだ私に不利なんだから」

煽《あお》りに煽る。やるだけタダである。

グレイスは「その手がありましたね」と目から鱗《うろこ》の顔をしているが、カスミレアズなんかは「おいやめろ」が顔に力いっぱい書いてある。意外だ、グレイスの方が肝が据わっているかもしれない。

ヒンティ騎士長は余裕の表情で彼の専属を見守っている。

語弊を恐れずにいえば勝ち負けは二の次、楽士がどんな反応をするかに主眼を置いているように見えた。そんな視線を知ってか知らずか、次席楽士はぐいと顎を上げた。

「……いいわ、その条件でやるわよ」

「そうこなくちゃね」

真澄は笑った。

自分が不利だと言いつつ、その実そうではなかったりする——音感には自信がある上に、実験の裏付けまでとってあるので、補正に頼る相手には正直負ける気がしない——のだが、まあそこはそれ。

次席楽士が先攻、真澄が後攻となり、勝負の幕は切って落とされた。

相手の選んだ曲は『月章旗よ永遠なれ』というアルバリーク国歌だった。

すごくどこかで聞いたような名前である。そしてその記憶に違わず、軽快で明るいメロディラインという点までもが同じだった。

真澄が知っているのは『星条旗よ永遠なれ』という曲で、アメリカのジョン・フィリップ・スーザが作曲した行進曲である。マーチ王という二つ名をほしいままにしたスーザは、その名のとおり百曲以上ものマーチを世に生み出した。

時代や国が違っても、というのはまあ分かる。

だが世界さえ飛び越えて尚、人間というのは名付けのセンスやメロディに込める意図が似通うものなのだろうか。

おそらく自分にしか理解はできないであろう難解な問いに、割と真剣に悩む。とりあえず、明るく勇猛な国歌を聴いて「アルバリークらしいなあ」と感想を抱く程度に、真澄はこの場所に馴染んでしまっていた。

一方、真澄が選んだのはパガニーニの『24の奇想曲《カプリース》』である。

超絶技巧という名のえげつない演奏技術で有名な、あのパガニーニだ。その技術があまりにもぶっ飛んでいたがゆえ、当時「悪魔と契約した」だの「悪魔に魂を売った」だの言われた御仁である。

題名にあるとおり、この奇想曲は全部で二十四曲から成っている。その中から真澄が選んだのは最後の24番だ。

イ短調の曲ながら、主題は大変に伸びやかで響きが美しい。

これは変奏曲なので最後はイ長調になるのだが、途中に織り込まれているのはアルペジオ、オクターヴ奏法、高音と低音を交互に演奏——これは正確無比の運弓運指が求められる——があって、そして有名どころの左手ピッツィカートときて、駄目押しにかなりの高音での半音階変奏と、パガニーニらしさが目白押しとなっている。

二十四曲の締めくくりにふさわしく、耳だけでなく目も楽しませてくれる曲だ。

その最後は楽器が全身全霊で震える華やかな終わりである。

パガニーニは自身も演奏家であった為か、超絶技巧ではあっても楽器に対して無理のある運指や鳴りづらい音は取っていない。情緒的にどう表現するか難しいというよりは、純粋な意味で技術的に難易度が高いので、練習を積めばある程度は到達できる曲だと真澄は思っている。

初見でパガニーニとか嫌がらせか、とも考えた。

が、相手の実力が分からない以上、手抜きはできないのである。真澄が負ければ第四騎士団そのものが誹《そし》られるわけで、それは絶対に避けねばならない事態だ。相手がどんな曲を持ってくるか分からないというのもあった。

ちなみに楽譜はタブ譜に変換した。せめてもの配慮である。

いきなり五線譜を叩きつけた挙句にパガニーニとなると、さすがに神経を疑われそうだったからだ。タブ譜変換を手伝ってくれたグレイスも言っていた。「なんですかこの修行……いえ、苦行のような曲は」と。

事実、真澄は難なく弾きこなしたが、相手はさすがに粗が目立つ演奏となった。

重音は単音に、アルペジオは不安定な音程、特に左手ピッツィカートは全滅だった。それでもたった三十分で最後までさらったのは、ある意味見事な根性ではあった。

そして結果は出揃《でそろ》った。

魔珠そのもので見比べることはできないので、紙に書き写すというローテクに頼ったのはご愛《あい》敬《きょう》だ。六人で——いつの間に戻ってきたのか、ちゃっかりセルジュまで交じっていた——紙を見比べてみる。まるで全国模試の結果を確認するようなシュールさだ。

「……」

六者六様に黙り込む。

口火を切るのが誰か、互いに出方を窺うような気まずい空気が流れた。が、それも束の間、

「私の目には、マスミさまが多く回復しているように見えます」

遠慮がちながらもはっきり言ったのはグレイスだった。意外と剛毅なのである。

見た目が儚げなのでよくマウンティングされているが、実は折れない心を持っている。殴られても怯まない。ついでに「自分はこう思う」というのをはっきり言える芯の強さもあるのが彼女、グレイス・ガウディだ。

真澄はこの数日でそういうものだと理解した。

ところが隣にいるカスミレアズがびっくりしている。「ちょ、それ言っちゃうの？」という顔でグレイスを見るのだが、逆に「なんで事実を言わないんですか？」と怪訝な顔返しをされている。

二人の顔芸を見比べていると飽きない。

普通に接する分にはグレイスの方が「恐れ多い」と言っているくせに、いざ顔を合わせてみれば

こんな感じだ。小さな子猫と優しい大型犬のような構図である。

思わず相好を崩しそうになるが、今は厳正なる審査中。ニヤニヤしそうになるのを真澄が気合で堪《こら》えていると、次に口を開いたのはセルジュだった。

「私もそう見えるが、まあ同じ陣営の言うことだ。そちらとしてはどうかな、ヒンティ騎士長」

ごく自然な流れで相手に水を向ける。さすが年の功。ところがヒンティ騎士長は困ったように笑った。

「測定対象の私には発言権はないものと思料《しりょう》します」

「……右に同じです」

なんと、カスミレアズまでもが乗っかる始末だ。

それに対してグレイスが信じられないものを見るような目を向ける。カスミレアズは一瞬その視線を受けたが、すぐに目を逸らして文字通り見なかったことにしていた。

駄目だ面白すぎる。

行儀の悪い部下には片手アイアンクロー吊りで説教をかますあの近衛騎士長が、これだ。今すぐに第四騎士団の騎士たちを大声で呼んでやりたい。真澄の腹がよじれそうになって、だんだん勝負がどうでも良くなってきた。

口を開けば爆笑しそうな真澄を見かねてか、ニヤニヤしつつもセルジュが進行を買って出てくれた。

「発言権は、そうだな。元神聖騎士としても妥当な判断だと思う」

柔らかくくすんだ緑の瞳。

それにまっすぐ見つめられながら丁寧に言われると、この人も確かに騎士なのだと思わされるからすごい。

「あなた自身はどう思われますか」

セルジュの問いかけに、次席楽士は口を引き結んだ。視線が手元の紙に落ちる。穴が開くほど見ても、まあ結果は変わらないのだが。

「黙っていては分からないよ、シェリル。言ってごらん」

予想外に可愛い名前がヒンティ騎士長の口から出てきて、今度は真澄がびっくりした。

「……私は負けてないわ」

シェリルと呼ばれた次席楽士は、硬い声でそう言った。

さて困った。

騎士の三人組は、彼ら自身が結果に対して言及することを是としていない。ということは判定は楽士である真澄たち三人でやるしかないのだが、このまま多数決をとっても絶対に納得はされないだろう。なんせ真澄陣営の方が人数が多い。

「引き分けという選択肢はないのか」

提案はカスミレアズからだった。

そして真澄が応えるより早く——むしろ電光石火の勢いで、グレイスが言った。

「あり得ません」

びしゃっ。

音が聞こえそうなぐらいの断言だった。

「そ、そうか」

一回で引き下がったのは賢明な判断と評したい。しかしこのままではいつまで経っても決まらない。真澄はとりあえず対案を出してみることにした。

「ねえカスミちゃん、もっと正確な魔力の測定ってできないの？」

「正確、というのは？」

「ここまできたら数値で厳密に分かるのが手っ取り早いんだけど」

「……そこまでするのか」

「そりゃ乗りかかった船ですし」

気が進まない様子でカスミレアズが押し黙る。後を受けたのはセルジュだった。

「となると、魔術研究機関に頼むしかないな」

「セルジュ様！　それは」

「お前が嫌なら代わりに私が行っても構わないぞ。括《くく》りで言えば神聖騎士だ、異存はあるまい」

「資格の問題ではありません。ヒンティ騎士長も反対では？」

カスミレアズが最後の砦とばかりに彼《か》の人に振った。

ところがヒンティ騎士長は小首を傾げて、

「私は構わないよ」

などと完全に背後から撃った格好である。

うなだれるカスミレアズを横目に、真澄はセルジュに尋ねた。

「なんですかその魔術研究機関って」

「名前のとおり、魔術の一切に関して研究をしている帝国の機関だ。魔力の可視化に長《た》けた職員がいるから、マスミ殿の言う数字で比較ができる」

「そういや前にアークがそんなこと言ってたな……」

薄く記憶が蘇ってくる。あれは確か、ヴェストーファで魔珠に関するクイズ大会をやっていた時だったか。

厳密に数値化された魔力は機微情報である。確かあの時、アークはそう言っていた。なるほど道理で。真澄はぽむ、と手を打った。

「機微情報だからカスミちゃんは反対ってことね。あれ、でもヒンティ騎士長はいいんですか」

「開示のされ方は選べるからね。最大値は伏せて、現時点での残量だけを見ることもできるから」

「え、じゃあなんの問題もないじゃん」

純粋な感想がつい口から滑り出た。

そこでとうとうカスミレアズは観念したように深いため息を吐き、「分かった」と頷いた。

「但しアーク様の許可を頂くことが条件だ」

これだけは絶対に譲れない。頑《かたく》ななカスミレアズをそれ以上押し切ることはできず、真澄は首を捻りながらもその条件を飲むことにした。

そして場は一旦解散となった。

まずはアークに説明をしなければならないので、どうしても今すぐ出発はできない。一度職場に戻るといったヒンティ騎士長が、出ていく時にカスミレアズの肩をぽん、と叩いた。

「ありがとう。配慮、痛み入る」

ヒンティ騎士長が苦笑している。

カスミレアズは「いえ、……」と言葉少なに見送っていた。

＊　＊　＊　＊

その日、アークは短期任務計画と一人にらめっこしていた。

今朝届いたばかりの最新版である。

向こう三ヶ月間で各団に割り当てられている王都警備の他、来賓や会議などに合わせた要人警護の日程が細かく記載されている。担当ランスを決めていくのはカスミレアズ以下にやらせれば良いだけの、実に簡単な仕事だ。にもかかわらず、アークが執務室で缶詰になっているのには理由がある。

国境要衝を守る分団のことを考えてやらねばならないからだ。

帝都に籍を置く第四騎士団の本隊はおよそ二百名だが、分団まで合わせると実質抱える人数は倍ではきかない。

分団のほとんどはその地方出身者を雇い入れている。

が、騎士はそれで良くても指揮官クラスはそうもいかない。各地の規模によって人数は異なるが、それでも分団あたり十名前後は帝都の本隊から派遣しているのが実情である。

よって、第四騎士団の半数近くは常に帝都を離れている。

彼らの交代時期は一律で決まるのではなく、レイテアとの緊張度合いや個人の状況――たとえば現地で結婚するとか、帝都に残した妻から離婚されそうだとか、親の面倒を見なければならないとか、それはもう色々――を勘案する。

誰を帝都に戻し、誰を分団に派遣するか。

帰任希望者と派遣候補者は、既に書類として揃っている。あとはアークが決裁のサインを書けばそれで終わりだが、部下たちの人生がかかっているゆえ、考えなしにサインはできないのである。

しかしアークが頭を抱える本質は「決められないから」ではない。

軍人だ、最後は命令の一言で終わる。懸念しているのは、今回の人事異動で戦力的に問題がないか、その一点である。ただでさえ本隊は慢性騎士不足状態なのに、今回の短期計画では通常より仕事が増えている。

目算、三割増し。あからさまに嫌がらせだ。

心当たりがありすぎて、舌打ちも出る。先日、宮廷騎士団長――腹違いとはいえ、実兄――に、真正面から嚙みついた意趣返しをされているのだ。売り言葉に買い言葉だったとはいえ、「通常任務も緊急動員も即応する」と言い切った手前、文句をぶつける選択肢はない。

今年の星祭りが特別だということも大きい。

元よりアルバリーク帝国の誇る四季祭の一つであり、最大規模の祭りだ。そこに皇帝即位三十周年の記念が重なり、例年以上に多くの催しが予定されている。必然として王族の出番は増え、結果、騎士団の警備を手厚くせざるを得ない。先に指南役たちが茶飲み話で盛り上がっていたとおりだ。

稼働率がまた跳ね上がる。

給料が増えて騎士たちは喜ぶし、おかげで帝都の民からも人気を博しているのはありがたいが、この状態を恒常的に続けるのは管理者としてはさすがに思うところがある。

叙任を年に二回に増やすか。

真剣に考えているそんな時に思いつめた顔の右腕が訪ねてきたとなれば、「今度はなんだ」と言いたくもなるのである。

「魔術研究機関へ出向く許可を頂きに参りました」

あとはサインするばかりの書類を差し出しつつ、開口一番カスミレアズは言った。

予想外すぎる。

カスミレアズの言葉に、さしものアークも怪訝な顔になった。その反応を予測していたのだろう、カスミレアズが説明を続ける。

「ヒンティ騎士長と私の魔力残量を測定するものです。最大値は開示致しません」

「相手はまあ、いいとして……残量？　そんなもん調べてどうする」

「回復量の多寡を判定します」

「……マスミが絡んでるな？　最初から話せ」

魔力回復といえば楽士だ。そして楽士といえば、今の第四騎士団には真澄しかいない。カスミレアズは言葉を慎重に選びながら、なにがあったのかをアークに説明した。

曰《いわ》く、宮廷次席楽士に真澄が絡まれ、勝負することになったこと。

曰く、判定員に相手の専属であるヒンティ騎士長と、カスミレアズが駆り出されたこと。

曰く、魔珠では判定がつかず、決着を魔術研究機関へ持ち越したこと。

なるほど、宮廷騎士団から絡まれているのはアークだけではないのが良く分かる話だった。売られた喧嘩を買うのは自由だ、勝手にやっていい。舐められると後が面倒だ。ゆえにアークに止める理由はない。だが、カスミレアズの説明には一つだけ良く分からない点があった。

「判定がつかなかった、とはどういうことだ？」

「見かけ上ほぼ同程度の回復量でした」

「そんなもん、お前とヒンティがどれだけ回復したか言えば終わった話だろう」

魔珠はあくまでも楽士に対して分かりやすくする為の仕掛けでしかない。他人の魔力量は暴かねば知り得ないが、自分のそれは分かる。そのために従騎士時代の修練があるといっても過言ではないのだ。

それを、なにを回りくどいことをやっているのだろう。

至極単純な疑問をぶつけられて、カスミレアズの表情が曇った。

「ヒンティ騎士長が明言を避けられましたゆえ、私も控えました」

「言わなかった……？」

なぜだ。

一瞬考えて、アークはその可能性に思い当たった。

「マスミが上だったのか」

「はい。ヒンティ騎士長が専属であることを差し引いても、明らかにマスミ殿が上でした。私どもの総量が多すぎて、有意な差が傍目に見えなかっただけです」

「だろうな」

「おそらく、ヒンティ騎士長の楽士も結果は分かっていると思います」

「自分の専属が勝ちを言わなきゃ、そりゃあな」

その場で分かってないのは真澄だけだっただろう。

ゆえに魔術研究機関で白黒つけるという発想が出るのも、らしいと言えばらしい。それが相手の逃げ道を完全にふさぐとは、まさか夢にも思っていないだろうが。

アークとしては別に構わないと思う。

突っかかってきたのは相手だ、実力の差を思い知らせて完膚なきまでプライドをへし折ってなにが悪いというのか。

だがカスミレアズは人付き合いの機微というものに聡《さと》いので、色々と思うところあっての決断だというのはアークにも分かる。だから、「面倒そうだな」とは思うがとやかくは言わない。

「ヒンティ騎士長の専属は、……二人目ですから」

「確か流行《はや》り病《やまい》にやられたんだったか。あれは不運だった」

「はい。ですが楽士本人はそう思ってはいないようで、気負いがあるとか。ヒンティ騎士長はそのあたりを気にされていたので」

なんとも濃《こま》やかな配慮に、アークは舌を巻いた。

「騎士長同士はそういう込み入った話もするわけか」

「トップの仲が悪くても任務は滞りなく完遂せねばなりませんから」

「やかましい」

痛いところを突かれた。多分、カスミレアズの目にはいつもより黒く埋まった短期任務計画が見えている。

「しかし、そんなにはっきり違ったか」

「初めて聴いた曲でしたが、まるで格が違いました。他の首席楽士でも相手になるかどうか」

「そりゃ頼もしいな」

「ただ、……」

カスミレアズが口ごもった。

「どうした」

「……本当に素晴らしい演奏技術でした。ですが彼女が『楽士ではない』というのは本当かもしれない、とも思いまして……なんと申し上げれば良いのか」

言いづらそうにするカスミレアズに、アークは小首を傾げた。

「首席楽士以上の腕なのに？　余計に分からんな」

「あまり楽しそうに見えなかったのです。難しそうな曲でしたから真剣だっただけかもしれませんが、一度も笑わなかったのでやはり本意ではないのかと。たまたまヒンティ騎士長の楽士と並べたから際立ったというには、少し気になりました」

「そうか」

思いがけず報告された内容に、背もたれに身体を投げ出す。アークの腕は自然と組まれていた。

「とりあえず、その難しい曲とやらは今夜聴いてみよう」

なんなら直接問うてみれば分かる話である。どんな空気になるかはともかく、赤の他人というほど遠い関係でもない。近衛騎士長の心配はありがたく受け取ることにして、アークは組んだ腕を解いた。

右手で羽根ペンをとる。

先ほど差し出された書類にざっと目を通し、不備がないことを確認する。中身は定型で、機微情報の開示許可を受けている旨が書かれている。承認のサインを書いて、アークはそれをカスミレアズに返した。

「許可する。さっさと行って片付けてこい」

「ありがとうございます」

乱れ一つない礼をもって、カスミレアズは退出していった。

さて、夜の宿題ができた。

ゆっくり話し合う為にも、まずは昼の宿題を本気で片付けねばならない。気を取り直し、アークは執務机に向き直った。

＊　＊　＊　＊

魔術研究機関は公的機関ながら、宮廷の敷地内にはなかった。それどころか中心街からはかなり離れ、帝都のほぼ東端に位置していた。

理由は簡単、様々な魔術の研究をしているので、危険なのだ。

機関そのものは五階建ての巨大な石造りの建物だが、それより何倍もある敷地が目を引く。敷地はあちこちが訓練場のように仕切られていたり、隔壁があったり、頑丈そうな建屋が点在している。そこで研究者たちが自由に炎を操り光の大盾を繰り出すのが日常であって、今回目当てにしている魔力量の可視化というのは数ある研究の一成果にすぎないらしい。

歩いていては日が暮れる。

ということで馬車を使い、真澄たち一行ははるばるここまで来た。ちなみに結果として遠征になったので、グレイスとセルジュはお留守番をしている。

「最高値は見せずに、現時点での魔力保有量だけが分かれば良いのですね？」

研究機関の職員がカスミレアズに確認する。

一階の受付を一顧だにせずスルーして直接三階に上がり、彼――中年の、背が低くて丸眼鏡をかけた、生え際が若干寂しい――を訪ねたのだが、彼が魔力の可視化に長けたその職員なのだという。その筋では大変に高名らしい。

ほう。このうだつの上がらなそうなおっさんが。

人は実に見かけによらない。驚きと共に大概失礼な感想を胸に抱きつつ、真澄は興味深く二人のやりとりに耳を傾けた。

「そうです」

「可視化は二回……ふむ。間に魔力放出が必要……で、一級隔壁を希望。神聖騎士ですね、ふむふむ」

「急で申し訳ありませんが、お願いできますか」

「ええ、もちろん結構ですよ。ええ、こんな面白そうな――おっと失礼。興味深い実験に立ち会いができるなんて、研究者冥利に尽きますね！」

いい笑顔で中年の禿《は》げかけたおっさんが、サムズアップをしてみせる。

一瞬殴りたくなったのは内緒だ。

「今日は第一隔壁が空いていますので、そちらを使いましょう。さあどうぞ」

なぜかこの場にいる誰よりもうっきうきで、可視化のおっさんが案内に立った。

外にある実験場の敷地内に入っても、不思議と乱雑な音は聞こえなかった。本当に実験しているのだろうか。あまりの静けさに真澄が周囲を見回していると、おっさんが「防御壁と合わせて防音も完璧です」という解説をくれた。それなりに離れているとはいえ、近隣住人への配慮がすばらしい。これならばカスミレアズがなにをぶっ放そうと大丈夫だろう。安心した。

勝負そのものは一度やっているので、今度は早かった。

魔力を空にしたヒンティ騎士長とカスミレアズを前に、まずは先攻。空き時間に多少は練習したらしいが、やはりパガニーニは一筋縄ではいかなかったと見える演奏だった。

ただ、可視化のおっさんだけは「すごいですねえ」と拍手喝采である。

「では計ってみましょう」

拍手のしすぎでずり下がった眼鏡を直しつつ、おっさんがヒンティ騎士長の前に立つ。

「解錠願えますか」

「はい。……いつでもどうぞ」

「ご協力ありがとうございます。それでは」

おっさんの全身が、薄い琥珀色《こはくいろ》に輝いた。覚えのある色だ。むしろ「覚えておけ」と言われた色、とする方が正しい。思わず真澄はカスミレアズを肘でつついた。

「あのおっさんって、もしかして宮廷魔術士団の人？」

発露している魔力は、庭園の守護者であるサーペントと同じ色だ。

「そうだ。研究機関の職員は、各魔術士団からの出向者で構成されている」

「へえ、そうなんだ」

出向などという俗っぽい単語にもう一つ驚いていると、ヒンティ騎士長の全身が琥珀色のベールに包まれていた。

やがて光は収縮を始める。

いつしかそれは宙に文字を描き、円を描いて回っていた。文字の色が違うだけで、アークが認証のスカーフを作った時とそっくりだ。おっさんが手に持っていた紙をとん、と指先で叩く。宙で回っていた文字は、それを合図に紙へと吸い込まれていった。

「ふむ。専属契約を結ばれているようですね」

一人で紙面を独占しつつ、おっさんが真実を言い当てる。そのままおっさんはカスミレアズに向き直り、もう一度同じ手順を進めたのだった。

次いで真澄の演奏が終わった時、可視化のおっさんは腰を抜かしていた。

「ひえー」

と、なんとも胡散臭《うさんくさ》い感嘆符がその口から出てくる。

挙句の果てには「本当に同じ楽譜なのか」と疑われたが、いくらタブ譜に変換したとはいえそんな卑怯《ひきょう》な真似《まね》はしない。グレイスにも確認してもらった事実があるので、真澄は胸を張って「そうだ」と答えた。

「いやあ驚きました。これはちょっと、いや実に、楽しみですねえええええ」

変態だ。

うふふふふ、とにやけるおっさんはただのホラーでしかないのだが、研究者とくればこんなものだろうか。それともこれは魔術士特有のなにかか。どうにも分からない。そして二人分の計測を終えたあと、おっさんが分かりやすく首を捻った。

「ふむう？　これは、……うーん？　いやでもそうか、そうと仮定すればあるいは」

ぶつぶつぶつぶつ。

可視化のおっさんは止まらない。あまりにも自分の世界に入りすぎていて、誰も声を掛けられない。思わず四人で顔を見合わせていると、しばらくしてから我に返ったおっさんが眼鏡を直しながら寄ってきた。

「いや失礼、お待たせしました。なかなか興味深い結果でしたので、ついあれこれと考え込んでしまいました」

そして、おっさんが最初の紙をぴらり、と提示する。

「こちらが最初に測定した方です。えーと、シェリル・サルメラ楽士の回復量ですね」

琥珀色の文字が紙面に並んでいる。

サウル・ヒンティ　１１５２
カスミレアズ・エイセル　９１０

なるほど、同じ曲を弾いても専属の方が回復量が多いというのは事実らしい。感心しながら結果を見ていると、もう一枚の紙が横に出された。

「面白いのはこちら。マスミ・トードー楽士です」

子供のように目を輝かせたおっさんが、意気揚々と結果の数字に指を走らせた。

サウル・ヒンティ　２０５５
カスミレアズ・エイセル　２０５５

示された結果に二人の騎士長は互いの顔を見合わせ、次席楽士は顔を背けた。

この瞬間に勝敗が確定したのだ。妥当な反応である。

ちなみに真澄本人は、書き写した魔珠の精度が全然駄目だったことに肩を落とす羽目になった。

絵心がないにも程がある。全員に「こんなもんでいいか？」と一応確認して了承は得たのだが、それにしても、だ。

「私の家は代々、可視化の魔術を生業《なりわい》としていましてね」

興奮しているのか、忙しなく手で眼鏡を触りながらおっさんが言う。

「専属契約なしで一曲を無駄なく全て回復に充てられる楽士というのは、私の代では初めてお目にかかります。昔の書物には何人かの記述は残っていますけれども、本当に稀《まれ》ですね。いや実に面白い――すばらしいものをお見せ頂き、眼福でした」

なにか困りごとがあればいつでもお越しください。

力添えを約束してくれた可視化のおっさんは、満面の笑みで真澄たちを見送ってくれたのだった。

＊　＊　＊　＊

「で、帰りの馬車は気まずかったって？」

「それがそうでもなかったのよねー」

今日の顛末《てんまつ》をアークに説明しつつ、真澄は調弦をする。

ここは真澄の部屋だ。

珍しく早い時間に帰ってきたアークが、湯上りに濡《ぬ》れた髪を拭きながら真澄の話に耳を傾けている。勝負をしたというのはカスミレアズ経由で既に伝わっているので、「どんな曲か聴かせろ」と言われるのもまあ妥当な流れではあった。

「ヒンティ騎士長、だっけ。あの人ほんとに宮廷騎士団？　やたら紳士だし優しいし、もうびっくりよ」

これまで見た宮廷騎士団の人間は、あからさまに当たりが強かったり無愛想だったり、正直ろくなのがいなかった。それと比べたら天地の差、本当にあの騎士長は人間ができていた。

「楽士の、なんていったっけな……あ、シェリルか。実際問題、あの子泣きそうだったのよね」

「お前が大人気なく手加減しなかったせいで、か？」

「ちょ、それは違……いやそれはそうなんだけど、不可抗力だったっていうか……」

ニヤニヤするアークを前に、真澄の言葉は尻切れになる。結果論ではあるのだが、結果としてあれはどう見てもただの弱い者いじめだった。そういうわけで、「大人気ない」とまったく反論できない感想をぶつけられているのである。

「いやだからね、そういう話じゃなくて」

「おう」

「ヒンティ騎士長が人間できてるって話よ」

「そうだったな」

「責めなかったのよね、彼女のこと。一言も」

「……ふうん？」

「相手は第四騎士団よ？　遅かれ早かれあの団長の耳にも入るだろうし、そうなったら多分怒られるんでしょうけど、『なにも心配いらない』ってずっと慰めてた」

帰りの馬車の中、彼は「騎士とはこういうもの」をまさに体現していた。隣に座って、肩を抱き寄せて、穏やかな声で語りかけて。

よく頑張った、と。

さすが私が望んで請うた人。首席楽士殿に道半ば、決して遠くはない。いつか辿り着けるであろうその先を目指して、共に歩めるのが私の喜びであり、誇りでもある。言葉を尽くしてヒンティ騎士長はずっと優しい言葉をささやき続けていた。

そう。気まずくはなかったが、居た堪《たま》れなかったのが真澄とカスミレアズだ。

狭い馬車の中、否応なく声は耳に届く。それだけならまだしも、二人の出す空気が甘いことこの上ない。二人だけならあれは間違いなく押し倒し展開だったと断言できる。

最初は窓の外に目を向け気を逸らしていたが、途中からもうやめた。

試合に勝って勝負に負けたような状況で、遠慮するのも阿呆《あほ》らしくなったのだ。真澄はカスミレアズに至極どうでもいい雑談を持ち掛け、戸惑いつつもカスミレアズがそれに応え、というやりとりを最後まで続けた次第である。

「専属なんぞそんなもんだろう」

「そうなの？　私が負けたとしても、アークが慰めてくれるとか想像できないんですけど」

「むしろマスミの負ける未来が想像できんが」

「そりゃ買い被りすぎよ」

「どうだかな。さあ、御託はいいからそろそろ聴かせろ」

「はいはい」

せっつかれ、真澄は立ち上がった。本日三度目のパガニーニである。

主題と十一回の変奏、そしてフィナーレを迎えるこの曲は、豊かではあるが五分と経たずに終わる。弾き終わりにアークを見ると、先ほどとは打って変わって難しい顔をしていた。

いつもなら拍手が来る場面なのに、どうしたというのだろう。

「……あんまり好きな曲じゃなかった？」

「いや、そんなことはない」

「そう？　眉間にしわ寄ってるから、どうしたのかと思った」

なにか口直しに、夜に優しい曲でも弾こうか。真澄が脳内の楽譜をめくっていると、アークがふと問いかけてきた。

「なあマスミ」

「んー？」

指板に目をやったまま、真澄は生返事をする。

「お前、ヴィラードは好きか」

「好きじゃなきゃパガニーニなんて手え出さないわよ。弾けるようになるまでどんだけ時間かかったと思ってんの」

「そうか。では、俺の……」

不意にアークが言いよどむ。声が弱い。

違和感にそこで初めて真澄が視線を移すと、アークはいつもの顔でそこにいた。

「俺の好きな曲を弾いてくれ」

続いた台詞におかしなところはなかった。

首を捻りながらも真澄はアークの好きな曲を弾き、好きそうな曲も弾いた。夜が更けるまで、二人だけの演奏会は続いた。


楽士の在り方、騎士の在り方。

専属としての在り方。

アークが言いかけた真意を、真澄は本当の意味ではまだ理解していなかった。

第４章　砕けたガラスと新たな問題

◇10　問題、棚上げだったものと新たなもの

「もう少し手首柔らかく。肘は動かさない」

「こうですか」

「うん、そう。良くなった。あの姿見の前で練習なさいな」

「はい」

今年の春に仕官に上がったばかりだという楽士は、真澄《ますみ》の指示を素直に聞いて立ち上がった。その背を見送ると、また真澄を呼び止める声が上がる。

「すみません、何度やってもこの部分がどうしても響かないのですが……」

「ここ？　弾いてみて」

指し示した四小節が奏でられる。

「……そうね。強弱をつけて歌うの。こんな風に」

同じ箇所を真澄は弾いてみせる。同じ旋律だがまるで違う響きに、相手の目が変わった。

「なるほど、強弱……ですね」

「あなた音程は悪くないから、もっと運弓《ボウイング》を意識してみて。平坦《へいたん》さがなくなればもっと綺麗《きれい》に鳴る

と思うわ」

「ありがとうございます、練習します」

真剣な瞳ですぐに楽譜と向き合う、グレイスと同い年の楽士。他にもこの練習部屋には、およそ十人ほどが集まっている。彼女たちは一様に若いが、グレイスを除く全員がまだ対外的な仕事経験がなかった。

そんな彼女たちに、真澄は午前中つきっきりで指導している。

午後になれば第四騎士団へ戻り、騎士たちの訓練補給だ。最近稼働率が上がっているらしく、訓練以外の任務に関する回復も一手に担っている為《ため》、夜は八時九時になるのが当たり前になってきた。

そこから部屋に戻り、自分の練習に入る。

寝るのは日付が変わってからで、そこでようやくアークと顔を合わせるのもざらだ。これまでの生活がぬるすぎたのだが、起きている間中ずっとヴァイオリンを触っているので、コンクール前に戻ったような錯覚に陥る。ふと懐かしささえ覚える日々だが、新しい日々だ。

この二週間ほどは毎日こんな感じである。

異例の早さでの騎士団会食デビュー、さらに宮廷騎士団長を黙らせた即興の腕。おまけに宮廷次席楽士をも完膚なきまで叩《たた》きのめしたという真澄の噂《うわさ》は、あの魔術研究機関での勝負翌日には宮廷全体に知れ渡っていた。

道を歩けば凝視されるか目を逸《そ》らされるかの二択だ。

軽く化け物扱いである。

進んで道場破りをしたわけではない。断じて違う。むしろ挑戦を受けて立っただけの話なのに、無駄に尾ひれがついているらしい。おかげで突っかかられることはなくなったが、なぜか子分ができてしまったという顚末《てんまつ》である。

グレイスのように、楽士の中で派閥に馴染《なじ》めていなかった者たちだ。

まだグレイスは良い方だった。なんだかんだ言って彼女は楽士として有数の家の出であるし、実力が備わっている。嫌がらせはされても、仕事を干されるほどではなかった。

このたびの子分たちは違う。

状況はもっと悲惨だった。家格が低い者は主力楽士から付き合うに値しないとみなされる。楽士として認められないから、楽譜さえ回してもらえない、それが彼女たちだった。これでは対外的な仕事などできようはずもない。だが彼女たちに仕官をやめる、という選択肢はなかった。そうなれば家が潰れる。小さくても貴族の端くれ、一族を代表してこの場に立っている以上は逃げられなかったのだ。

運よく欠員が出れば、代演の可能性がある。

いつくるかも分からない、こないかもしれない奇跡を祈りながら、主力楽士たちの機嫌を損ねないよう小さくなって日々を過ごす。誰も助けてはくれない。皆、自分のことで手いっぱいだ。そんな彼女たちの前にある日現れた、常識外れの楽士——それが真澄だった。

誰を前にしても——主力楽士たち、宮廷楽士長、あまつさえ宮廷騎士団長にさえ——物怖《ものお》じしない。

最初はそんな真澄を遠く見るしかできなかったのだという。

関係が変わったのは、真澄がグレイスを助けたからだ。楽士の中でも特殊すぎる事情ゆえ孤立していたグレイスだったが、あのスカーフ事件をきっかけに、思い切って彼女たちに声をかけたのだという。教えを請おう、楽士として生きよう。あの人は絶対に見捨てない、自分たちが楽士である限り、と。

そこまで言われて、真澄としても無下に断るなどできるはずもない。

指導者の資格を持っているわけではないが、音感を鍛える手伝いはできるし、運弓運指の正しさも身に付いている。減るもんじゃなし、そういうわけで真澄は彼女たちを受け入れた。

うまくいけば、第四騎士団に引っ張れないかという打算ももちろんあった。

が、素直な彼女たちは真澄の予想以上に伸びを見せている。それぞれに癖はあるが基礎は出来ているので、このまま鍛え上げれば一角《ひとかど》の補給線として活躍できそうな勢いだ。そんな彼女たちを見て、真澄の頬は自然と緩むのだった。

＊　＊　＊　＊

真夏の炎天下、日陰に入っていても吹く風はぬるい。

こめかみを伝う汗を感じながら、アークは眼下の第四訓練場を眺めていた。隣を窺《うかが》えば、制服をボタン一つ開けず着こんでいるカスミレアズが立っている。つぶさに訓練の様子を眺めるその姿は、明らかに「目を光らせている」状態だ。

「しかしあいつら随分と元気だな」

大掛かりな術ばかりが展開されている。珍しいなとアークが首を捻《ひね》ると、カスミレアズが口を開いた。

「実は最近、我が団に協力してくれる楽士が十数名いるのです」

言われたことの意味不明さに、アークは絶句した。

「ご心配には及びません。マスミ殿の実験の一環ですから、経費はほぼかかっておりません」

「……聞いてねえぞ。今度はなにを始めたんだあいつ」

「仕官経験の浅い、若い楽士を育てているとか」

「どう転んだらそうなる。全方位敵だらけだっただろう」

あちこちから突っかかられ、千切っては投げ千切っては投げしていたはずだ。それがどうしてこうなった。

アークの困惑はしかし、同じくらい微妙な顔のカスミレアズと良い勝負だった。

「ガウディ殿が噛《か》んでいるようですが、私も詳しくは……ただ、派閥に属していなかった者たちから慕われているようです」

「だからってただ働きする楽士だと？　俄《にわ》かには信じられんが」

楽士の時間単価は高い。そんなもの周知の事実なのだが、自分の専属――またの名を、治外法権の化身――にしてみれば、考慮の対象外になるらしい。

「色々と事情があって、場数を踏むとかどうとか」

カスミレアズも忙しい男だ、断片的にしか聞いていないのだろう。まあいい。後で請求が来たらその時に考えれば済む話だ。

どうあれ現在の第四騎士団は実験という名の下《もと》ながら、潤沢な補給線を確保できているらしい。総司令官の自分が面食らっているのに、部下たちときたら順応が早すぎである。

スパイ容疑がかかっている相手だというのに。

心の中の呟《つぶや》きは、アークとカスミレアズしか知らない事実だ。そう仕向けたのは自分ながら、いい加減片付けねばならない問題である。そしてヴェストーファでの叙任式からこっち、毎日が目まぐるしく過ぎたせいで棚上げになっていた問題でもある。

「丁度いい時機だ。カスミレアズ」

「はい」

「補給はその実験部隊に任せて、マスミの素性を調べるぞ」

「召喚……でしたね。エルストラスの使役獣とは違うようですし、やはりレイテアの古式召喚術でしょうか」

「多分な」

「いずれにせよ『契約履歴を視《み》る』必要がありますが」

「ああ」

「私には不可能です。魔力量も足りませんし、古式魔術を扱えるほどの腕などとても」

カスミレアズがさっさと匙《さじ》を投げた。それはまあ妥当な判断ではある。

今の世に広く普及している現生魔術は、その術式が平易な術語でも威力を発揮できるよう、洗練を重ねられたものである。術式を理解し、相応の魔力さえあれば誰でも発動ができるように研究が進められてきた、ともいう。

『魔力量の可視化』でさえ、現生魔術だ。非常に高度で得手不得手が分かれるものの、術式は明らかになっている。

一方の古式魔術は一筋縄では扱えない。

昔はありとあらゆることを魔術で行っていて、それこそ星の数ほど術式と術語が存在していた。火を熾《おこ》す、湯を沸かすといった生活様式から空を飛んで移動、肉体の病巣を取り除く、果ては相手を意のままに操るなど、現生では考えられないような魔術があふれていたと書物は語る。

しかし破格の効果は、膨大な魔力と精緻な術式を必要とした。

今でいう『熾火《おきび》』クラスの魔力を当たり前に要求するそれらの古式魔術は、そもそも操れる人間がごく限られた。まして大きな見返りを得るための術式は長く複雑で、かつそのとおりに寸分の狂いなく魔力を操るというのには才能が必要でもあった。

その多くが時代とともに廃れていったのは、必然ともいえる結果だった。古式魔術はもはや骨董《こっとう》品《ひん》と同列なのだ。

「こればっかりは確かにな。俺でも無理だ」

力を注《つ》ぎ込めばいいというものでもない。

三対一の法則が適用されるのは、あくまでも対象の術式――つまりその組成、もっと言えば壊し方――が分かっている場合に限られる。いかなアークとはいえ、なんでもかんでもぶっ壊せるわけではないのだ。

それを踏まえて、では誰を頼るかという話になるのだが。

「手っ取り早いのは親父《おやじ》か兄貴のどれかなんだが、……」

「……お嫌なんですね」

「分かるか」

「はい」

カスミレアズが気の毒そうな視線を投げてくる。

候補者という名の、宮廷にいる『熾火』たち。

割りに穏やかな父親と長兄は政務で忙しい。朝起きてから寝るまでぎっちり埋められた過密スケジュールを日々こなす彼らを、この程度で引っ張り出すわけにもいかないだろう。

では他の候補というと、ただでさえ次兄の宮廷騎士団長と仲が悪いのだ。次兄以下も似たようなもので、貸しは作っても借りは絶対に作りたくない相手ばかりである。

「仕方ない。奥の手を使うか」

「ではトラスの姉君に？」

「時間も手間もかかるがやむを得ない。その方が漏れる心配もないだろう」

末子のアークには兄姉が沢山いる。そして、兄たちが駄目ならば姉たちを頼ればいい。

ほとんどの姉たちは降嫁してしまい宮廷には残っていないが、それでも会おうと思えばどうにかなる。アークの呟きに、カスミレアズは無言の肯定を返してきた。

「トラスの母上に近く面会したい。申し入れを頼む」

「かしこまりました」

目途をつけたところで視察を切り上げ、アークとカスミレアズは訓練場を後にした。


棚上げになっていた問題をようやく片付けると決めたのが、午前のこと。

そしてそれとはまた違った面倒事がアークの下に持ち込まれたのは、その日の午後一だった。

「カスミレアズ。とりあえず、マスミを呼んでこい」

一通りの説明を聞いた後、開口一番にアークは言った。事態の急を理解した右腕は、短い返事とともに大股で部屋を出ていった。

執務室に残されたのは二人。部屋の主であるアークと、宮廷近衛《このえ》騎士長のヒンティである。

「この度は無理な依頼となり恐縮です」

「宮廷騎士団長が直接頭を下げてきたなら、二つ返事で頷《うなず》いてやっても良かったがな。今、この場で」

今回の依頼は貸し以外のなにものでもない。第四騎士団から宮廷騎士団へ、それも特大の。状況を理解しているらしいヒンティは、絶対にアークの機嫌を損ねてはならないことも同時に理解しているらしいので、言われるままである。

当たり前だ。

専属楽士をしばらく貸してほしいと言われて、どこの誰が素直に頷くというのだ。それも武楽会の選考会を近く控えたこの時期に。

自然、アークの目は眇《すが》められる。

だがしかし、相談の発端となる相手が相手なだけに、アーク自身も一刀両断で断るわけにもいかない。宮廷騎士団もここにきて藁《わら》にも縋《すが》る思いなのだろうが、それにしても第四騎士団まで引っ張りだそうとは事だ。

推し量るに、かなり苦労しているらしい。

「俺に頼むからには他の首席楽士はもちろん、全員試したんだろうな？」

「無論です。帝都にいる者は次席も含めて、めぼしい楽士は全て出しました」

「ふうん。あの宮廷騎士団長でも、さすがにそれくらいの分別は持ち合わせてるのか」

血縁のことながら力いっぱい当てこすってみる。

それに対してもヒンティは言い訳どころか庇《かば》いだて一つしない。手堅い男だ。立場をわきまえている。

「まあいい。テオに関わることならば、放っておくわけにもいかん」

軟化したアークの態度に、ヒンティが無言で頭を下げた。

持ち込まれた相談というのは、王太子である長兄の息子——テオドアーシュのことだ。

血縁で見ればハ半血ながらアークの甥《おい》にあたる。

まだ九つではあるが王太子の第一子であり、アルバリーク帝国の王位継承権第二位だ。王太子の弟とはいえ既に王位継承権を放棄しているアークと比べたら、天地の差がある重要人物である。

これが最近、困ったことになっているらしい。

魔力の回復ができなくなり、それも原因不明だというのだ。

「それで？　いつから回復をうけつけていないんだ」

「かれこれ二月ほどになります」

ヒンティが目を伏せる。予想外の数字に、暫時アークは絶句した。

「は……？　二月も、だと？」

「……はい」

「この、っ――馬鹿かお前たちは！」

ダァン！

口より早くアークの拳が執務机に叩きつけられた。

「ふざけるのも大概にしろ。なんのための宮廷騎士団だ、ああ？」

視界が狭まる。目の周りが熱い。

「その名前は飾りか！　宮廷の一切を守るためにお前たちがいるんだろうが!?」

激昂《げきこう》は止まらない。

甥の不憫《ふびん》さが可哀想《かわいそう》で、宮廷騎士団の使えなさに辟易《へきえき》して、いざという時に役立たずの首席、次席楽士に失望して、
アークの頭に血が昇る。

「なぜ二ヶ月も放っておいた！　ただの魔術士じゃない、王家の『熾火』だぞ!?　国境守備もしない、魔獣討伐も任せっきり、そのうえ本分である王族の面倒さえ満足にみられないというのなら、宮廷騎士団に存在価値などない！　そんなんだったらもうやめてしまえ!!」

一息に言い切って、アークの肩が上下する。

「俺の、――第四騎士団の首席楽士を試すような真似《まね》をしている暇があったら、他にもっとやるべきことはあっただろうが。大陸全土の楽士を招集するぐらいの事態だ、分かってるのか!?」

「……返す言葉もございません」

直立不動で全てを受け止めていたヒンティの拳は、硬く握り締められていた。

さらなる罵倒が胸にせり上がるが、開きかけた口をアークは辛うじて閉じた。大きく深呼吸をする。今さらヒンティを責めたところで失われた二ヶ月は戻らないのだ。

飲み込んだ言葉の代わり、手元にあった文鎮をひっつかみ、腹立ちまぎれにぶん投げる。

透明ガラスで出来たそれはヒンティの頬を掠《かす》め、執務室の扉に当たって砕けた。ヒンティの頬に一筋の朱が走る。それでも宮廷近衛騎士長は、背筋を伸ばしたまま微動だにしなかった。

重苦しい沈黙が降りる。

ことが重篤すぎて、二人でこれ以上話ができる雰囲気ではない。アークの荒い呼気だけが響く中、

ややあって遠慮がちなノックが響いた。動悸《どうき》の激しさにアークが無言でいると、小さな音を立てて扉がゆっくりと開いた。その向こうからのぞいた顔は、

「……アーク？　どうしたの、大きな声出して」

なにごとかと目を瞬かせる真澄だった。

その目は足元に散らばるガラス片を見て、驚きに見開かれた。

＊　＊　＊　＊

ヒンティ騎士長は苦しそうに語った。

原因はもはや誰にも分からないのだという。

テオドアーシュ殿下が、二ヶ月前のある日を境に回復を受け付けなくなった。その事実は即座に分かったわけではなく、目の前にある結果からの推論でしかない。いつもどおり王族として、同時に『熾火』としての教育を受けている最中に、魔力が枯渇していることが判明した。

その時点ではまだ騒ぎにはならなかった。

毎日回復をかけているとはいえ、付き人がみていない間に魔力を使う可能性も否定できないからだ。特に、同じ『熾火』でも騎士より魔術士に適性のある者は好奇心が強く、自分で色々な魔術を試したがる傾向が強い。その時も「おそらくそうだろう」と誰しもが思っていた。

ところが呼ばれた楽士が演奏するなり状況は変わる。

確認の為と出した魔珠は、一時間経《た》っても二時間経っても、光が満ちることはなかった。

そこから事態の深刻さが跳ねあがった。

年若いとはいえ王太子の息子。順当に行けば将来の国王となる人物だ。そんな人間の魔力が枯渇し、まして一切の回復を受け付けないなど危険極まりない。盾となる人間は多くいるが、それでも万が一の場合に自分の身を守れないということだ。よからぬことを考える輩《やから》にとっては、千載一遇の好機である。

ゆえに、即日で王族居住区の警備は増員された。宮廷騎士団の主力部隊のみならず、宮廷魔術士団の大魔術士をほぼ全員投入するという徹底ぶりだ。

そして厳重な緘口令《かんこうれい》が敷かれた。

物々しい雰囲気の中、めぼしい楽士には全て招集がかかり、回復できるかどうかが確認された。しかし各団の首席楽士をもってしても効果はなく、いよいよ禁術——呪いの類を疑われた。

が、しかし。能動探知に秀でた魔術士が数人がかりでも、なんらの術も暴くことはできなかった。

行き詰った現場を見て、とうとうテオドアーシュの父である王太子が腰を上げた。

王太子であると同時に『熾火』で、かつ古式魔術に精通している魔術士でもある。だがそんな王太子が丁寧に見ても、いかがわしい術の痕跡は一切見えなかった。

あるいは王太子の得手ではない領域の術が巧妙に隠されている恐れもある。

今は古式魔術に詳しい宮廷魔術士が、日々疑わしい術にあたりをつけては解除を試みている。同時に楽士による問題も否定できないため、これはと思う楽士を探しては連れてくる、ということの繰り返しだ。

だが一切の光明も見えていない。

いたずらに過ぎていく日々に、テオドアーシュ自身もあまり笑わなくなり、苦悩を深めた王太子妃は臥《ふ》せってしまった。

第四騎士団に助けを求めたのは、ヒンティの意志だった。ヒンティの上申に宮廷騎士団長は最後まで良い顔をしなかったが、それを押し切って今日、ヒンティはここに来た。

それはアークがテオドアーシュに慕われているのもさることながら、真澄ならばあるいはという確信にも近い閃《ひらめ》きだったという。

＊　＊　＊　＊

部屋の空気がお通夜のように沈んでいる。

アークは明らかに不機嫌極まりないし、ヒンティ騎士長は悲痛な顔で黙り込んでいる。その中でカスミレアズから「なんとかしてくれ」という救援を求める視線が飛んできたので、とりあえず真澄は思ったことを口にしてみた。

「別に、そこまで言うならやってみてもいいけど」

がば。

音がしそうなほどの勢いで、ヒンティ騎士長が俯《うつむ》いていた顔を上げる。鋭い目付きとは対照に、余裕なさげな乱れた所作が逆に新鮮だ。

「ご協力頂けますか」

「ええ。宮廷楽士の仕事の一環だと思えばどうってことないし。ただ、」

「ただ？　なにか条件があるならば、出来る限り善処しますが」

「や、そうじゃなくて。多分私がいっても無駄だろうなー、と思ってます」

肩を竦《すく》めた真澄に、ヒンティ騎士長は困惑を隠さなかった。そこに割って入ってきたのはアークである。

「おいマスミ、なぜだ」

声にドスが利いている。よほど機嫌が悪いらしい。

「ちょっとそんなに睨《にら》まないでよ」

「お前の腕ならテオだって大丈夫だ。『熾火』の俺が保証するのに、なぜ」

「あー……技術とかそういうことじゃないのよね、私が言いたいのは」

そこで三人の騎士たちが一様に眉を寄せる。

怪訝《けげん》そうな彼らの反応に、真澄はどう伝えたもんかと悩みつつ続きを説明した。

「周りがどうこうっていうより、本人の問題じゃないかなってこと」

真澄自身でいえば、弾いても弾いても納得がいかない、あの感覚に近い。負の谷間は自力で抜け出すしかないものだ。

「色々と手は尽くしたんでしょう？」

「はい」

遅きに失したことをアークから激烈に説教されたとはいえ、やれるだけのことはやったと聞いている。

それで駄目なら、根本的に違う部分に原因があるのではないか。

音楽での回復というものに対し、未《いま》だに懐疑的な真澄が真っ先に考えたのはその可能性だった。

原理がよく解明されていないものだ、なにが妨げになるかは分からない。

「アークはああ言うけど、私はあなたたちがそこまで駄目だとは思いませんね。理屈が分かってないもの相手にむしろ頑張ったほうなんじゃない？」

「……マスミ。もう少し嚙み砕け」

アークからクレームが入った。

難解な話をしているつもりはないが、感覚に頼る話なので、摑《つか》みづらいのだろう。

「そうねえ。平たく言えば、嫌になったんじゃないのかって話」

「テオがなにを嫌がるんだ」

「さすがにそこまでは分からないわよ。でも、たとえば注目される魔術士なこととか、偉い人の息子だとか、なんか色々と面倒になったとか」

「大雑把だな」

「だって超能力者じゃないし。そもそもテオ？　だっけ、会ったことないし」

これが解決できるんだったら、真澄は評判の占い師になれる。

「私にしてみたら、ヴァイオリン弾けば必ず回復できるって信じて疑わないあなたたちの方が不思議だけど？」

言い切った真澄の後、部屋に静寂が訪れた。

アークも、カスミレアズも、ヒンティも。三者三様に虚を衝《つ》かれた顔をしている。完全に飲み込めていない。


心的要因のせいで、なにかができなくなることなどざらにある。


この前提を理解できないのはどちらに原因があるのだろう。

物理法則と文化的背景が違う、だから双方が嚙み合わないのか。それとも真澄がアルバリークというものに対してあまりに無知すぎるからか。もしくはアークたちの想像力が欠如しているからだろうか。

分からないが、今この場でそれを問答しても詮無いことだ。

「……まあここであれこれ言ってもしょうがないし、まずは会ってみましょうか」

真澄の提案で話は区切りとなった。

ヒンティは礼を述べ、認証を準備するからと言って退出した。カスミレアズは砕け散った文鎮のガラス片を拾い集め、アークは憮然《ぶぜん》とした表情で椅子に座り、青く晴れた真夏の空をじっと見つめていた。

王族居住区に入る為の認証を取るのにしばらく時間がかかるからという理由で、真澄は第四訓練場にきていた。ほぼ一日グレイスに任せっきりにしていた楽士たちの様子を見るためである。

時は既に夕方、大きな全体訓練は終わっていて、個別指導を受ける騎士たちだけがちらほらと訓練場に残っている。

楽士たちは騎士にも負けず劣らず汗だくになっていた。

全員が真澄の仕事部屋に引き揚げており、汗を拭いつつ指南役たちと談笑している。他人と目を合わせることさえままならなかった最初の頃に比べたら、随分と明るくなった。そして、奏でる音さえも伸びやかになってきた。自分一人で弾いているのと、誰かを前に弾くのは勝手が全然違う。誰もいなければ滑らかに動く弓も、視線を感じるだけで震えるものだ。

そう。思い起こせば、楽士たちは全てが拙《つたな》かった。

騎士たちも実力にばらつきのある楽士を前に、戸惑いを隠せていなかった。だがそれも最初の数日のこと。今となっては、それなりに打ち解けた空気で楽しそうにやっている。

あるいは第四騎士団の騎士たちが人懐っこいのも功を奏しているか。

彼らは宮廷騎士団とはまるで違う。人によっては洗練されていないと揶揄《やゆ》するかもしれないが、人間味にあふれている。自信なさげだった楽士たちは、裏表のない騎士たちの笑顔につられて、良く笑うようになった。

ヒンティ騎士長は日が落ちる前に第四騎士団に戻ってきた。

その手際の良さに驚きを隠さないまま、カスミレアズも一緒に真澄を迎えに来た。急にそろい踏みした騎士長二人に、訓練の終わりかけで緩んでいた騎士たちが慌てふためき居住まいを正す。

そんな彼らを横目に、真澄は手に握っていたヴァイオリンと弓をケースに片付けた。

後のことは全てグレイスに任せることを手短に告げ、真澄は「宮廷楽士の仕事で空ける」と断って、第四訓練場を後にした。今日は週末、星祭り会場に飲みに行こうと騒ぐ騎士たちの声に、後ろ髪を引かれつつ。

道は急ぎだった。

夕闇が迫る宮廷敷地内を騎馬で駆け、いくつもの門を抜けた。

中央棟を通り過ぎ、宮廷の最奥へと辿《たど》り着く。これまでは無人の門を用意された認証だけで通ってきたが、ここにきて初めて門番に出会った。黒の長衣をまとう姿から察するに、彼らは魔術士らしい。

「これは……ヒンティ騎士長とエイセル騎士長。お揃《そろ》いとは珍しい」

検《あらた》めるように魔術士が視線を巡らせる。一人の目が真澄を捉え、はたと止まった。

「そちらは？」

「第四騎士団総司令官アークレスターヴ様の専属楽士だ」

淀《よど》みなくカスミレアズが応えると、門番二人の目の色が変わった。

彼らは真意を確かめるようにヒンティ騎士長を仰ぐ。受けたヒンティ騎士長は、愛馬から颯爽《さっそう》と降りながら言い含めた。

「認証は取っている。我が宮廷騎士団が保証する」

だから魔術士団の検めは必要ない。

きっぱりとヒンティ騎士長が断言すると、魔術士二人は顔を見合わせた。意味深だ。だがそんな彼らを観察する間もなく、ヒンティ騎士長が馬上の真澄に手を差し出す。

騎馬はここで終わりらしい。

ほっとしながら真澄はまずヴァイオリンケースを渡した。うっかり落としでもしたら泣くに泣けない。

それから真澄が降り、カスミレアズも降りる。空馬《からうま》となった栗毛《くりげ》二頭は魔術士の一人に預けられ、真澄自身は特に魔術士からなにを問われるでもなく、門をくぐることを許された。ここから先が、王族居住区だという。

中は石造りの回廊がどこまでも続いていた。

見事な庭園を両端に眺めながら、ヒンティ騎士長を先頭に歩く。庭園には無数の光球が浮かび上がり、宵闇とはいえ視界は確保されている。目に美しいのもさることながら、これだけ明るければ身を隠すのは不可能だろう。

そして彫刻もそこかしこにある。

矢をつがえた有翼の女神。身の丈以上の大剣を構える鬼神。双頭の大蛇を従えた、竪琴《たてごと》を持つ乙女。モチーフが勇猛さに偏り過ぎている感は否めないが、それでも素人目にも素晴らしい造形である。

「ああいうのって、やっぱりお抱え彫刻師みたいな人が造るの？」

天馬の手綱を引き槍《やり》を構える騎士像を、真澄は指差した。カスミレアズが一度庭園に目を向けるが、すぐに首を横に振る。

「いや。このあたりの彫像は宮廷魔術士団の管轄だ」

「は？　ってことはあれって魔術で作ってるってこと？」

なんでもありだな、おい。

言いかけた真澄はしかし、続いた説明に腰を抜かしそうになった。

「当然だろう。像の一つ一つが異なる認証範囲を司《つかさど》っている。ここから先は、……あれの認証を持っていなければならん」

カスミレアズが指し示したのは、焔《ほのお》を吐く竜にまたがり、右手に巨大な光をたたえる暗黒魔術士だ。翻るローブの裾が躍動感にあふれている。

「持ってなかったらどうなるの」

「像が息を吹き返す」

「つまり？」

「この範囲だと竜の焔で消し炭になるか、あの極光に跡形もなく消されるだろうな」

同様に、場所によっては銀の矢の雨が降り注ぎ、地を割る大剣に追われ、前後左右から大蛇の毒牙に襲われる。平然と言ってのけるカスミレアズに、真澄はめまいがした。

だからか、と。

認証を取るのに時間がかかる。確かにヒンティ騎士長はそう言った。

不思議に思ったのだ。前にアークがグレイスの為に作った認証は、その場で五分とかからずできた。それに比べると随分時間がかかるな、というのが素直な感想だった。

でもまあ宮廷騎士団であるし、決裁を取るのが面倒なのかもしれない。

さして深く考えず結論付けたのだが、違った。

この王族居住区に至るまで、既に両手の指以上の認証を抜けてきている。それに加えて、いくつあるかわからない像の認証を全て取るとなれば、確かに骨だ。一つでも漏らせば命に関わる。にもかかわらず数時間で認証を手配したヒンティ騎士長を思えば、それだけ彼が事態を憂えているという証左でもあった。

近衛騎士長というのは、根っから真面目でなければ務まらないのかもしれない。そんなことを真澄が考えていると、前を歩くヒンティ騎士長がふと振り返った。

「エイセル騎士長」

「はい」

真澄に合わせていた視線を上げて、カスミレアズが首を傾《かし》げる。意識が向いたのを確認してから、ヒンティ騎士長が口を開いた。

「今、居住区内の認証は半日で切り替わる。手間をかけさせて申し訳ないが、マスミ殿には必ず帯同してほしい。あなたなら切り替わりの波動を読み取れるだろう」

「アーク様の許可は頂いておりますし、私は問題ありません。それにしても半日とは、やはり厳重ですね」

「逆だよ。これくらいしかできることがなくて、……本当に不甲斐《ふがい》ない」

沈んだ声に、ヒンティ騎士長は首を力なく横に振った。

認証という名の彫像が乱立する庭園を抜け、宮の中に入る。中は庭園とは違い、生きた人間がそこかしこにいた。侍女が歩いているし、それ以外にも騎士と魔術士が主要な部屋の前に立っている。

急に増えた人の気配に落ち着かないが、それでも集まる視線を気にしないよう真澄は深い青の絨毯《じゅうたん》を踏みしめた。

「あの角を曲がった先が、テオドアーシュ殿下のお部屋です」

歩きながらヒンティ騎士長が前方を掌《てのひら》で示す。

真澄はヴァイオリンケースを背負い直し、「ところで」と話しかけた。

「そのテオドアーシュ殿下って神経質なほうですか？」

返事はすぐにこなかった。ヒンティ騎士長が思案顔のまま最後の角を曲がる。

「……気難しいのは確かです。が、優しいお方です」

「ふうん。どう気難しいの？」

「それは、」

がちゃーん。

突如あがった乱雑な音に、三人の視線が前を向いた。

もう一度、食器が悲鳴を上げる。

数秒後、扉が勢いよく開いた。侍女が転がりでてきて「大変申し訳ございません！」と叫んでいる。ほうほうの体《てい》とはこのことか。そして部屋の中から「二度と来るなバカヤロー」とばかり、追撃のカップが飛んできた。

初手から刺激の強い光景である。

真澄が目を眇めれば、

「……気難しいっていうより癇癪《かんしゃく》持ちっていった方が正しいんじゃないの？」

「……そうかもしれませんが、誰彼構わずというわけでは断じてありません」

ヒンティ騎士長がこめかみを押さえて弁明する。

尚《なお》、カスミレアズは沈黙を貫きコメントを差し控えた。賢明な判断だ。

「なんか、訳ありそうねえ」

茶をかぶって泣いている侍女を見て、真澄は肩を竦めた。これは想像以上に手強《てごわ》そうな相手である。

◇11　安らかな場所は

ヒンティ騎士長は床にひざまずき、先ほど倒れ込んだ侍女に手を貸してやっていた。その仕草が洗練されすぎていて眩《まぶ》しい。物語の挿絵を見るようだ。

「どうだ？」

手短にヒンティ騎士長が問う。侍女は目を伏せて、首を横に振った。

「召し上がっては頂けませんでした」

「……そうか。下がっていい」

年若い侍女が唇を引き結び、床に散らばった茶器を片付け始める。その目には涙が盛り上がっていた。

ため息を吐《つ》いて立ち上がったヒンティ騎士長が、真澄たちに向き直る。

「特にここ数日、不安定なのです」

「ものも食べないくらい？」

行間を読み取って真澄が問うと、ヒンティ騎士長が頷いた。噛みしめているらしい奥歯、精悍《せいかん》な顔に影が落ちる。

「まずはお会いになってください」

大きな拳が半開きになっていた扉を叩いた。部屋に入るなり、ヒンティ騎士長とカスミレアズがほぼ同時にひざまずいた。

騎士の最敬礼だ。

つられて真澄も一瞬身動《みじろ》ぎしたが、背筋を伸ばし居住まいを正すに留《とど》めた。自分は楽士だ、騎士ではない。

部屋はかなり広い。

アークと真澄に与えられている部屋よりまだ大きく、二倍はあろうかという空間だ。一面が大きな窓で、藍に沈みかけた空の向こうに一番星がきらめいている。あの侍女はカーテンを引く前に追い出されてしまったらしい。

「殿下。本日は新しい楽士をご紹介に上がりました」

ヒンティ騎士長が部屋の奥に声を掛ける。声を辿って真澄も視線をずらすと、豪奢《ごうしゃ》なソファの上に、ちょこんと部屋の主が座っていた。

透けるように儚《はかな》い金髪に、澄んだ青い目。

上流階級の色だ。けれど青白く痩せた腕に細い首、あまり外には出ていないそうである。

見慣れないものを警戒する仔馬《こうま》のように、大きな瞳が大人三人に向けられる。彼の前にある壮麗な彫刻のテーブルの上にはとりどりの果物や菓子、軽食などがところ狭しと置かれているが、手を付けた形跡はない。

「第四騎士団の首席楽士です。名はマスミ・トードーと」

「初めまして」

ヒンティ騎士長の紹介に合わせ、真澄は礼を取った。

反応はない。ただ真《ま》っ直《す》ぐに、青い視線に射抜かれるだけだ。

相手は王族。許しがなければ退出もなにもできない。しばらくを待ってみると、小さな掌が宙に差し出された。ふわり。これまで見たことのない大きさを誇る魔珠が浮かび上がる。その輪郭は真珠貝のように虹色に輝いており、見る角度によって鮮やかに変わる。あれがきっと、『熾火』の色なのだ。誰に訊《き》かずとも分かり、真澄はその美しさにしばし見入った。

宝玉とも見紛《みまが》うその珠《たま》はしかし、同時に空虚でもあった。

「マスミ殿。お許しが出ましたので、私どもは退出致します。後はお願い申し上げます」

「え、でも」

無言でいる相手からいつ、どんな許しが出たのだ。

真澄が訝《いぶか》ると、ヒンティ騎士長は「ご心配なく」と付け加える。

「殿下は魔力回復時にはお一人を望まれます。ご安心ください、部屋の外で控えておりますから」

「そうなの？　いいならいいけど……」

戸惑いながら真澄は部屋の主を窺う。だが目は合わなかった。

彼は抱え込んだクッションに視線を落としている。ヒンティ騎士長の説明に、否を唱えることもしない。それがつまり意思表示なのだろうか。高貴な相手の考えることは良く分からない。

「それではなにかございましたら、お声がけください」

ひざまずいたままもう一度礼を取り、ヒンティ騎士長とカスミレアズは宣言どおり退出した。


さて、どうしたもんだろう。

一人取り残された真澄は、胸のうちで呟いた。正直言ってかなりの無茶ぶりだと思っている。初対面の相手といきなり部屋で二人きりにされて、気まずいにも程がある。

ましで相手は年端もいかぬ子ども。

いくら高貴な身分であっても、知らない大人が急に演奏したところで聴き入ってくれるとは到底思えない。

「テオドアーシュ殿下？」

まずは呼びかけてみる。が、返事はない。青い視線だけが返ってくる。

「私、外国人なんです。だからアルバリークの作法に詳しくありません。粗相があったらごめんなさい」

先に頭を下げておく。

ヒンティ騎士長は簡単に放り込んでくれたが、後になってから「不敬罪だ」などと詰め寄られてはたまらない。自分で張れるだけの予防線は張って、真澄はテオの反対側のソファに歩み寄った。

「座っても？」

問いかけてみるも、やはり返事はない。だが駄目とも言われないので、真澄は沈黙を肯定と取ることにしてソファに座った。

手に持っていたヴァイオリンケースを横に置く。

その時初めて、テオの視線がわずかに動いた。ケースを追ったのだと分かる。だがそれには気付かないふりで、真澄は目の前にある水差しを手に取った。手近な銀杯を引き寄せて、中身を注ぐ。ただの水かと思いきやそれは綺麗な薄紅色の液体で、甘酸っぱく爽やかな香りが鼻孔《びこう》を掠めた。

「はい、どうぞ」

礼儀として相手にも渡しつつ、真澄は自分の銀杯を傾けた。

テオは身体《からだ》を強張《こわば》らせる。が、真澄はまったく気にせず綺麗な皿を手に取り、目の前に広げられている軽食を物色した。

一口サイズのサンドイッチは、二色のパン――クリーム色と、茶色の――で作られ、モザイク模様のように美しく盛り付けられている。中に入っている具も野菜の緑、黄色、赤が鮮やかだ。茶色の主張はローストした肉だろうか、それも分厚く挟まれていて食欲をそそる。

他にも丸や角形に切られた小さなパイが五種類ほど。どれも表面の飾り模様が違っていて、ワンポイントに載せられている果実もとりどりだ。きっと中身も甘かったり塩気があったり、舌を楽しませてくれるのだろう。

端には中身をくりぬいた果実を器にして、これまた食べやすく切られた果物が山盛りになっている。

もはやタワーだ。

そして果実は球だったり星形だったり、可愛《かわい》らしいものばかり。よくよく見れば馬蹄《ばてい》だの花だの凝った形もあり、きっと厨房《ちゅうぼう》の料理長あたりが頑張ったであろう事実が窺える。

きっと、自分たちの主に一口でもいい、食べて欲しくて。

そうでなければこれほど手を掛けるものか。

涙を浮かべてうつむいた侍女、詰《なじ》られても言い訳一つしなかったヒンティ騎士長。透けて見える沢山の想《おも》いに切なくなる。だがそんな内心は悟られぬよう、真澄は淡々と全ての料理を小皿に取り分け、自分の前に並べた。まとめて置かれている銀のフォークをつまみ、両手を合わせる。

「いただきます」

ただでさえ大きな青い瞳がこぼれんばかりに見開かれた。唐突すぎて驚いているのか、得体が知れなくて怪しんでいるのか。いずれにせよ彼が初めてみせた感情らしい感情だ。

まずはパイをもぐもぐやりつつ、真澄は真っ直ぐに少年を見つめる。言葉は発しない。ただ見るだけだ。頭からつま先まで、つぶさに。

良く整った顔立ちだ。

幼さのせいもあってか、凛々《りり》しいというより中性的な線の細さが目立つ。普段見慣れているのがごつくてガタイの良いアークやカスミレアズなので、王子様然とした面立ちは新鮮でもある。

長いまつ毛に縁取られた二重の目は、真澄を捉えて放さない。

痩せた薄い頬があって、唇は噛みしめられている。両手は豪奢な刺繍《ししゅう》がほどこされたクッションを抱きしめていて、緊張して力が入っているのか爪が白い。

そこまで観察したところで、パイを全種類制覇した。

一度、銀杯を傾ける。柔らかな酸味と控えめな甘さのバランスが素晴らしい。口の中を一度リセットして、次に真澄はサンドイッチに手を伸ばした。一つ二つと口に放り込む間も、真澄はテオを見続けた。

穴があくほど。

少しだけ、テオのまばたきが増えた。入室した時はほぼ無表情だったが、今は眉が少しだけ寄せられている。それでも逸らされないテオからの視線は、明らかに不審者を見るそれに変わってきた。

なんだコイツ、と思われている。

多分、いや、絶対。

右手にサンドイッチ、左手に銀杯を持ってはたと動きを止めてみる。咀嚼《そしゃく》はおろか、まばたきさえも。すると、テオが身構えるように硬直した。

「……」

「……」

たっぷり十秒ほどかけてから不意に目を逸らし、真澄は手元の皿を見る。持っていたサンドイッチを二つまとめて口に入れて、空いた右手でもう一度水差しからお代わりを注いだ。

ようやく外された視線に安堵《あんど》したか、詰めていた息を吐く音が聞こえた。

自慢じゃないが耳はいい。

真澄はがばりと顔を上げ、もう一度テオを真正面から見た。突然の動きにテオが「ひっ」と息を呑《の》む。よし、これで完全に不審者認定された——つまり、意識がこちらに向いた。

「別にとって食いやしませんよ」

口の端についたパンくずを拭いつつ、真澄は平然と言ってやる。

「肉付きの悪い殿下を食べるくらいなら、こっちの手間暇かかってる美味《おい》しいごちそうを選びます。もったいない」

「……もったいない？」

初めて聞いた言葉はおうむ返しだった。

「殿下が食べなければ捨てられてしまうんでしょう？　せっかく作ってくれたのにそれじゃもった

いないから、こうして私が頂いているわけです」

「……」

「どう思います？　こんなに綺麗に、食べやすく、おいしく、殿下の為だけに作られた食事のこと」

あらかたサンドイッチを食べ尽くし、真澄はデザートのフルーツ盛りに手を伸ばした。

皿に取り分けていたオレンジの星やメロンっぽい味の馬蹄などを全てたいらげた後、フルーツタワーそのものを目の前に引き寄せる。豪快な真澄の動きを、テオは今度こそ信じられないものを見るような目で食い入るように見つめていた。

「あ、別に説教する気はありません。ただ良かったら、またご相伴にあずかれれば嬉《うれ》しいんですが」

「……食べさせてもらってないのか？」

なんと。

会話のボールが返ってきた。それも超絶上から目線プラスいっぱしの口で。だが声変わりもしていない高い声で、威厳もへったくれもない。このクソガキ、と怒るより先に、真澄の口には笑みが乗った。

「なにがおかしい」

「いえ別に？」

「お前、第四騎士団の首席楽士といったな。アークの団だろう、アークはなにをしているんだ」

「真澄です」

「アークは、……え？」

「私の名前は真澄です。お前じゃありません」

あえて真澄は会話をぶった切ってやった。

テオがアークを慕っているらしいというのは、ここに来る前に聞いた。真澄自身の腕もさることながら、そのあたりの関係性もあって、ヒンティ騎士長からのヘルプだったのである。

さてどう出るだろう。

タワーから直接フルーツをつつきながら様子をみると、王子はふくれっ面になっていた。これがアークならば迫力満点だっただろう。だがただでさえ青白く細身なテオ、迫力のはの字もない。本気になれば真澄でも押さえ込んでかっさらえそうだ。

威嚇になってない威嚇、それがまた真澄のニヤニヤを増長させる。

「お前、私を誰だと思ってる」

「……」

「おい」

「……」

「なあ」

「……」

「この、っ」

「……」

青い視線が突き刺さってくる。が、真澄は意に介さずフルーツを口に運び続ける。ひょいぱくひょいぱく、と。

ついでに駄目押しとばかり「まさか言葉が通じないんですか」の意を込めて小首を傾げてやると、とうとう相手が根負けした。

「……おい、マスミ」

「はい、なんですか」

爽やかに返事をしてやると、「なんなんだコイツ」という視線が飛んできた。

九歳の子供相手に手加減しない一端《いっぱし》の大人。

後でカスミレアズあたりから説教されそうだが、バレなければ大丈夫だ、問題ない。

「アークはいないのか。専属の食事さえ準備できないほど、忙しいのか」

これはいかん。

真澄の食べっぷりが良すぎたせいか、第四騎士団総司令官に大変不名誉な疑惑が持ち上がっている。訂正すべく、真澄は一旦フォークを置いた。

「ご心配には及びません。しっかりと食事も寝床も与えられております」

「じゃあなんで」

「単純に夕食がまだだっただけです。殿下は食べないっておっしゃるし、なら頂こうかと」

「なんだそれ……」

「殿下はどうして召し上がらないんですか？」

阿呆《あほう》のふりで切り込んでみる。なにも知らない変な外国人、事情を知らなければ気を遣うこともない。そう思ってくれればいいのだが。

「……食べたくない」

たった一言で、青い視線は逸らされた。

やはりそう簡単にはいかないらしい。根は深そうだ。

「そうですか。食べたくないなら仕方ないですよねじゃあ私が！」

思いっきり明るい声を出し、真澄は再びフォークを手に取った。

うっきうきでデザートの続きを頬張る。自慢じゃないが痩せの大食い、燃費悪いと良く言われる体質だ。三人前はありそうな食事だったが、日中真面目に仕事をしていたこともあってこれくらい余裕でいける。

いけるのだが、一つ案を思いつく。

試してみる価値はある。そう思い、真澄は取っておいたパイとサンドイッチを新しい小皿に盛って、テオの前に差し出した。

「あのー、一つずつでいいんで食べてください」

「嫌だ」

「駄目です。あのですね、さすがに全部私が食べたとなるとちょっと外聞悪すぎるんですよね。なので、殿下と二人で食べたっていうことで、一つご協力をお願いします」

「そんなこと気にするのか」

散々食べた後で？　と呆《あき》れた声が続く。

こんにゃろう。

生意気さにデコピンしてやりたくなるが、そこはぐっとこらえる。そして真澄はへらり、と相好を崩した。

「私は気にしないんですけど、アークの——第四騎士団総司令官の面子《メンツ》ってものがありましてね」

殿下だってさっき勘違いしたでしょ、と畳みかけてやる。好きだというアークを盾に取れば、押し切れるかもしれない。そんな急場しのぎの思いつきだったが、なんと有効打となった。

渋々ながら小さな手が皿に伸びる。

さく、と軽い音が立つ。小さな口の中は、濃厚なホワイトソースとエビの——エビじゃないなにかかもしれないが——旨味《うまみ》で満たされていることだろう。

さらに別のパイをひっつかみ、真澄はテオの皿に追加で乗せた。

「これもおいしかったですよ」

「一つだけって言ったじゃ」

「あ、こっちの三つはあげませんよ、私のです。ものっすごいおいしかったんで、わがまま言う殿下にはもったいないです」

「……そっちをよこせ」

「お断りします」

伸びてきた細い手をかわし、パイの載った皿を高々と遠ざける。身長差を利用して、そのまま残り三つを真澄は一気に自分の口に入れた。

「あははっ、殿下ちっちゃーい！」

「くそっ汚いぞ！　お前本当に大人か!?」

ぴょんぴょん跳ねて真澄にとりすがる姿が実に可愛らしい。もっといじめてやりたくなる。

これもバレたら説教案件だなと冷静に分析しつつ、真澄は代わりにサンドイッチの残りをテオの口に突っ込んでやった。

「んぐっ」

急に塞がれた口に、テオが目を白黒させる。それを見ながら真澄は声を抑えた。

「知らなかったんですか？　大人なんて汚いですよ。汚くて当たり前。でも、殿下もいずれそんな大人になります」

真顔で言った後、真澄はソファに座り直した。

きっと喉が渇いただろう。テオの銀杯を取り、突っ立ったままの彼に手渡してやる。ところが彼は喉を潤す前に、口を開いた。

「お前……なんなんだ？」

「私はマスミ・トードーです」

「どこから来た」

「殿下の知らない、遠い異国ですね」

「どうしてアルバリークに来た」

「諸般の事情がありまして」

「事情？　どんな？」

「それを話すにはちょっと……まだ足りませんね」

「なにが足りない？」

「食事が」

「……え？」

テオの目がまん丸になった。

「しばらくご招待頂けるなら、そのうちお話しします」

全てを平らげ、白いナプキンで口元を拭いながら真澄は微笑《ほほえ》んだ。テオの顔には「理解不能だ」と大きく書いてあった。


「おまえ、けっきょく、なにしに来たんだ……？」

時刻が夜の十時を回った頃、目をこすりながらテオが言った。

夜の帳《とばり》はとっくに降りていて、真澄がここにきてから、かれこれ四時間は経っている。

それまで適当な雑談――ヴェストーファでの叙任式やアークを切れさせたこと、カスミレアズの苦労話などなど――を、一方的に話し続けていた真澄は、そこではたと口を噤《つぐ》んだ。

小首を傾げてテオの真意を待つ。

するとあくびを噛み殺しながらテオがどうにかこうにか続けた。

「そのヴィラードは、……かざり、か……？」

「さて、……どうでしょうね」

「……」

小さな目蓋が完全に閉じられた。

大人の真澄にしてみれば宵の口だが、九歳の子供には遅い時間だ。よく頑張った方だろう。真澄は音を立てないように立ち上がり、テオの傍《そば》に寄った。

「よっ……しょ、っと」

小さな背、細い膝裏に手を通し、持ち上げる。

軽い。

同じ年頃の平均体重に、到底足りていなそうだ。さして膂力《りょりょく》があるわけでもない真澄が、こうして持ち上げられるのだから。部屋の奥にある天蓋付きのベッドにテオを乗せて、上掛けをかけてやる。

広いベッドだ。

大人が三人寝てもまだお釣りがきそうである。さらり、細い金糸が額を流れる。それを見ながら、真澄はヴァイオリンを取りに行った。

「うなされたりは、しないの……？」

調弦をしながら小さく問いかけてみるが、返事は当然ない。

その小さな身体で、一体なにをそこまで深く思い悩む。

出会ったばかりの、ほとんどなにも知らない子。その生い立ちも日々の暮らしも、なにが好きでなにが嫌いなのかも分からない。けれど寂しそうな瞳は「助けて」と言っていた。

どうか悪夢に追われなければいい。

そんな願いを込めて、真澄は小さく弓を走らせた。


古い子守歌を、夜の静寂《しじま》に染み入らせるよう、ゆっくりと紡ぐ。『Slumber My Darling』という、純然たるクラシックではないが心を揺さぶる美しい曲だ。邦題は『お眠りなさい愛《いと》しい子』となっていて、穏やかな三拍子が耳に残る。

作詞作曲はスティーヴン・フォスター。

アメリカ音楽の父とも称される彼だが、その生涯は非常に短く、三十七歳という若さで早世した。『Slumber My Darling』は一八六二年の作曲で、その時代背景はまさにアメリカ南北戦争が戦われていた真《ま》っ只中《ただなか》だった。激動の時代に生まれた優しい旋律は、幾多の安らかな眠りを見守ってきた。

戦い、傷つき、死にゆく命。

望まれ、守られ、育まれていく命。

両者の対比が鮮烈すぎて、この曲を奏でると胸がただ苦しくなる。優しすぎる音に、涙さえこぼれそうになりながら。

おやすみ、と。

付された歌詞は母から子への無償の愛が歌われている。

この手でお前を全てから守る。だからどうか穏やかに、平らかに、安らかに眠れ。

白い祈りが、そこにある。

背後でかちゃり、と音がした。

弾きながら真澄が振り返ると、室内へそっと身体を滑り込ませる騎士長二人がいた。カスミレアズが後ろ手に扉を閉めるうちに、ヒンティ騎士長が足音を忍ばせて近付いてくる。

言葉に違《たが》わず、彼らはずっと外に控えていたらしい。

真澄はベッドに目配せをする。

主が眠っているのを理解したヒンティ騎士長は、壁にその背を預けた。腕を組み、じっと真澄を見つめている。やがて俯いたかと思うと、その目蓋がそっと閉じられた。鋭い目付きが隠される。隙なく後ろに整えられていた前髪が、ひとふさ額に落ちてきた。

幼く無防備だ。

カスミレアズは壁際に置かれていた椅子にかける。背もたれに腕を置き、真澄の演奏を見ている。その碧眼《へきがん》が、眩しそうに細められた。

単音、それも非常に緩やかなテンポ。

彼らにしてみれば回復量など微々たるものだろう。それでも聴き入るその姿勢は真摯だった。D《デー》線で繰り返していた同じ旋律。最後にA《アー》線、E《エー》線とオクターヴを上げて謳《うた》ってやる。震える弦は最後まで優しかった。

＊　＊　＊　＊

もう一度お呼びがかかるかどうかは五分五分。

正攻法ではなかった自覚があるので、真澄はヒンティ騎士長にそう断った。ただ、テオドアーシュがもしも真澄を僅かでも気にしてくれたのなら、現状の打開くらいにはなるかもしれない。そんな真澄の分析に、ヒンティ騎士長は「責任は私が取ります」とまで言って、任せると約束してくれた。

一時間と経たずに叩き出されなかった——むしろ、眠るまで傍にいるのを許されたこと。

そして、僅かとはいえ食事ができたこと。

後者に関しては真澄の腹に九割以上が収まっている事実はあれども、この二点だけでヒンティ騎士長が進退をかける値があるらしい。これまでに他の楽士はなにをしていたのかと呆れるが、気難しいというから扱いも一筋縄ではいかなかったのだろう。それほどに事態は逼迫《ひっぱく》していたのだ。

ただ、一つだけヒンティ騎士長に疑問を呈された。

なぜテオドアーシュが起きているうちに、弾かなかったのかと。

真澄は答えた。

しばらくは本人の目の前で演奏するつもりはない、と。

◇12　売り言葉に買い言葉（年齢無差別級）

子守歌の翌日、真澄は楽士棟での朝練中に重要なことを思い出した。

はたと演奏の手を止め、壁に貼り付けられている暦を見る。今日は十八日。すでに盛夏の月半ばを過ぎている。

「ごめんグレイス、ちょっと」

真澄の手招きに嫌な顔一つせずグレイスが練習を中断し、「どうしましたか」と寄ってくる。

「武楽会の選考会って来月頭とか言ってなかったっけ」

暦を一枚めくり晩夏の月を指す。呼応するように、グレイスの細い指が最初の週に添えられた。

「一日が休日ですから、今年は明けた二日ですね」

「そっか、もう二週間切ってるのかあ」

「どうかしました?」

「選考会ってなに弾けばいいの？」

「……え」

グレイスが固まった。

「マスミさま、案内はご覧になっては」

「えーなにそれ、そんなのあるの？　初耳」

「申し込みをした翌日には届いているはずですが……その中に、課題曲の楽譜も入っています」

「うそ、課題曲とかあるの!?」

聞いてない。

案内を見ていないから当たり前っちゃ当たり前だが、そもそも案内の存在を知らなかったのが痛恨のミスだ。冷静に考えて、こんな直前になって「そういやあれどうなった」と思い出すくらい忘れてた自分も悪いっちゃ悪い。

頭を抱える真澄に、グレイスが慌てて「でも、」と追加説明を寄越《よこ》す。

「課題曲と自由曲が一曲ずつです。二曲弾くだけですから、マスミさまなら今からでもきっと大丈夫です」

「そうはいってもアルバリークの曲、詳しくないのよねー……」

弾くだけならまあ二週間あればどうにかなるだろう。ただしそこに付随する作業が面倒くさい。こちとらタブ譜を五線譜に変換せねばならないのだ。ただでさえ面倒をみなければならん相手が沢山――第四騎士団とか、宮廷楽士とか、テオとか――それこそ、ひしめいているというのに。

彼らのことを考えると、変換作業は睡眠時間を削ってやることになるだろう。つくづく「なんで放っておいた自分」と突っ込みたくなる。完全に存在を忘れていた夏休みの宿題を突きつけられた気分だ。

「案内、総司令官様のところに届いていると思います」

「ありがと……取ってくるわ」

気付いた上で後回しにする勇気はさすがになく、真澄は楽士棟を出て第四騎士団の事務所棟へと向かった。

アークの執務室に着くと、扉が開け放たれていた。ひょ、と顔を出して中を覗《のぞ》く。そこには広い背中が行儀よく二つ並んでいて、見慣れた濃紺の制服をまとっていた。

「取り込み中失礼しまーす」

ノックと同時、声を掛ける。振り返ったのはカスミレアズとヒンティ騎士長で、昨夜も遅かったというのに皺《しわ》一つないその制服が彼らの真面目さを際立たせる。

その一方で、奥の執務机に陣取る部屋の主ときたら、腕まくりだけに留まらず、襟元を思いっきり寛《くつろ》げている。威厳もくそもあったもんじゃない。

「マスミか。ちょうどいいところに来た」

手間が省けたと言わんばかり、アークが話しだそうとする。が、真澄はそれを手で制した。

「私の話が先よ。急いでるの」

「あ？」

「楽会選考会の案内が届いてるはずなんだけど、記憶にない？」

訊きながら真澄はアークの書類決裁箱——未決分を漁《あさ》る。

「中に課題曲の楽譜入ってるらしくて」

「課題曲？　そんなもんがあるのか」

「忘れてた自分も大概だけど、この期に及んでその台詞《せりふ》吐くアークも大概よね」

他人事《ひとごと》のような感想を呟きつつ真澄の手は止まらない。そんな真澄を見て、アークもそこらへんに積み重なっている山を検め始める。

がさがさ、ごそごそ。

「未決にはないわねー。どこにやったのよ」

「どこだろうな。あんま記憶にねえんだよな、本当に来てるのか？」

「まずそこ疑うあたりがアークよね。グレイスが言ってたから間違いないってば」

本当に片付けられない男である。

ヴェストーファ駐屯地での机の汚さが、ここ第四騎士団本拠地でもいかんなく発揮されている次第だ。逆か。元来散らかす性質《たち》だから、どこにいってもああなのだ。

真澄とアークが互いにぶつくさ言いながら捜索していると、背後で騎士長二人がなにやら話をしている。

「……さすがだな」

「もう慣れました」

前者はヒンティ騎士長、後者はカスミレアズだ。

なにがさすがで、なにに慣れたのかは、敢《あ》えて聞き流すことにする。真澄は楽譜捜しで忙しいのだ。

「アーク様。武会の案内と一緒に入っているのではありませんか」

微妙な会話を流すためか、気を取り直したようにカスミレアズが言う。

それを受けて、アークが「なるほど」と手を打った。そして、引き出しの中から開けてもいない大きな封筒を引っ張り出し、無造作にその上部を破り捨てる。

封筒をひっくり返すと中から小さな封筒が四、五通出てきた。

真澄が一つを手に取ってみると、宛名が「カスミレアズ・エイセル殿」となっていた。半目になって、真澄はそれをカスミレアズに手渡す。

「あった、これか」

アークの手が一通を掴んでいる。受け取りながら、つい真澄は文句を垂れた。

「なんで見もせずに仕舞いこんでるのよ」

「武会の案内は毎年変わらんからつい」

「『つい』で当日いきなり初見になったらあんたぶっ飛ばしてやるわ」

憤慨しつつも真澄は封筒を破り、中身を引っ張り出す。

グレイスが言っていたとおり楽譜が一葉《いちよう》と、説明の紙が一枚入っていた。斜め読みするに、自由曲はなんでも良いが回復量の多い楽譜が推奨されているようだ。勝負をするから至極真っ当な条件である。

ところがその説明書きの中に、読み捨てならない内容があった。

「ちょっ、自由曲の楽譜は十八日までに事前提出って……」

手の中の文書と、壁にかけられている暦を見比べる。つられて三人の騎士も暦に目を向ける。

「ねえ、今日って何日？」

「十八日だな」

「……〆切今日じゃないのよこの馬鹿！」

すぱーん！

楽譜の束は、実に小気味いい音を響かせた。

「って！」

不意打ちにアークが悲鳴を上げるが知ったことではない。平然と答えた罰だ。

即席で憂さ晴らしはしたものの、しかし真澄はがっくりとうなだれる。

「夏休み残ってると思ったらまさかの最終日だったとかほんと勘弁……」

「……夏休み？　なんの話だ」

「いい、気にしないで。今から曲選んでタブ譜に変換して提出か……五時までに、か……」

「なんか、……悪かった」

「まったくよ」

そんなことないよ、とは言ってやらない。

言葉では謝罪しているものの、アークはまったく悪びれていないのだ。むしろ「どうせ間に合わせるんだろ?」とか「まあ気付いて良かったな」とか、そういう正直すぎる感情が顔に書いてある。

いきなり忙しくなった。

げんなりしつつ真澄は楽譜を封筒にしまい直す。

「こんなとこで遊んでる場合じゃなくなったわ。じゃ、私はこれで」

「あ、待て」

「なによ。話し相手するほど暇じゃないのってか今まさにこの瞬間から忙しくなったのよ主にあんたのせいで」

過失度合いは七対三くらいでアークが悪い、と真澄は本気で思っている。三割は忘れていた自分だが。

八つ当たりを受けたアークは一瞬ひきつりながらも話を続ける。

「昼からテオのところに行けるか」

真澄はぐ、と奥歯を噛みしめた。

「話聞いてた?　楽会の選考会に出なくていいってんならいくらでも行けるけど。っていうかなに、お呼びがかかったわけ?」

時間は惜しいが気にはなる。

だからこんな朝っぱらからヒンティ騎士長が、わざわざ第四騎士団の事務所に顔を出しているらしい。そんな宮廷近衛騎士長に向き直ると、彼は遠慮がちに頷いた。

「目覚められてすぐ、殿下はマスミ殿の所在を尋ねられました」

「ほう、そりゃ珍しい。たった一日であのわがまま坊主によく懐かれたもんだ」

アークが目を丸くする。

だが真澄としてはとても懐かれたとは思えない。昨日は大人気なかった自信があるわけで、だから今後については五分五分かと見越していたのだ。

真澄よりよほど付き合いの長いアークが「わがまま」と評すあたり、今回の呼び出しはあまり良い予感はしない。

「ヒンティ騎士長。呼び出し理由、教えてもらえます？」

「マスミ殿に食事を、と殿下はおっしゃっております」

「あんのクソガキ……」

真澄の奥歯はさらに噛みしめられた。さすが高貴な生まれ、恵んでやる精神が全開である。なんせ真澄「と」じゃない、真澄「に」だ。

招待しろとわざわざ言葉を選んだというのに、いきなりアークの面子が丸潰れになった。ヒンティ騎士長は大人だから気付かないふりをしてくれているだけだろう。

奇妙な呼び出し理由に、事情を知らないアークが目を瞬く。

「食事？　魔力の回復じゃなくてか？」

「あー……説明すると長くなるから省くけど、どうも私が満足に食事できてないって勘違いされたみたい」

「は？　俺の専属だってのは言ってるんだろう？」

「言ったけど、まあ、うん。伝わってないってのがまさに今分かったところよね」

最終的にアークが甲斐性《かいしょう》なし認定を受けたっぽい。

正直に言うと、アークが微妙に傷ついた顔になった。

「一体どんな説明したらそうなる？」

「なんかごめん」

「いや、……まあ、子供に全部を分かれってても無理だろうな」

諦めたようにアークが黒髪をがしがしと掻《か》いた。

「ああそれと、マスミ」

言っても詮無いことは放置。

分かりやすく切り替えたアークの呼びかけに、真澄は片眉を上げて応えた。

「今度はなによ」

「悪いが夜勤組の回復を頼む」

軽く言うが夜勤組は夜の九時からが仕事である。

つまり真澄は選考会の仕事を片付け、テオのご機嫌を伺い、さらにその後で第四騎士団の相手をせねばならない、ということだ。定時間勤務など知ったことかと言わんばかり、清々《すがすが》しいほどに人遣いが荒い。

「別にいいけど、最近多くない？」

「星祭りのせいでな」

「あーそっか」

この盛夏の月は、帝都で毎夜祭りが催されていると聞く。日中の暑さを避けて、夜風に当たって涼みながら冷たい酒で喉を潤し、夜空と大地の星を楽しむらしい。昨日の騎士たちも飲みに繰り出したのはその会場のはずだ。

そのうち行こうと思いながら、既に月半ばを過ぎている。

どうにかして非番の騎士たちに交ざりたいが、当番の騎士たちの面倒がある限り、望み薄である。

「……正直、喧嘩《けんか》売るタイミングが最悪だったわよね」

「売りたくて売ったわけじゃねえぞ。呼び出されたんだから選びようがなかっただろ」

この状況がいかにして引き起こされたのかは互いに理解している。

あの日、宮廷騎士団長に噛みついた結果がこれである。任務の割り当てを増やすという、実に分かりやすい意趣返しだ。切った啖呵《たんか》の手前、アークも真澄も引くに引けない現在と相成っている。

ただ冷静に考えれば、これはどこかの団が請け負わねばならない負担だった。

図らずもそれに気付いてしまったがゆえ、文句は言っても手抜きはできない。テオのために宮廷騎士団の人員を相当数、割かねばならない状況なのだ。事態が事態で公にできなかったところに、第四騎士団が鼻息荒く飛び込んでいったのである。

宮廷騎士団長にしてみれば渡りに船だったことだろう。絶対に感謝はされないだろうが。

ともかく、選考会はどうあっても出なければならない。だがテオもおろそかにはできない。かといって第四騎士団をほったらかすわけにもいかず、おまけに昼も夜も仕事に穴は空けられない。

あっちもそっちもどいつもこいつも。

分かってはいてもつい悪態をつきたくなりつつ、真澄は「はい喜んで」と肩を竦めるのだった。

それから真澄は鬼神のごとき勢いで選考会用の楽譜変換をやり遂げ、ダッシュでそれを提出しに行った。肩で息をする真澄に、楽譜を受け取りながら宮廷楽士長は言った。

参加表明はただの冷やかしなのかと思っていた、と。

なぜなら提出したのが堂々の最下位、それも〆切直前だったからだ。本来もらわんでもいい小言をもらったのは、間違いなくアークのせいである。

それはさておき、昼食も摂《と》らず没頭したお陰で、どうにかおやつの時間には間に合った。

影像の庭園を脇目もふらず突っ切り、青い絨毯を踏みならし、息を切らしてテオの部屋に飛び込む。不安定なテオを待たせたことに少なからず真澄は罪悪感を抱いていた。それが出会い頭の「待たせてごめん」の一言に表れたわけである。

だがしかし。

真澄の内心などどこ吹く風、正直すぎるテオの返しで申し訳なさは一瞬で吹っ飛んだ。

「遅い」

ぴき。真澄の額に青筋が浮かぶ。

「私にも仕事があるんです、そう怒らないでください。殿下の相手だけしてればいいわけじゃないんですよ」

部屋に着くなり子供から文句を言われ、大人である真澄はまたしても大人気ない言葉を返した。最大限努力して今の時間である。

本来はもっと遅く、夜に差し掛かってもおかしくはない状態だったのだ。それをこのくそ暑い中わざわざ走ってきて、ありがとうと言われこそすれ罵られる謂《いわ》れはない。

そんな真澄の歯《は》に衣着《きぬき》せぬ物言いを歯向かったと捉えたのか、テオがあからさまにむっとした。

「わたしは王位継承権第二位なんだぞ」

なんと小癪《こしゃく》な。

降って湧いた忙しさと暑さのせいで沸点が低くなっている真澄は、全面的に迎え撃つことを今この瞬間に決めた。そうとなれば黙っていられるはずもない。手加減などなしだ。

「私は第四騎士団総司令官の専属楽士ですけど」

「父上ならまだ、……え？」

「ん？　昨日ヒンティ騎士長から紹介ありましたよね」

相手の言いたいことを理解しながらも、あえてはぐらかしてやる。尚、大人気ないのは充分承知している。

出端《でばな》を挫《くじ》かれたテオが、それでも気を取り直して小さな胸を張ってみせた。

「そうじゃない。マスミはわたしの言うことをきかなきゃ駄目なんだ」

「お断りします」

「だから今日は、……え？」

「ん？　なにをそんなに驚いてるんですか」

大事なことなのでもう一回繰り返す。無論、大人気ないのは以下略。

「私に命令できるのはアークレスターヴ様だけですよ。第四騎士団総司令官なんだから」

「でも、わたしの方が偉い。アークに継承権はない」

「王位継承権に関してはテオドアーシュ殿下の方が偉いかもしれませんが、それと私に対する命令権があるかどうかは別の話です」

「……じゃあどうしてここに来たんだ」

「仕事ですから」

ばっさり切って捨てる。

分かってはいたが、テオが考え込むように目を伏せた。まるで間合いを計るようだ。それを見ながら真澄はヴァイオリンケースをソファの上に置き、昨夜と同じ位置に腰かけた。

既に準備されていた午後のおやつに手を伸ばしながら、真澄は突っ立ったままのテオに声をかける。

「いいですか、殿下。ここで私が『殿下のことが心配で夜も眠れずこのとおり馳《は》せ参じました』なんて言ったら、本当かよお前って思うでしょう？　初対面でなに言ってるんだこいつって。我ながら胡散臭《うさんくさ》いと思いますよ。大体ね、会っていきなり都合のいいこと言う奴《やつ》は信用しちゃいけません。さらわれた挙句に売り飛ばされますよ、殿下は良い金づるですから。身代金、幾らになるかな……人生三回くらい遊んで暮らせるくらいにはなりそう」

舐《な》めるようにテオを上から下まで見つめてみる。身の危険を感じたか、テオが後ずさった。正しい反応である。

この際だ、ついでにもう一押ししておくことにする。

「人を見たら泥棒と思った方がいいですよ。あ、これ私の母国の諺《ことわざ》なんですけど。私のことは、……まあ信用しない一択でしょうね。でも心配ご無用。私はこのとおり貧弱ですし、なにかしようとしても外にいるヒンティ騎士長に取り押さえられるでしょうから。あの人は仕事できますよ、ええ、はい」

「……お前、なんなんだ？」

「私は第四騎士団総司令官の専属楽士ですけど」

「そうじゃない。仕事って言ったじゃないか。なのに信用するなとか、じゃあなにしに来たんだ」

「殿下の茶飲み話し相手ですかね」

あながち嘘《うそ》でもない。

白磁でできた丸いティーポットに手を伸ばし、真澄はカップに注ぐ。ドライフルーツが練り込まれたパウンドケーキを頬張りつつ、ナッツがふんだんに盛られた別の一切れをテオの前に差し出してやる。

受け取るのを一瞬テオがためらったので、「こっちがいいですか？」と真澄の食い止《さ》しをあてがってやると、ものすごく嫌そうな顔で最初のナッツケーキを取られた。

態度が実に生意気である。しかしこの負けん気の強さ、これは将来有望だ。

ケーキをもぐもぐやりながら真澄が横目で観察していると、テオが向かいのソファに座った。昨夜と同じ位置関係である。まるで昨日をなぞるように、テオは金糸銀糸で刺繍がされた高価そうなクッションを抱きしめて、真澄を見つめてきた。

その青い視線。

口と態度はいきがっているのだが、探るような目は揺れている。

「……嘘だ」

「は？　なにがです？」

「本当はわたしの魔力を回復するために、ここに来たんだろう」

声は頑《かたく》なだった。

真澄はお代わりの茶を注ぎながら、テオを見た。小首を傾げ、続きを促す。青い瞳は伏せられて、クッションを抱くテオの爪は白くなった。

だが言葉は続かなかった。

二杯、三杯、四杯目。ティーポットが空になるまで待ってみたが、駄目だった。今日はこれ以上待っても無意味だろう。そう結論付けて、真澄は口を開いた。

「……できないことはやりませんよ。無駄は嫌いですから」

赤いジャムのマーブル模様ケーキを手に取り、それを二つに割りながら真澄は言った。

「正直な話、私が本気出せば殿下の回復なんて朝飯前です。腐ってもアークの——第四騎士団総司令官の専属ですしね」

「ほらやっぱり」

「人の話は最後まで聞きましょう。誰が殿下の魔力を回復するなんて言いました？」

「でもお前は楽士なんだろう。仕事、……」

「楽士ですけど、私はアークの楽士ですから、その回復に責任を持たねばならないのはあの人だけです。正直殿下がどうなろうと知ったことではありません」

テオが絶句した。

だがこれが真澄の偽らざる本心である。再三再四繰り返して、大人気ないのは百も承知だ。だが対等に話をするためには、避けては通れない大切なことでもある。

自分が心を閉ざすのに、相手に本音を求めてはいけない。

信頼関係というものは些細《ささい》な積み重ねをもとに築いていくものだ。配慮はしても、偽りはご法度である。いつかそうではなかったと真実が知れた時、些細であってもそれは人を傷つける。

かつて自分が痛かったから分かることだ。


「確かに私はヒンティ騎士長に『殿下にお会いしてほしい』と頼まれました。でもそれだけです」

「それだけ、って……」

「最終的に引き受けたので便宜上仕事と呼んでますけど、回復云々《うんぬん》については私が最初に『どうせ無理だ』って断りましたから。言っておきますが私の腕がへっぽこだからじゃないですよ。殿下がどっかポンコツなんでしょう」

「なっ、わたしが悪いというのか!?」

「だってそうじゃなきゃ宮廷楽士が全滅なんて説明つかないもの。あの人たちもあれはあれで頑張ってるんですよ」

「……わたしが言うのもなんだが、お前、なんでそんなに偉そう……というか、他人事なんだ……？　お前も宮廷楽士じゃないか」

「私が外国人だからですかね？」

「なんで疑問形……」

「この国に親しい人間は一人もいないので。アルバリークで義理のある相手なんて、強いて挙げればアークくらいしかいません。あ、カスミちゃんもカウントしていいかな」

真澄は親指を折り、人差し指を折った。路頭に迷いかけたところを面倒見てくれた二人だ。余計なオプションはついて回ったが、感謝するべき相手だろう。

だが。

「私自身はアルバリークという国そのものにはなんの感慨もありません。むしろ来たくて来たわけでもなかった」

もっというなら、本当は楽士でさえない。

自分は一度、失格の烙印《らくいん》を押されている。だからその称号は自分にはふさわしくない。そう呼ばれるたびにあの日の眩しい舞台が脳裏をよぎり、「自分はなにものにもなれなかった」という事実だけが圧《お》し掛かってくる。

今さらどうしていいかなど分からない。

本当に豊かな音は、自分にはきっと奏でられないのだ。

今は卓越した演奏技術が物珍しくても、いつかアークも気付くだろう。真澄の音が空っぽで、感情のない演奏だということに。その日が来た時、真澄はアークの傍にいられなくなる。

心を求められると辛《つら》いから。

どんな音なら受け入れられるのか、自分にはもう、分からないから。

「……嫌なのか？」

消え入るような声でテオが言った。

どんなに生意気でも、まだ九歳。生まれ育った国を「どうでもいい」と言われたら、やはり思うところはあるのだろう。ゆくゆくは国を導いていく立場でさえある。母国を愛してほしいと願う気持ちは分かる。

物思いを切り上げて、真澄はふ、と頬を緩めた。

「いいえ。嫌ではありませんよ」

「でも、来たくなかったって」

「少し違います。来るとは思っていなかった、という方がより正しいですね」

「帰りたいのか？」

「……どうでしょうね。そう言われてみるとどこでも大差ないかもしれません。私には大事な人がいませんから」

「一人なのか？」

「はい」

「父上は？」

「遠くに行きました」

「じゃあ母上は」

「私が若い頃に死にました」

「弟や妹はいないのか」

「きょうだいというものには恵まれませんでしたね」

そこでテオが押し黙った。

友人知人という枠が出てこない、これがすなわちテオの世界なのだろう。どうせ訊かれたところで「いない」という答えは変わらないのだが。

ヴァイオリンの繋《つな》がりは国際コンクールの終わりと共に断ち切った。失格の烙印を押されて尚、なにごともなかったかのように付き合い続けるのは互いに辛すぎた。

かといって、普通の友人もいなかった。

学生時代のほぼ全てをヴァイオリンに注ぎ込んだから、誰かと遊びに行くようなことがなかった。社会人になってから人付き合いを覚えたが、それもドロップアウトするまでの短い期間のことだった。身体を壊し、同僚に迷惑をかけ、逃げるように退職した状態で、変わらず付き合っていけるほど厚顔ではなかった。

そして真澄には誰も残らなかった。

誰かを責めるつもりは毛頭ない。そういう生き方を選んできたのは自分だから、仕方ないのだ。

テオが、それまで握ったままだったナッツケーキをかじる。

小さな手に大きな一切れ。彼がゆっくりと一つを食べ終わるまでに、真澄は三切れを腹に収めた。

そしてテオのカップにお代わりを注いでやろうと真澄が手を伸ばすと、若く青い瞳が真澄を捉えた。

「ねえ、マスミ」

真澄は驚いた。年相応の幼さのまま呼ばれたことに。

思わず眉が上がる。これまでの威勢の良さから一転、どういう風の吹き回しだろう。返事の代わりに真澄が小首を傾げると、テオは視線を手元に落としたまま続けた。

「アークは」

「アーク？　と、いいますと？」

「……大事じゃないのか」

遠慮がちな問いだった。

そこまで意を決して訊かれるようなことだろうか。

実に不思議だ。どうやらテオは、アークに対して随分と思い入れがあるらしい。一体どんな繋がりなのかと訝りつつも、真澄はこれもまた正直に答えた。

「ただの雇い主なので、特にこれといって深い思い入れはありませんね」

ついうっかり深い関係——主に身体の——にはなったが、だから特別かといわれると決してそうではない。

惚《ほ》れた腫れたの類でもなし、将来を約束したわけでもなし。単なる雇用関係、いわゆる甲と乙の間柄である。相手を大事に思うかどうかの観点は、そもそも入る余地がない。

ところがテオの追及はそこで終わらなかった。

「専属なのに？」

「専属ってのはただの雇用形態なので、それについてどうこうは思いませんよ。アークに対して恩は感じてますし義理もありますけど」

「……」

「納得いきませんか？」

こくり。

細い首が上下した。素直なしぐさは年相応で可愛らしい。肩肘張った言葉遣いや板についていない偉そうな態度より、よほど人の心を摑む。

素直さに免じて、真澄はもう少し丁寧に説明することにした。

「もちろん、アークのことは尊敬していますよ」

クッションに落ちていた青い視線が再び上がり、真澄を捉えた。

「周りから厳しい目で見られていることは知っています。第四騎士団への風当たりも強い。それなのに強引で雑で駆け引きなんてできなくて、いつでも真っ向勝負しかできない直情型の、まあ敵を作るのがうまい男ですよね」

テオの眉間にしわが寄る。

これは疑われている顔だろう。確かに尊敬しているといった同じ口で、雑だとか敵を作るとか言えば、まあけなしているようにしか聞こえない。それは真澄も充分理解している。

けれど、ちゃんと続く言葉があるのだ。

「それでも私はあの人のことを尊敬しているんです」

「……どうして？」

「強いあの人が、泣くほどこの国を愛しているから」

つぶらな青い瞳が、こぼれんばかりに大きくなった。

俄かに信じがたい。そんな分かりやすい戸惑いを見せるテオに、真澄は続けた。

「大人になったら辛いことや悔しいこと、痛いことくらいじゃ涙は出ません」

「なんで……」

「自分が我慢すればいいだけだからです」

ヴェストーファの夜が目蓋に蘇《よみがえ》る。


アークは泣いた。

騎士として立ちながら、守るこの手は一度きりであっていいはずがない、と。

誰が報いてくれるわけでもない。百も承知で、それでも生涯を懸けて他人の為に在ろうとするその生き方は、馬鹿正直で愚直で融通が利かなくて、でも美しかった。

「私は、あの人が私と出逢《であ》うまでどんな風に生きてきたかを知りません。でもあの人は自分を曲げることが大嫌いだから、これまでも誰とどれだけぶつかろうとも筋を通してきたでしょうし、これからも騎士としての誓いを一生守り続けるのでしょう。頑なに。私には、――できなかった生き方です」

あの日の宣誓が忘れられない。

祝別とはまさにその誓いに殉じることを認めるものだ。あちらとこちらの境界は明確で、抱く信念が強いからこそ涙に変わる。その一途《いちず》な愛が、ただ眩しかった。

テオのまつ毛が揺れる。

二度、三度と繰り返されるまばたきは、幼いなりに真澄の真意を読み取ろうとしているようだった。

「マスミもいなくなるのか」

絞り出されたテオの声は沈んでいた。

すぐには答えを出せずに、真澄は上等なソファに深く座り直した。そのまま背もたれに身体を預けて天井を仰ぎ見る。無数の光球がふわりふわりと漂っていて幻想的だ。

しばし真澄は口を噤む。

そのままゆっくりと横に倒れて、真澄は四肢を投げ出した。額に手を当てる。目線だけをテオに投げると、沈黙をどう受け取ったのか、テオが続けた。

「どうしたらいなくならない」

「……私がいなくなることは、殿下の中で決まりですか?」

真意を確かめようと問うてみるが、返事はなかった。代わりに次の質問がきた。

「マスミはアルバリークが嫌いなのか」

なんという直球。某騎士団総司令官の、アークなんたらとかいう男にそっくりだ。感心しながらも、真澄は正直に答えてやる。

「嫌いと思えるほど長く暮らしていません。逆もまたしかり、ですけどね」

「どうしたら好きになる」

「え?」

「わたしは国に暮らす民に責任を持たねばならないのだ。そういう立場だとずっと教えられてきた」

民がいてこその国であって、そんな彼らにはこの国で生きることが幸いであってほしい。だから、アルバリークという国を好いてほしい。幼き為政者はそう言った。

どこまで理解して口にしているのかは分からない。まだ九歳、受け売りの部分はあるだろう。だが一目で青いと分かる理想を、一体何人がためらいなく言えるだろう。きっと世間知らずなその心は、同時に白く純粋だ。そんなところもアークに似ている。

「だからわたしは、マスミにアルバリークを好きになってほしい」

「殿下のお考えは素晴らしいと思いますけど、人の心配よりまず自分のことをどうにかすべきですね」

おもむろに真澄は身体を起こしてテオに向き直った。

クッションを抱きしめるテオの腕に、身構えるように力が籠もる。

「なにが理由かはあえて訊きません。でもご飯もろくに食べられないような殿下に国を守れるとは思いませんし、そんな危なっかしい指導者のいるアルバリークを好きになるのはごめんです」

「わたしが食事をとればいいのか」

「それは最低条件ですね。好きになれというなら、アルバリークの良いところを見せてください」

「いいところ……」

「殿下が好きだと思うアルバリークのなにかを。あるでしょう?」

さて、なにが飛び出してくるだろうか。興味津々で真澄はふっかけた。話の行きがかり上、幼く純粋な正義感につけこんだ態《てい》となったがこの際目をつぶる。

手段など選んでいられない。大人は汚いのだ、内心で言い切っていっそ清々しく開き直る。

俯きがちに考え込んでいたテオが、ややあって面を上げた。

「星祭りに行くぞ」

固い決心の表れに、テオの声は上ずっていた。

「星祭り?って、街中で今やってるあれ、ですか?」

「そうだ」

「へえー、意外。殿下もそういう俗っぽい場所にお出ましになるんですねえ」

「俗っぽ……アルバリークの誇る四大祭事の一つだぞ。わたしたち王族が最初に祈りを捧《ささ》げなければ始まらない、大切な祭りだ。マスミは外国人だから知らないだけで」

わたしだって真面目に勤めを果たしているのだ、とテオが胸を張った。

彼の言をよくよく聞けば、ただの夏祭りかと思いきや季節の盛りを祝う重要な行事らしい。アルバリークでは四季に一度必ず大々的な祭事が行われ、夏がその星祭りなのだという。

あの人たち、ビアガーデンにでも行くような軽さだったけど。

思わず昨夜の騎士たちのノリを思い出す。目の前で熱弁をふるうテオとの差が著しいが、殿上《てんじょう》人《びと》と下々ではまあ役割が違うので、捉え方に差があっても致し方ない。

いずれにせよ、面白そうだ。既にぬるくなったカップの中身を飲み干して、真澄は笑った。

「いいですよ。星祭り、まだ行ったことないですし」

「よし言ったな。じゃあ、」

「最終日に行きましょう。それまで殿下が毎日、三食しっかり食べるのが条件です」

今から行こうと言い出しそうだったテオが、ぐ、と黙り込んだ。

こういうものはさっさと畳みかけた方が勝ちである。

「夜もまだ暑いんだから、体力無くて途中で倒れられると面倒なんですよ。もしもそうなったら置いて帰りますからね」

「……どうせろくに道も知らないくせに、偉そうな」

小さな口が生意気に尖《とが》った。

かっちーん。

大人気ないスイッチがまたしても入り、真澄は満面の笑みを顔に貼り付けた。この九歳、なんか知らんがアークにそっくりすぎて腹が立つ。

「そういう台詞は万全の体調で私の案内を終えてから言ってほしいですねー？」

「三日もあるじゃないか、充分だ」

鼻息荒く宣言したテオは、目の前に置かれていたジャムケーキをむんずと掴んだ。それから三十分と経たずに、テーブルの上のおやつは綺麗さっぱりなくなった。

そして真澄は今日もヴァイオリンを弾くことなく、三日後に向けてああでもないこうでもないとテオと言い争った。日が暮れるまでそれは続いて、夜勤組の回復に遅刻しそうになったのは余談である。

＊　＊　＊　＊

星祭り最終日に向けて、それからの真澄は忙しかった。

なぜか？

曲がりなりにも一社会人――いわゆる一人の大人として、果たさねばならぬ責任というものがあったからである。またの名を、「調整・根回し・事前準備」というサラリーマン三種の神器を使う時がきた、ともいう。

焚《た》きつけるだけ焚きつけて、あとは野となれ山となれ、ではいけない。それではただの山火事である。というわけで、真澄はあちこちに話をつけるために奔走した。

まずはテオと言い争った日の夜、夜勤組が待つ事務所に駆け込んでからのこと。その日の当番として、ちょうど良く知った顔がいた。

真騎士のネストリと準騎士のリクだ。

彼らはヴェストーファからの付き合いなので、数多《あまた》いる第四騎士団の中でも気心が知れている。

二人一組でなにやら話をしていた彼らに、真澄はヴァイオリンを持ったまま「今から回復しますよ」の態を装って近付いた。

大柄な騎士たちの中、さらに頭一つ飛び抜けて大きいネストリが「どうも」と相好を崩す。我を失いさえしなければ、見本のような物腰の柔らかい騎士だ。

「私たちが最初で良いのですか」

「ええ、ちょっと訊きたいことがあって」

「なんでしょう？」

首を傾げたネストリを、まずは「まあまあ」と椅子に座らせる。真澄は調弦をしながらも、議題である「星祭りの警備について」を持ち出した。

「警備って、二人一組で回るの？」

「はい」

「組み合わせって適当？　なわけないわよね？」

「もちろんです」

ネストリがものすごい苦笑をみせる。

「従騎士、準騎士には必ず古参の正騎士か、真騎士以上が付きます」

「……なるほど」

それとなく周りを窺ってみると、確かに若手同士の組はなかった。同じ年頃の組もちらほらとはいるようだが、彼らのいずれも真澄と同じかそれ以上の年齢なので、彼らは正騎士同士で組んでいるのだろう。

祭りといえば酔っ払いや喧嘩がつきものだ。

まして昼間とは違い視界の限られる夜。ただ形だけ見回るのではなく、騎士団として本腰を入れて対応していることが分かり、真澄としては胸を撫《な》で下ろす。

隣に座る年若いリクを見て、真澄は頷く。視線を受けたリクが「自分は」と話し出した。

「今日が初めての星祭り夜勤なので、お願いしてネストリさんに付いてもらったんです」

「選べるんだ？　意外と自由なのねー」

公平にくじかじゃんけんあたりで決めているかと思いきや、そうでもないらしい。

「本来は無作為に組決めされます。ただ、指導騎士《エルダー》であることを盾にとられてしまったので」

無下に断れなかった。そう言ってネストリが眉を下げた。

「指導騎士《エルダー》？　なにそれ」

「従騎士には必ずその面倒をみる先任騎士が付きます。最初の一年を公私ともに指導する役目を負うのです。準騎士に昇格したら本来お役ご免なのですが、」

盃《さかずき》を交わす強固な信頼関係なので、その後も関係性は続くことが多いのだ、とネストリが説明した。

人格者ともなれば、一人といわず二人三人と後輩の面倒をみる騎士もいる。

そして同じ指導騎士《エルダー》に育てられた者たちは、これまた兄弟騎士ということで結束が固くなる。さらに彼らが一人前となり後輩の面倒をみるようになると、最初の指導騎士《エルダー》は「おじいちゃん」指導騎士《エルダー》となり、その系譜は脈々と受け継がれ一大勢力を築くのだ。

軍人として、命令で動く縦の関係が基本の中にあって、これが意外に侮れない。

それは今回のリクのような援助願いから果ては私生活の相談まで多岐に渡り、結果として騎士同士の繋がりが深くなることに一役も二役も買っている制度なのである。

「あちらもそうですよ」

ネストリが指し示す方向には、リクと同じくらいの若い騎士と、壮年騎士の組み合わせがいた。

「みんな面倒見いいのねー」

感心しつつ、真澄は内心でこれならいけそうだ、と算段をつけた。

「ところで折り入って相談というか、お願いがあるんだけど」

真澄は声を落とし、向かいに座っているネストリに身体を寄せる。怪訝な顔をしながらも、長身のネストリはその背を曲げて聞く体勢になった。

「私にできることでしたら。なんでしょう？」

「最終日なんだけど、できるだけ巡回の人数増やしてほしいの。正式な夜勤組じゃなくていい、私服で飲みながらでもいいから。出来る限り皆に声かけてくれたら助かる」

「……え？」

「色々と事情があってね。テオドアーシュ殿下とお忍びで星祭りに行くことになったの」

驚きの声は出なかったが、それでもネストリの目は見開かれた。

まだ想定内の反応だ。なにごとも無かったかのように調弦を続けながら、それとなく真澄は続ける。

「内緒だから、私たちに気付いても見なかったことにして」

まさかないとは思うが、それでも万が一なにかあった場合に備えての保険である。

真澄の補足は効果抜群だった。あからさまにネストリの顔が引きつる。

「エイセル騎士長は、このこと……」

「もちろん知らないわよ。言うわけないでしょう、バレた時点で絶対に止められるって分かりきってるんだから」

もう一段声を低くして真澄が凄《すご》むと、ネストリが息を呑んだ。

「では総司令官も……？」

恐々、といった様子で重ねてくる。

上の上まで確認する。組織人としては正しい作法だが、世の中知らない方が良いことも沢山ある。

残念ながらネストリは真澄の張った罠《わな》——蟻地獄《ありじごく》に今この瞬間に片足を突っ込んでしまったので、あとは共犯者として引きずりこまれるだけである。

「二人にバラしたら、あんた二度と回復してやんないわよ」

「そ、」

「ついでにこの件に協力しなかった人間も、全員そうなると思ってね」

「ぜん、え!?」

その瞬間、調弦を終えた真澄は力強く弓を走らせた。

急に響いたG《ゲー》線の低音。

衝撃的な出だしのその曲の名は『ツィゴイネルワイゼン』、スペイン生まれのサラサーテによる作曲だ。

「……っ」

ネストリが息を呑む。それを見たリクが首を傾げ、周囲からもネストリに視線が集まったが、それはすぐに真澄の手元に向けられた。

三部構成のうち、劇的な主題を持つ最初のハ短調は、速すぎず遅すぎず中庸な速度で進む。しかしその流れの中に装飾音符が散りばめられ、音も弓も上下に忙《せわ》しく、言葉で表すならばまさに飛んだり跳ねたりの技巧で演奏されるがゆえ、周囲の目を惹《ひ》く。

それが終わると第二部が始まる。

第一部と同じハ短調であるが、拍子が変わる。ハンガリー民謡を題材にした旋律は耳に残りやすく、『ジプシーの月』という名前の曲としても親しまれている。

短いその旋律が終わる頃には、事務所にいた夜勤組の騎士たち全員が真澄を取り囲んで聴き入っていた。

中には目を閉じている者さえいる。時間帯と日々の疲れもあって、致し方ないことだろう。その様子を見た真澄は、口元が緩むのを必死に堪《こら》えながらゆっくりと最後の音を終え、そして――

「!?」

第三部の始まりと共に、寝かけていた数名の騎士たちが身体を盛大にびくつかせた。

弾きながら、真澄は思わず「あはっ!」と笑ってしまう。

人を叩き起こすようなこの最後のパート。テンポの速さもさることながら、右手と左手のピッツィカートも出てきて、かつ弓の動きもかなり激しい。何度も練習するうち、弓の毛が切れたこともしばしばだ。

驚きに目を丸くしている騎士たち。

それを視界の隅に捉えながら、真澄は最後まで一気に駆け抜けた。

「……すげえ」

ぽかんと開いたリクの口から、素朴すぎる感想が零《こぼ》れ落ちる。それを皮切りに夜勤組からはやんやの拍手喝采が沸き起こった。まるで気付け薬を嗅がされたように、それから元気良く彼らは出発していった。

「てなわけで、宜《よろ》しくね」

見送りに出た真澄は、最後尾の騎士、ネストリの腰を叩く。肩を叩きたいところだったが、第四騎士団で一番背が高い彼の肩には残念ながら届かなかったのである。

足を止めたネストリは、弱り切った顔で振り向いてきた。

「マスミ様、ずるいですよ。ごまかしましたね」

「面白かったでしょ?」

「才能の無駄遣いはおやめください、本当に、もう……」

がっくりと肩を落とすネストリ。結局彼はろくな反論もできないまま真澄に押し切られ、最終日には第四騎士団の大部分を動員することを約束させられ、泣く泣くといった態で夜勤へと出ていった。

卑怯《ひきょう》なのは承知の上。

補給線と連帯責任を合わせて盾にするという禁じ手――またの名を、楽士最終奥義――である。

絶対に断れるわけがないと、端《はな》から真澄は見越していた。


同日夜。

深夜に落とした灯《あか》りの中で、真澄は女官のリリーと文机《ふづくえ》を囲んで頭を突き合わせていた。二人で「ああでもない」「こうでもない」と吟味しているのは手紙の文面である。

文章を考えるのは真澄、書くのはリリーの分担だ。

漢字とひらがなでしたためた手紙を渡したところで、どうせカスミレアズもヒンティ騎士長も読めるわけがない。かといって真澄はアルバリークの言葉を書けるわけではない——どういう了見で「喋《しゃべ》る」「聞きとる」という芸当ができているのかは不明だが、それはそれとして——というわけで、ゴーストライターを頼んでいるのである。

「ねえリリー、やっぱりシュールすぎると思うんだけど」

文面を指でつつきながら真澄は言った。

「題名が『テオドアーシュ殿下の所在に係る件』ってのはまだいいわ。『近衛騎士長殿におかれましては日々のご公務大変お疲れ様です』っていう冒頭もまあよしとしましょう。でもね、次に続くのがいきなり『さて掲題の件、テオドアーシュ・アルバレーウィヒ・カノーヴァ殿下につきましては、わたくしこと第四騎士団首席楽士であるマスミ・トードーがその身柄をお預かりしておりますす』って……」

便箋の見た目がピンク色でラブレター然としているくせに、開いてみれば三行目でいきなり誘拐宣言ときた。

結論を先に書くのはビジネス文書の基本ではあるが、それにしても。

そそっかしい近衛騎士長なら、ここまで読んだら即座に飛び出しかねない文面である。別に喧嘩を売りたいわけではないので、もう少し穏便な表現にしたいところだ。

しかしリリーからは逆に怪訝な顔を返される。

「なにをおっしゃるんですか、マスミ様。これでも私は不安です」

「不安ってなにが？」

「エイセル騎士長が恋文と勘違いされないか、心配で心配で」

「……あのカスミちゃんがそんなめでたい頭だったとしたら、それはそれで面白すぎるけどさあ」

繰り返すが、この題名と開始三行である。いったいどこに恋だの愛だの垣間見《かいまみ》るというのだ。これを読んでそんな勘違いをする人間なんて、いやしない。少なくとも真澄の経験上は。

たかが手紙一枚でこれである。つくづくアルバリークという国の常識が分からない。

ところが真澄の主張はまともに取り合ってもらえない。

大丈夫だ心配ない、そう真澄が言えば言うほどリリーは「念には念を入れて」と書き直し、業務連絡がどんどん脅迫状へと変わっていく。

そんなに心配なら、適当な紙の切れっぱしに集合時間と場所を書けばいいではないか。

まずは便箋の見た目をなんとかできないかと相談するも、そういう問題ではないらしい。わざわざ手紙をしたためて渡すという行為そのものに意味があるらしく、心の底からアルバリークという国が理解できない瞬間だった。

真夜中に小一時間ほどもかけて書いたその手紙を、真澄はとある人物へ手渡した。テオの部屋付きになっている侍女だ。

「これを、明後日――星祭り最終日の夕方六時に、第四騎士団のエイセル騎士長か、宮廷騎士団のヒンティ騎士長へ渡してください。必ず時間は守って、必ずどちらかに渡してね」

何度も念押しする真澄を前に、真面目そうな侍女はこくこくと頷いた。

＊　＊　＊　＊

そんなこんなで色々と根回しをしつつ、星祭り最終日がやってきた。

「ちゃんと食べてたみたいですね」

「男に二言はない」

武士みたいなことを口走りながら、テオが腰に手をやりふんぞり返った。

見本のようなどや顔に、思わず真澄は人差し指でデコを突《つつ》いてやった。生意気なのである。だがその下に続く血色の良くなった頰に、同時に安堵も覚える。

これなら暑さの残る夕方に出かけても、体調を崩すことはないだろう。

「それじゃまずは着替えましょうか」

言いながら、真澄はヴァイオリンケースを開けた。これまで持ってくるもののまったく手を触れなかったそれに初めて触れたとあって、テオが目ざとく反応して覗き込んでくる。

チャックを開いて長方形のケースを開ける。

期待に満ちていたテオの顔がしかし、中身を確認したとたんに怪訝なそれに変わった。

「……これ、ヴィラード入れじゃないのか」

「ヴァイオリンケースですよ、それがなにか」

「なんでヴィラードが入っていないんだ」

「そりゃまあ、殿下の変装一式を詰め込んだらヴァイオリンは入りませんよね」

流線形の型の中に畳んで入れておいたシャツを取り出し、真澄はテオに渡す。ついでに紺地の半ズボンも渡してから、真澄は自分の制服に手をかけた。

襟元に巻いていた青のスカーフを解《ほど》く。

シャツのボタンを上から一つ二つ外したところで、テオが力いっぱい目線を逸らした。

「まっ、マスミ！　なにをするつもりだ!?」

「ただの着替えですよ。やだ殿下照れてるんですか？　かわいー」

「ふっ婦人は夫以外には肌をみせるものではないんだぞ！」

ぎゅ、と目をつぶって叫ぶテオの頰は赤い。

至るところでアークにそっくり、縮小版といって差し支えない相手だったが新発見だ。あの超絶手の早い男に比べたらこっちの方がよほど紳士である。

今夜にでも「もう少し見習え」と言ってやろう。真澄はこっそり心に誓った。

「大丈夫ですよ、殿下。下にちゃんと着てますから」

「……え？」

「こんな小さいケースに大人の着替えが入るわけないでしょう。そんなに細くないですよ、私」

あはは、と笑いながら真澄は制服の光沢あるシャツを脱いだ。

中は生成りのシャツを着ているのだ。街を出歩くのに目立たないよう、この三日間で市街地に出て研究した成果である。

上流階級のなんたるかを知らない真澄でさえ、一目でそれとわかる上質な服をテオは身に着けているのだ。お忍びで出かけたところで、身なりの良い人間がいればそれだけで注目を集めてしまう。隣にいる真澄に関してもそれは同じである。出来る限り誰にも邪魔されずに楽しみたいので、これは万難を排すための方策だった。

恐る恐る目を開けたテオが呆気《あっけ》に取られている。

少し前までかっちりとした宮廷楽士だった真澄が、今はゆるい町娘に様変わりしているからだろう。下衣も足首が隠れる長い巻きスカートだ。色は今、帝都で流行《はや》っているというなんとか色――真澄の知る言葉だと、オレンジ――を選んだ。祭りの会場にいけば、似たような格好の娘がそこかしこにいること請け合いだ。

駄目押しで、仕事中は八割方まとめている髪を下ろす。これでいつもの真澄とはまずその印象が似ても似つかない。

「見惚《みと》れてないで、早く殿下も着替えてください」

さあさあ。真澄が急《せ》かすと、我に返ったテオが慌てて着替え始めた。

それを眺めながら、真澄は認証スカーフを小さく折りたたんで胸元へと忍ばせた。家の鍵と同義なので、邪魔くさくても常に肌身離さず持ち歩かねばならないのである。

ついでにいえば、いざという時の警報ブザーでもある。

これを破きさえすればカスミレアズがすっ飛んでくるというのを過去に実証済みだ。ちなみにもれなく激烈な説教も付いてくるので、奥の手であると同時、できればあまり使いたくない最終手段でもあるのだが。

他にもいくつか保険はかけている。

が、もう一つ気をつけねばならないことを思い出し、真澄は言った。

「外に出たらさすがに『殿下』呼びはまずいんですけど、殿下はなんて呼ばれたいですか？」

シャツをズボンに仕舞いこみながら、テオが小首を傾げた。

「……名前でいい」

「テオドアーシュ？」

こくり、と細い首が縦に動いた。が、

「長いんで、テオにしますね」

「聞いた意味がないじゃないか！」

いい突っ込みだ。なかなかの瞬発力である。だがテオはそれ以上ごねることはなく、「もうなんでもいい」とぶん投げた。どうせ真澄に言っても無駄だと悟ったらしい。賢明な判断である。

そうこうしているうちにテオの着替えも終わり、宮廷に似つかわしくない庶民派の二人組が出来上がった。

年の離れた姉弟か、あるいは若い母親とその息子か。いずれにせよ、これで雑踏に紛れても違和感はないだろう。

「それで、その抜け道ってどこにあるんです？」

真澄が尋ねると、テオが「こっちだ」と手招きし、寝台の奥へと向かった。そして部屋の最奥、隅にある絨毯の一部をめくる。石造りの床が露《あら》わになるが、とある一か所にテオの指がかかると、真四角にすこん、と床が抜けた。

思わず真澄は無言で拍手した。気を良くしたテオが「うむ」と頷く。

警戒レベルが最高に引き上げられている現状で、どうやって脱走するのか。


三日前、星祭りに行く約束をした後のことだ。

正々堂々と正面玄関から出ていこうとすれば、盛大にお供がつくのは避けられない。どうするのかと問うた真澄に提示された答えが、王族と極一部のものだけしか知らないというこの抜け道の存在だった。

敵に攻められた時など、本当の有事の際に使われる道だ。大抵の城や砦《とりで》、軍事的要衝にはこういった秘密の道が必ず造られているものらしい。

一般庶民の暮らししか知らない真澄には完全に未知の領域である。そりゃあ興味津々で覗きこみもする。

穴の底は、差し込む光でわずかに様子が窺い知れる。床と同じような石造りで、ひやりと冷たい風に乗って湿っぽい匂いが昇ってきた。

「結構、……深いですね」

「……そうだな。わたしもここを通るのは初めてだ」

ごくり。二人同時に喉が鳴った。

「それじゃ、行きましょうか」

「お、おう」

「でん……じゃなかった、テオ。テオが先に降りてください」

「え!?」

「だって絨毯と入口のふた、元通りにしなきゃまずいでしょう。これ、片手だと結構力いりますよ?」

暗に「できないだろう」とほのめかすと、それ以上重ねられるのが屈辱だったのか、テオがはしごに足をかけた。さすが負けず嫌いである。

「あ、そうそう。約束してほしいことがあるんですけど」

「今度はなんだ!?」

テオが背中をびらせる。

満面の笑みを浮かべながら、真澄は右手の小指を差し出した。

「バレたら一緒に怒られましょうね!」

「……いいからさっさと行くぞ!」

指切りげんまんをする間もなく、テオはさっさとはしごを下っていった。

薄い金髪の頭を見送り、真澄の頬がゆるむ。小さくても男、プライドは一丁前に備わっているらしい。

さて、どんなエスコートをしてくれるのだろうか。期待に胸を膨らませつつ、真澄は絨毯を伸ば

し、入口をそっと閉じた。
いざ、星祭りへ出発である。

あとがき

皆さまのお陰をもちまして、本作にて二度目のご挨拶ができることとなりました。

大変嬉《うれ》しく同時に有難く、これまで応援くださった読者の方々そして本書をお手に取って頂いた皆さまに、深くお礼申し上げます。

一巻では食い詰めたヴァイオリニストである真澄《ますみ》と、困窮騎士団の長であるアークの出会いを描きました。三四七ページもかけて、作中の時間経過は僅か三日間。本当に物語の始まり部分に焦点を当てていましたが、今巻では真澄とアークの凸凹コンビ始動となりました。相も変わらず異文化同士で侃侃諤諤《かんかんがくがく》やりつつ少しだけ関係が進展しまして、皆さまはどうお読みくださったでしょうか。

そんな二巻ですが、個人的に勉強となった書籍化作業の小話を一つしたいと思います。

本作は既にウェブ上にて完結しているので、書籍化に際しての大幅な加筆は不要なのですが、一方で「どこまでの話を入れ込むのか」という点が悩みの種となります。なぜかというと、書籍一冊分としての起承転結や盛り上がり、次巻への引きなど色々と勘案せねばならないからです。自分の好きな話を好きなだけ書けるウェブ小説とは、ここが大きく異なる点ですね。

その一方で、書籍一冊分のページ数というのは決まっておりまして、オーバーラップノベルスf様は四パターンから本文文字数の合致するページ数規格を選びます。

ちなみに一巻は、四パターンのうち最高ページ数を適用して頂きました。さて二巻は、となった時のことです。先述の「どこまで入れ込むか」と「文字数制約」が大変にせめぎ合いまして、電話打合せの時に「流れ的に本当はここまで入れたいのですが」「しかしそうなると五十ページ以上はみ出ますよね」と、編集Hさんと二人で頭を抱えることしばし。

とはいえ、ページ数が決まっている以上、無理なものは無理です。私が早々に諦めようとした時、編集Hさんから驚愕《きょうがく》の一言が飛び出してきました。

「こうなったら奥の手を使いますか——?」

これには本当にびっくりしました。

奥の手。日常生活ではまず使うことのない単語筆頭です。そんなものが存在するなんて、やはり出版社というのはすごい会社なのだなあ、などと一瞬のうちに訳の分からないことを考えてしまいました。振り返るとどうにも間抜けで、お恥ずかしい限りです。

結局、奥の手とはページ数を増やすこともできるが、それは別規格になる為《ため》に定価が上がってしまう、というお話でした。よくよく考えてみれば、至極真っ当な話です。読み物として不可能ではない厚さであれば、極論何ページでも良いわけで、後はそこにかかるコストがどうか、ということなのですね。多くの方へ本をお届けする為の、出版社様のご苦労が垣間見《かいまみ》えた一幕でした。

最終的には編集Hさんとご相談の上、価格を上げるよりは現状規格に収めて、その中で最大限楽しんで頂けるよう修正加筆をしてお届けする、という方向で落ち着きました。そんな悩みと葛藤の詰まった二巻はやはり最高ページ数となりましたが、その点含めてお楽しみ頂ければ幸いです。

東《あずま》　吉乃《よしの》

ドロップアウトからの再就職先は、異世界の最強騎士団でした 2
訳ありヴァイオリニスト、魔力回復役になる

発行 2023年9月25日 初版第一刷発行

著者 東 吉乃
イラスト 緋いろ
発行者 永田勝治
発行所 株式会社オーバーラップ
〒141-0031 東京都品川区西五反田8-1-5
校正・DTP 株式会社鷗来堂
印刷・製本 大日本印刷株式会社

ISBN 978-4-8240-0613-4 C0093

【オーバーラップ カスタマーサポート】
電話 03-6219-0850
受付時間 10時～18時（土日祝日をのぞく）

作品のご感想、ファンレターをお待ちしています

あて先：〒141-0031 東京都品川区西五反田8-1-5 五反田光和ビル4階 ライトノベル編集部
「東 吉乃」先生係／「緋いろ」先生係

スマホ、PCからWEBアンケートにご協力ください

アンケートにご協力いただいた方には、下記スペシャルコンテンツをプレゼントします。
★本書イラストの「無料壁紙」 ★毎月10名様に抽選で「図書カード（1000円分）」

公式HPもしくは左記の二次元バーコードまたはURLよりアクセスしてください。
▶ https://over-lap.co.jp/824006134
※スマートフォンとPCからのアクセスにのみ対応しております。
※サイトへのアクセスや登録時に発生する通信費等はご負担ください。

オーバーラップノベルスf公式HP ▶ https://over-lap.co.jp/lnv/